dolor

# dolor

TIMUR E. SIMSEK

**Bibliografische Information der Deutschen Nationalbibliothek:**
Die Deutsche Nationalbibliothek verzeichnet diese Publikation
in der Deutschen Nationalbibliografie; detaillierte bibliografische
Daten sind im Internet über https://portal.dnb.de/ abrufbar.

© 2022 Timur E. Simsek
Satz, Umschlaggestaltung, Herstellung und Verlag:
BoD – Books on Demand, Norderstedt
ISBN: 9783754314456

# Inhalt

*Manchmal schmerzt festhalten mehr als loslassen*

# *Prolog*

»Ein prächtiger Junge«, hatte der Arzt bei seiner Geburt gesagt. Thomas Cole Hilbert alias Tom Hilbert wurde 1923 als einziger Sohn von Michael und Beatrice Hillbert geboren. Seine Eltern waren vermögende Menschen. So war es ihnen möglich gewesen, ein prächtiges Anwesen in Engelwood Cliffs zu bauen. Engelwood Cliffs war ein kleines Städtchen ungefähr eine halbe Stunde von New York entfernt. Tom hatte seine Kindertage dort oder beim Haus seiner Grosseltern in Colorado verbracht. Oftmals sah Tom seine Grosseltern mütterlicherseits jedoch nur, wenn seine Eltern sich wieder einmal gestritten hatten. Die beiden waren wie Feuer und Wasser.

Nachdem Beatrice, seine Mutter, eine grobe Auseinandersetzung mit ihrem Gatten gehabt hatte, verbrachte sie mit ihrem Sohn eine ganze Woche in Colorado. An einem dieser kühlen Herbsttage war Tom mit seinem Grossvater golfen gegangen. Damals war er gerade einmal zehn Jahre alt gewesen. Während sein Grossvater gerade einen Golfball nach vorne schlug, sass Tom auf dem Rücksitz des Golfcarts.

»Wie kommt es, dass Grossmutter und du nicht so oft streitet wie Mama und Papa?«, fragte Tom seinen Grossvater. Sein Grossvater hielt inne, stützte sich auf seinen Schläger und blickte ihn nachdenklich an. Nach einer Weile meinte er:

»Weil wir uns sehr lieb haben.«

»Dann lieben sich meine Eltern nicht?«, fragte Tom und blickte auf sein Eis.

»Das würde ich nicht sagen. Weisst du, Liebe hat ganz verschiedene Formen. Bei deiner Grossmutter und mir sorgt sie dafür, dass alles gut läuft. Bei anderen, ich behaupte sogar, bei denen, deren Liebe zueinander sehr stark ist, führt sie dazu, dass sie sich hie und da in die Haare kriegen«, meinte sein Grossvater. Er kniete sich vor Tom hin. »Deine Eltern lieben sich, mach dir deshalb keinen Kopf.« Wie falsch er lag. Kurz nach Toms fünfzehntem Geburtstag liessen sich die Eltern scheiden. Beatrice zog nach dem Beziehungsaus nach Chicago um sich einer neuen Arbeitsstelle zu widmen. Seither hatte Tom sie nicht mehr gesehen. Gelegentlich schrieben sie sich Briefe. Sein Vater Michael Hilbert hatte sich nach der Scheidung nur noch mehr in seine Arbeit vertieft. Als Tycoon hatte er Vermögen mit der Produktion von Luxusschiffen gemacht. «Hilbert Cruise Line» hiess die Unternehmung, die Tom einmal erben würde. Seit er sich erinnern konnte, hatte Tom immer zu seinem Vater hochgesehen. Der Vater war gebildet und erfolgreich, und er schien immer die richtigen Worte zu finden. Doch der Mann war auch äusserts streng, emotional unantastbar und hatte hohe Ansprüche an seinen einzigen Sohn. Der einzige Grund, warum Tom Boote fahren konnte, bestand darin, dass sein Vater ihn dazu gedrängt hatte. Michael hatte seit Tom denken konnte besonders Wert auf die Ausbildung seines Kindes gelegt. Für die meisten klang das gut, doch für Tom war es das nicht. Während seine Kameraden nach der Schule draussen spielen durften, musste er in seinem Zimmer sitzen, zusätzliche Rechenaufgaben lösen, Fremdwörter büffeln und sich die Gepflogenheiten der feinen Art einprägen. Manchmal kam es vor, dass er bis spät in die Nacht hinein lernen musste. Tom war immer einer der besten Schüler der Klasse und wurde dafür auch oft gehänselt. Wenn er sich darüber beschwerte, beschwichtigte ihn sein Vater immer mit den Worten »Menschen mögen es nicht, wenn du besser bist als sie«.

Sein Vater war es auch, der dafür gesorgt hatte, dass Tom auf alle Fälle an die Harvard University gehen konnte. Nach seinem Studium, das er selbstverständlich als Jahrgangsbester abschloss, kehrte Tom zum Anwesen seines Vaters zurück. Michael war damals aber noch nicht bereit dazu gewesen, ihm sein Unternehmen oder zumindest Teile davon abzutreten. Tom hätte daher einfach auf der faulen Haut liegen und auf den Rücktritt seines Vaters warten können.

Da er nicht das Bedürfnis hatte, bis zu diesem Zeitpunkt zu warten, meldete er sich 1941 als Infanterist beim Militär, nachdem die Vereinigten Staaten in den Zweiten Weltkrieg eingetreten waren. Er wurde, wie so viele andere auch, nach Frankreich verschifft, wo er Deutsche erschiessen musste, die kaum älter waren als er selbst. Aufgrund seines Könnens und weil er schlicht unsterblich schien, wurde er einige Monate später zum Korporal ernannt. Es gelang ihm, mehrere Gefechte zu gewinnen. Er konnte sich noch allzu gut an eine Schlacht am Rhein erinnern: Er kauerte hinter den Trümmern eines eingestürzten Hauses. In seinen zitternden Händen hielt er ein Sturmgewehr. Er zitterte nicht, weil er fror oder nervös war. Nein, er hatte seit Tagen nichts mehr gegessen. In seinen Ohren wummerten die Schüsse der Artillerie, die über seinen Kopf hinweg die feindliche Front bombardierte. Tom konnte auch die Schreie der Männer hören. Waren es seine Feinde? Seine Freunde? Er konnte es nicht sagen. Es spielte auch keine Rolle. Tom zuckte zusammen, als ein Schuss nur einige Zentimeter neben ihm ins Holz einschlug. Er lud sein Gewehr, nahm all seinen Mut zusammen, erhob sich, erblickte seinen Gegner und drückte den Abzug. Sein Gegenüber fiel mit einem dumpfen Schlag zu Boden. Tom sprang über die Trümmer, die ihm vor wenigen Sekunden noch das Leben gerettet hatten, und rannte zur nächstgelegenen Wand. Dort warf er sich hin und blickte vorsichtig nach vorne. Er sah den Rhein und den mit Leichen gepflasterten Weg dorthin. Linkerhand stand ein Panzer in Flammen. Auf seiner rechten Seite sah er, wie sich Männer mit Pistolen und Gewehren gegenseitig erschossen, sich mit Granaten Körperteile wegsprengten, sich mit Messer, Schaufel und Bajonett in die Mägen stachen. Und wofür das Ganze? Um einen Krieg zu führen, der alle Kriege beenden sollte. Tom bemerkte, dass jemand auf ihn zurannte. Die Uniform des Mannes war hellgrau. Es musste ein Deutscher sein. Ohne zu zögern, legte er sein Gewehr an und schoss.

Tom lief eine Strasse hinunter. Er musste aufpassen, auf keine Leiche zu treten. In der Ferne sah er bereits den Kommandanten seines Regimentes. Würde er wohl endlich aus dieser Hölle entlassen?

»Sie werden versetzt. Gratulation, Korporal Hilbert.«

In Calais, einem kleinen französischen Städtchen am Meer, lernte er John Butcher kennen. Einen stolzen amerikanischen Patrioten. Butcher war ein Jahr älter als Tom und trug ebenfalls den Grad eines Korporals. Sie verstanden sich von Beginn an sehr gut. Insbesondere amüsierte Tom die Arroganz und die Selbstgefälligkeit von John sehr. Seine Überheblichkeit machte so manches Gespräch sehr unterhaltsam. Sie brachte ihn immer wieder zum Lachen, denn oftmals schnitt John sich ins eigene Fleisch, insbesondere wenn es um Frauen ging.

»Ich hatte da mal was mit einer Blondine. Reizendes Mädchen«, erzählte John. Tom und er sassen auf der untersten Stufe zum Speisesaal. Die beiden waren ausgesprochen glücklich, schliesslich hatte man sie in Calais einem Nachrichtenzug zugeteilt. Hier war es viel ruhiger als an der Front.

»Magst du Blondinen, Tom?«

»Wer nicht?«

»Sie war ein prächtiges Mädel. Da können nicht einmal diese deutschen Weiber mithalten.«

»Was du nicht sagst.« Mittlerweile langweilten die Weibergeschichten seines Freundes Tom allmählich. Natürlich war sie auf eine einfache Art und Weise unterhaltsam und dennoch zweifelte Tom an ihrer Wahrhaftigkeit. Es waren jene Geschichten, die man gerne auszuschmücken pflegte, weil man wusste, was der Zuhörer gerne hören möchte, Geschichten, die so in Wahrheit nie geschehen waren.

»Vielleicht werde ich sie nach dem Krieg nochmals aufsuchen«, dachte John laut.

Nachdem sich die Deutschen 1945 ergeben hatten und der lang ersehnte Frieden in aller Welt verkündet wurde, sassen die beiden in ebenjenem kleinen Städtchen in einer französischen Bar und waren guter Laune. Schliesslich konnten sie am nächsten Tag endlich aus dieser Hölle verschwinden und in ihr vertrautes Leben zurückkehren. Allerdings sorgte sich Tom, dass die alte Welt möglicherweise nicht mehr so war, wie er sie einst zurückgelassen hatte. Dies nahm er als guten Grund, einen über den Durst zu trinken. Die beiden Männer sassen an der Theke und John erzählte eben, wie er einmal in einer Auseinandersetzung zehn Deutsche »Hunde« unbewaffnet besiegt hatte. Natürlich sei dies vor ihrer Bekanntschaft gewesen, meinte John. Tom nickte wie ein braves Hündchen und glaubte seinem Kompagnon kein Wort. Butcher stellte sich oft besser dar, als er wirklich war. Insbesondere wenn es um den Krieg ging. Butcher war auch der Überzeugung, er habe dem Land solch gute Dienste geleistet, dass man ihm einen Orden für seine ausserordentlichen Taten überreichen sollte. Während John vor sich hin quasselte und Tom seinen Gedanken nachhing, entdeckte Tom plötzlich zwei reizende Frauen.

»Sieh mal da hinten, da sitzen zwei Frauen, die dauernd zu uns rüberschauen«, sagte Tom und beugte sich dabei zu John hinüber.

»Warum sagst du das denn nicht früher?«, antwortete John mit einem Lächeln und guckte in den hinteren Teil des Lokals zu den beiden Frauen. Sie erwiderten seine Blicke.

»Wollen wir?«, fragte John und wies mit seinem Kopf zu

den Damen hinüber. Tom nickte, dann standen die beiden auf. Tom Hilbert hatte während seines Studiums an der Harvard University zum Glück Französischunterricht belegt. Er konnte sich daher ohne Probleme verständigen, wenn auch mit einem etwas hässlichen amerikanischen Akzent. Sie sprachen die Frauen an, offerierten Drinks und erfuhren bald, dass die beiden Amélie und Josephine hiessen. Es schien prächtig zu laufen. Tom fand besonders an Amélie Gefallen, und sie schien die Gefühle zu erwidern. Sie hatte schwarze Haare und gleichfarbige Augen. Besonders mochte er, dass sie bei seinen Komplimenten immer wieder errötete. Josephine unterhielt sich in erster Linie mit John. Die beiden Freunde fanden heraus, dass die Frauen in Calais wohnten.

»So ist das, ich verstehe. Das trifft sich ja vorzüglich«, meinte John und lächelte seinem Gegenüber ins Gesicht.

»Ischt das so? 'Arum?«, fragte Josephine nach einem Zug an ihrer Zigarette.

»Nun«, sagte John und legte eine theatralische Pause ein, »ich habe gehört, dass französische Frauen schnell zur Sache kommen. Ich würde daher vorschlagen, dieses Amüsement hier an einen anderen Ort zu verschieben!«

Empört über diese Frechheit schlug Josephine John mit der offenen Hand ins Gesicht, erhob sich und forderte Amélie prompt auf, mitzukommen. Sie würden irgendwo anders hingehen, wo es nicht so aufdringliche Männer gebe. Amélie wirkte gekränkt, gehorchte aber. So verliessen die beiden Damen die Bar. Tom schaute ihnen traurig hinterher. Er sah noch, wie Amélie ein letztes Mal zu ihm blickte, bevor sie hinter der Tür und damit für immer aus seinem Leben verschwand.

»Was sollte das denn, du Affe?«, fragte Tom seinen Freund erzürnt.

»Was meinst du?«, entgegnete John, sichtlich verwundert.

»Du hast sie vertrieben. Es lief doch so gut! Warum nur sagst du sowas?«, rief Tom aus und nahm einen grossen Schluck von seinem Bourbon.

»Hör mal, Tom. Ich bin nicht hier, um meine grosse Liebe zu finden. Ich möchte einfach mal wieder die Nähe einer Frau geniessen. Wenn meine direkte Art sie vertrieben hat, ist mir das egal. Wer nicht will, der hat schon«, sagte John mit gerümpfter Nase. Er sah aus wie ein schmollendes Kleinkind.

»Verflucht sei deine Eigensucht«, murrte Tom. »Besuch doch ein Hurenhaus, wenn du's schnell haben willst.«

»Komm schon, Tom. Der Abend ist noch jung. Wir finden schon noch was für uns«, meinte John und legte brüderlich einen Arm um seinen besten Freund. Das Einzige, was die beiden an diesem Abend noch finden würden, war zur rechten Zeit eine Toilette, in der sie sich übergeben konnten. Beim Gedanken an den nächsten Morgen, als die Überfahrt nach Hause begann, huschte Tom immer wieder ein flüchtiges Lächeln übers Gesicht. Es war fürchterlich gewesen. Er hatte sich wegen des Schaukelns noch drei weitere Male übergeben müssen. Einmal sogar über die Schuhe seines Kompanieführers.

Nach seiner Ankunft in Amerika verlieh man ihm einen Orden für ausserordentliche Taten, bevor man ihn anschliessend aus dem Dienst entliess und nach Hause schickte. Dort verbrachte er etwas mehr als ein halbes Jahr auf dem grossen Anwesen seines Vaters. Tom verfasste einen Brief an seine Mutter, um ihr von seinen Erlebnissen zu berichten. Während er auf eine Antwort von Beatrice wartete, die er nie erhalten sollte, genoss er die Präsenz von Frauen und den Geschmack von Alkohol. Er schmiss auf Kosten seines Vaters grosse Partys, bei denen viele Mitglieder der High Society New Yorks anwesend waren.

John hatte ihn auch etliche Male besucht. Ursprünglich stammte John Butcher aus Rockford, Illinois. Nach dem Ende des Krieges war er zu seiner Familie zurückgekehrt. Allerdings zog er nach zwei Monaten nach New York, da er eine Stelle als Polizist gefunden hatte. John mietete in Soho eine kleine Wohnung. An den Wochenenden fuhr er dann nach Engelwood Cliffs hinaus, um an den Festen seines besten Freundes teilzunehmen. Er war oftmals zu betrunken, um nach Hause fahren zu können, sodass er vermehrt in einem der Gästezimmer übernachtete. An einem etwas kühleren Sonntag im März 1946 sass Tom mit einem Glas Orangensaft auf der Veranda des Anwesens und schien vor sich hinzuträumen, als ihm John schlaftrunken Gesellschaft leistete. Am Vorabend hatte wie so oft eine Party stattgefunden. Es war die bisher grösste, an der John je teilgenommen hatte.

John stammte aus der Mittelschicht. Ihm waren solch grosse Anlässe immer verwehrt gewesen. Schon nur aus dem Grund, weil es in Rockford nicht wirklich eine Oberschicht gab. Während seiner Zeit in Rockford hatte er oft die verschiedensten Pubs besucht, allerdings war dies nichts im Vergleich zu einem Fest in New York. In Rockford kannte jeder jeden und so durfte man sich nicht zu viel erlauben, weil man sonst sein Gesicht vor der ganzen Bürgerschaft verlor. Die Welt, in der Tom lebte, gefiel ihm daher viel besser. Hier schienen alle inkognito zu sein. Jeder respektierte die Privatsphäre des anderen. John setzte sich neben seinen Freund und grüsste ihn. Dieser gab ein kurzes »Hallo« von sich. John gähnte ausgiebig und zündete sich daraufhin eine Zigarette an.

»Ist ja mal was ganz Neues, dass du etwas Gesundes trinkst«, meinte John scherzhaft.

»In der Tat, das ist schon eine Seltenheit in letzter Zeit«, bestätigte Tom und betrachtete sein Glas. Er hatte den Witz anscheinend nicht verstanden.

»Wie hat es dir gestern gefallen?«, fragte Tom und liess seinen Blick über die Veranda, den Garten und den Pool schweifen.

»Es war unglaublich. Ich machte die Bekanntschaft mit einer reizenden Frau«, erzählte John. Dann nahm er einen Zug von seiner Zigarette.

»Das ist wunderbar«, entgegnete Tom. Wie so oft glaubte er John nicht hundertprozentig, da er dies fast nach jedem Fest erzählte.

»Ihr Name ist Olivia. Sie lebt, wie ich, in New York. Wir haben uns für nächstes Wochenende zum Essen verabredet. Es tut mir daher sehr leid, dass ich nicht an deinen Festivitäten teilnehmen werden kann«, meinte John.

»Wie ist ihr Nachname?«, fragte Tom und blickte nun seinem Kumpel direkt ins Gesicht. »Jackson. Olivia Jackson. Warum fragst du?«, wollte John wissen.

»Ich kenne ihren Vater. Er ist der Geschäftsführer der Jackson Industrials. Seine Unternehmung stellt Autos her. Hat damit ein Vermögen gemacht, der Gute. Warum auch nicht, ich meine, die Vereinigten Staaten brauchten Geländefahrzeuge im Krieg. Jackson hätte jeden Preis verlangen können und der Staat hätte es ihm gekauft«, sagte Tom, nun wieder gedankenverlorener.

»Oh, nun, das hat sie mir nicht erzählt.«

»Dann tu so, als ob du's noch nicht wüsstest, wenn sie es dir sagen wird«, antworte Tom und nahm lächelnd einen Schluck von seinem Orangensaft, »und mach dir wegen nächster Woche keine Gedanken. Ich werde vorläufig keine Feste mehr veranstalten.«

»Warum?«, wollte John wissen, der über diese Aussage bestürzt war.

»Ich werde Ende des Monats Juni dreiundzwanzig Jahre alt. Es ist an der Zeit, dass ich aufhöre, auf der faulen Haut zu liegen, und beginne, etwas zu tun«, sagte Tom mit einem etwas sentimentalen Unterton.

»Was schwebt dir vor?«, wunderte sich John, nahm den letzten Zug von seiner Zigarette und zerdrückte sie anschliessend im Aschenbecher. »Ich habe beschlossen, ebenfalls der Polizei beizutreten«, erklärte Tom, mit einem Funkeln in den Augen. Er hatte schon länger über diese Idee nachgedacht.

»Das ist toll. Dann werden wir auch noch Arbeitskollegen«, sagte John entzückt.

»Ist das für dich in Ordnung? Ich hatte schon die Befürchtung, dass es dich stören würde.«

»Warum sollte es? Bis du soweit bist wie ich, vergeht sowieso noch manche Stunde«, lachte John.

»Schon gut.«

So kam es dann, dass Tom eine Stelle als Polizist erhielt, und zwar im selben Revier wie John. Gemeinsam fingen sie an, Verbrechen um Verbrechen aufzudecken. Obwohl sich Toms Vater zu Beginn nicht mit der Berufswahl seines Sohnes anfreunden konnte, stellte er bald fest, dass Tom ein äusserst talentierter Mann seines Faches war. Bald wurde Tom gar zum Gesicht der gesamten Polizei New Yorks. Beinahe wöchentlich wurden seine polizeilichen Meisterleistungen in einem Zeitungsartikel erwähnt. Im Mai 1946 kam dann für beide die Beförderung zum Detektiv. Zum Dank wurden sie in die Abteilung für Morde verschoben. Um nicht immer zwischen dem Anwesen seines Vaters und der Arbeit hin und her pendeln zu müssen, mietete Tom am westlichen Ende des Washington Square Parks eine Wohnung.

»Ich werde ausziehen«, sagte er eines Morgens beim Frühstück an seinen Vater gerichtet. »Warum der plötzliche Aufbruch?«

»Ich will dir nicht weiter zur Last fallen.«

»Blödsinn. Du bist hier so lange willkommen, wie du bleiben möchtest.«

»Das weiss ich, Vater, und dennoch treibt es mich in die Stadt.«

»Verstehe. Du wirst also nicht wieder das Land verlassen?«

»Nein, nur meinen Arbeitsweg verkürzten«, erklärte Tom.

Michael Hilbert nickte kauend.

# Teil I

# Clair's

»Ich muss los!«, rief der junge Mann entsetzt, als er sah, wie sich der grosse Zeiger seiner Wohnzimmeruhr vorwärtsbewegte und auf die Position achtzehn Uhr vorrückte . Es war ein warmer, sonniger Abend im Juni, als Tom aus seiner Wohnung an der Washington Square West Avenue hastete, um sich wie vereinbart mit seinem Freund im Jazzclub *Clair's* zu treffen. Mittlerweile war er ein dreiundzwanzigjähriger Mann. In den letzten Tagen hatte er so viel um die Ohren gehabt, dass er öfters jedes Zeitgefühl vergessen hatte. Er hatte sich zu jener Art Mensch entwickelt, die mehr dachten als sagten. Seine Worte waren stets aufrichtig, denn sie widerspiegelten immer seine Gefühle. Nicht mehr und nicht weniger. Er war nicht nett und auch nicht fies. Was also war er?

Als Tom an jenem warmen, sonnigen Juniabend aus seiner Wohnung hastete, nur um dann verschwitzt bei *Clair's* einzutreffen, sass John bereits an einem Tisch und trank einen Highball. Sofort bestellten die beiden einen zweiten für Tom. Seit ihrer Beförderung zu Detektiven hatten sie deutlich weniger Zeit, sich zu treffen. Hinzu kam noch, dass John ein paar Monate, nachdem er Olivia kennengelernt hatte, mit ihr zusammengezogen war. Eine äusserst gewagte und empörende Aktion, die der öffentlichen Norm nicht ensprach, doch Tom gefiel, dass sich John und Olivia nicht an solchem Gerede störten. Oftmals, wenn Tom um ein Treffen fragte, gab John ihm ihretwegen einen Korb.

»Oh, mein alter Junge. Können wir das nicht verschieben? Heute ist es unpassend.« Das war seine Ausrede. Jedes Mal. Dass sie sich heute wieder einmal treffen sollten, schien einem Wunder gleichzukommen.

»Wir haben uns eine Ewigkeit nicht mehr getroffen. Gibt es besondere Neuigkeiten«, fragte Tom, nachdem er den ersten Schluck seines Getränkes konsumiert hatte. Er klang verbitterter als beabsichtigt. Auch John bemerkte das.

»Ja, die gibt es in der Tat, mein Freund.«

Tom schnaubte. »Lass hören.«

Butcher blieb für einen Moment ruhig. Er schien die Worte in seinem Kopf vorsichtig auszuwählen. Auf Tom wirkte es, als wollte er abschätzen, welche nun wohl die Besten und Angemessensten waren. Tom zündete sich zwischenzeitlich eine Zigarette an.

»Du kennst doch Olivia, nicht wahr?«, fragte John vorsichtig.

»Klar. Nun ja, wenn ich genauer darüber nachdenke, fällt mir allerdings auf, dass du sie mir noch nie persönlich vorgestellt hast«, antwortete Tom. Er musste Olivia damals an der von ihm organisierten Party wohl übersehen haben, was durchaus verständlich war, denn er hatte über hundert Menschen eingeladen.

»Nun ja, das will ich ändern«, meinte John. Tom schwieg weiterhin.

»Ich möchte dich daher zu unserer, ich meine, zu meiner Hochzeit einladen, als mein *best man*«, sagte John. Er blickte Tom an, als fürchtete er, es würde nächstens eine Bombe explodieren. Tom verschluckte sich beinahe. Er fühlte sich geehrt, verwirrt, verärgert. Alles zusammen.

»Ich ... ja, vielen Dank. Ich nehme gerne als dein *best man* an eurer Hochzeit teil «, sagte Tom und lächelte seinen Freund an. *Wie konnte er nur?* Er hatte die Frau seines besten Freundes noch nicht ein einziges Mal zu Gesicht bekommen. Bisher war sie für ihn der reinste Mythos, und nun sollte er plötzlich als Trauzeuge an John Butchers Hochzeit antanzen. Frechheit. »Wo und wann findet die Hochzeit denn statt?«, fragte Tom und nahm einen weiteren Schluck seines Highballs. Das Getränk war sehr stark, was er daran merkte, dass er sich schon ein wenig angetrunken fühlte.

»Sie wird im September dieses Jahres in Rockford stattfinden.« John schien sehr erleichtert zu sein über die Zusage seines Freundes.

»Ich verstehe. Dann sollte ich wohl mal einen Flug buchen«, meinte Tom.

»Nein, das ist nicht nötig. Ich werde das für dich übernehmen.«

»Bist du wahnsinnig? Nein, das wirst du nicht!«

»Doch, ich bestehe darauf.«

Sie diskutierten eine Weile darüber.

»Du willst dir das scheinbar nicht aus dem Kopf schlagen, auch wenn ich dich darum bitte, erkannte Tom. John schüttelte überzeugt den Kopf. Tom wandte den Blick von seinem Freund ab und liess ihn durch den Club schweifen. Der Raum war dunkelblau eingefärbt, auf den Tischen stand jeweils eine Kerze. Im vorderen Teil gab es eine Bühne, auf der eine schwarze Sängerin zusammen mit ihrer Band diverse Jazzlieder spielte. Ihre Stimme hatte etwas Rauchiges. Tom mochte es und begann, mit seinem Fuss im Takt zu wippen. Ihm fiel auf, dass Wandlampen in Form von Kerzenständern sanft leuchteten.

»Möchten Sie etwas essen?«, fragte der Kellner, der auf sie zugekommen war.

»Ja. Für mich gerne die Nudeln mit Hühnerbrust«, sagte Tom und tippte dabei auf der Speisekarte auf die Nummer neunundsiebzig.

»Für mich dasselbe«, meinte John und lächelte den Kellner höflich an. Nudeln mit Hühnerbrust war Toms Lieblingsgericht. Insbesondere mochte er es, wie es im *Clair's* serviert wurde. Schon beim Anblick des Gerichts lief ihm das Wasser im Mund zusammen. Nach dem Essen gönnten sich die beiden noch ein paar Drinks, danach lief Tom gut gelaunt nach Hause. Als er sein Appartement betrat, drehte es sich leicht in seinem Kopf. Im Eingangsbereich seiner Wohnung war die Garderobe untergebracht, links von der Kleiderablage hing ein mannshoher Spiegel an der Wand. Im Wohnzimmer gab es ein Sofa, einen Tisch und einen Plattenspieler sowie ein grosses Bücherregal, das bis unter die Decke mit Büchern gefüllt war. Ging man geradeaus durch den Wohnbereich, konnte man durch das grosse Fenster in den Washington Square Park hinunterschauen. Tom tat dies durchaus gerne mit einem Scotch in der Hand. Direkt neben dem Eingang und auf der rechten Seite des Wohnzimmers befand sich eine kleine Küche aus Marmor. Die Tür auf der linken Seite des Wohnzimmers führte ins Schlafzimmer und weiter ins Badezimmer. In Toms Schlafzimmer gab es nichts ausser einem simplen Doppelbett und einem Nachttisch, auf dem eine Lampe stand. Auf der rechten Seite hatte es ein Fenster von dem man ebenfalls in den Washington Square Park blicken konnte. Als Tom durch sein Schlafzimmer ging, tanzte das Licht des Mondes bereits auf dem Fussboden. Er war ausgesprochen müde, daher betrat er das Badezimmer, wusch sich den Schmutz des Tages aus dem Gesicht und legte sich anschliessend ins Bett, wo er innert weniger Minuten einschlief.

# *Hochzeit*

Der September brachte deutlich kühlere Tage mit sich, und Tom sah sich gezwungen – obschon es für diese Jahreszeit unüblich war –, über seinem Outfit einen Mantel zu tragen. Es würden noch drei Tage vergehen bis zur Hochzeit von John Butcher und Olivia Jackson. Da er nicht ohne ein Geschenk zur Hochzeit gehen wollte, suchte er einen Blumenladen auf. Dort kaufte er für das Paar einen Bonsaisamen. Danach ging er über die Strasse zum Schmuckhändler. Dort erwarb er Silberbesteck. Das Ganze war sehr kostspielig, doch reute es ihn nicht.

Wie versprochen hatte John für ihn einen Flug reserviert, und den würde er am Nachmittag antreten. Er müsse alleine reisen, meinte John eines Abends, als er bei Tom in der Wohnung zu Besuch gewesen war. Sie hatten sich nach einem anstrengenden Tag bei ihm zusammengefunden, um den Tag mit einem Getränk ausklingen zu lassen. Olivia und er würden bereits in Rockford sein, da sie noch Hochzeitsvorbereitungen zu treffen hätten, hatte John gesagt und verträumt in sein Glas geschaut. John musste diese Frau wirklich lieben. Sogar seine Selbstgefälligkeit schien irgendwie nachzulassen, stellte Tom in letzter Zeit fest. Mitte September zog er seinen schönsten Sakko, seine beste Hose, ein blütenweisses Hemd und dazu eine schwarze Fliege an. Um sein Erscheinungsbild zu überprüfen, warf er einen selbstkritischen Blick in den mannshohen Spiegel und sah einen Mann von mittlerer Grösse mit sportlicher Statur, dem der hohe Alkoholkonsum nicht anzusehen war. Tom hatte dunkelbraune Augen sowie lockige, schwarze Haare. Sein Gesicht war schmal und glattrasiert. Er mochte es nicht, einen Bart zu tragen, und sorgte deshalb jeden Tag dafür, dass er die Wohnung frisch rasiert verliess. Sein Vater hatte ihm immer eingeprägt, dass der erste Schritt zu einem erfolgreichen Leben ein ordentliches und sauberes Erscheinungsbild sei. Tom teilte diese Ansicht. In der Hosentasche trug er eine silbrige Bulova-Taschenuhr. Er hatte sie von seinem Grossvater zum sechzehnten Geburtstag erhalten. Tom hatte sich immer eine solche Uhr gewünscht und war damals über das Geschenk mehr als erfreut gewesen. Als er auf das Zifferblatt seiner Bulova blickte, stellte er fest, dass es höchste Zeit war zu gehen, da er sonst seinen Flug verpassen würde.

Der Flug von New York nach Rockford war nur von kurzer Dauer. Der Flieger machte Tom nicht den Eindruck besonders stabil gebaut zu sein, und so fürchtete er bei der kleinsten Turbulenz um sein Leben. Es war eine Strapaze. Eine halbe Stunde nachdem der Flieger gestartet war, fing es heftig an zu regnen. Es dauerte nicht lange, bis sich die blecherne Stimme des Kapitäns durch die Boxen an die Passagiere wandte.

»Verehrte Fluggäste, aufgrund eines unerwarteten Sturmes haben wir mit diversen Turbulenzen zu kämpfen. Wir bitten Sie, sitzen zu bleiben und Ruhe zu bewahren. Vielen Dank.« Die Stimme verstummte wieder. *Na wunderbar*, dachte Tom. Die klappernde Metallkiste fing an, sich wie ein kranker Hund zu schütteln, und es kam

so weit, dass Tom sich an der zerkratzten Armlehne festhalten musste, um nicht auf den Kabinengang hinaus-
geschleudert zu werden. Das Kleinkind eine Reihe hinter
ihm fing an zu quengeln. Mit lauter Stimme machte es alle
Fluggäste darauf aufmerksam, dass es wieder nach Hause
wollte. Jegliche Form der Beruhigung und Beschwichti-
gung der Mutter half nicht, es weinte sogar noch lauter.

Es war bereits Abend, als Tom aus dem Flughafen trat
und zum ersten Mal die Luft von Rockford einatmete. Er
konnte den Geruch von heissem Strassenbelag, nassem
Gras und Abgas riechen. Die Temperaturen waren höher
als in New York, daher bereute er es umgehend, seinen
Mantel eingepackt zu haben. Als Tom beim abgemach-
ten Treffpunkt ankam, wartete John bereits auf ihn. Er
lehnte lässig an seinem gelben Cadillac und rauchte eine
Zigarette. Als er Tom erblickte, kam er mit offenen Armen
auf ihn zu.

»Ah, mein Freund, schön, dich zu sehen!«, meinte er
mit einem breiten Lächeln und zog ihn in eine herzliche
Umarmung. Tom erwiderte sie nicht wirklich, da er die
Arme voll mit Gepäck hatte. Ausserdem war er nicht in
der Laune für Umarmungen. Sein Gemüt war vom Flug
noch etwas aufgewühlt. Nachdem das Gepäck im Kofferraum verstaut war, John seine Zigarette fertiggeraucht
und sie losgefahren waren, fragte der Bräutigam:

»Ich nehme an, dein Flug war in Ordnung?«

Tom bejahte. Er wollte John nicht kränken, da er den
Flug offeriert hatte. Im Nachhinein, so dachte Tom, hätte
es Johns Ego vermutlich nicht wehgetan, wenn er ehr-

lich gewesen wäre. Nach dieser Nahtoderfahrung würde Tom wohl nie wieder einen Flieger mit ruhigem Gemüt betreten können. Anders als er war John an diesem Tag äusserst aufgestellt. Er schien die Hochzeit kaum noch abwarten zu können. Wer konnte es ihm verübeln? Nicht jeder fand den perfekten Partner, mit dem er den Rest des Lebens verbringen möchte. Noch nie hatte Tom jemanden mit so viel Euphorie gesehen, wenn es ums Heiraten ging.

»Du scheinst sehr aufgeregt zu sein«, fand Tom und blickte auf das Armaturenbrett des Autos. Es war aus edlem Mahagoniholz gefertigt. Aus gegebenem Anlass war das Fahrzeug vermutlich in eine Garage gebracht worden, denn es war neu lackiert. Allgemein war der Wagen blitzblank. In diesem Moment fasste Tom die Idee, sich in New York ein eigenes Auto anzuschaffen. Er war es leid, immer mit den Taxis zu reisen.

»Natürlich bin ich das. Warum auch nicht?«, meinte John, ohne seinen Blick von der Strasse abzuwenden. Er wusste kein Argument, das er dagegen hätte einbringen können. Als sie sich der Innenstadt näherten, fing Tom an seine Umgebung zu mustern. Wie ein Sog nahm er alles was seine Augen erblicken konnten in sich auf. Rockford war ein entzückendes Städtchen. Hier hatte jeder Einwohner sein eigenes Haus mit eigenem Garten und Garage. Jeder Rasen war sauber gemäht und sah gepflegt aus. Als Tom sich das so ansah, verstand er nicht genau, warum John nach New York gekommen war. In eine Stadt, in der es lärmig, eng und stickig war. In eine Stadt, in der die Menschen in Wohnungen lebten, die zwar nicht halb so gross waren wie die Grundstücke hier, aber mit Sicherheit das Doppelte an Unterhalt kosteten. Tom schätzte, dass sein bester Freund vermutlich das rasante Leben der Stadt mochte. Bei ihm war es zumindest so. Jedes Mal, wenn er auf dem Times Square war, fühlte er sich wie ein kleines Kind, das zum ersten Mal Schokolade kostete. Es war atemberaubend, und man kam nicht mehr aus dem Staunen heraus und fragte sich, wie so etwas Grandioses möglich sein konnte.

Nach einer halben Stunde kamen sie beim Haus der Butchers an. Man konnte es von den anderen Häusern nur unterscheiden, weil ein weisser Blumenkranz an der Tür hing, ein Symbol der Hochzeit. Das Haus war in einem roten Farbton gehalten, die Fensterrahmen hoben sich weiss davon ab. Es stand auf einer künstlichen Anhöhe, um etwas Distanz zur Strasse zu haben. Auch das Anwesen von Toms Grosseltern stand auf einer solchen Erhöhung. John parkte seinen Wagen in der Auffahrt, danach luden sie sämtliches Gepäck aus und betraten das Haus. Tom wurde den Eltern und dem jüngeren Bruder, Mason, vorgestellt. Anschliessend begaben sich alle ins Wohnzimmer, um Kaffee und Kuchen zu geniessen. Der Raum war sehr geräumig und auch die Sitzmöglichkeiten waren komfortabel. Ganz zu Toms Freude wurde eine Flasche Bourbon geöffnet. Nach einigen Minuten betrat die Braut das Zimmer. Olivia Jackson war eine schlanke, kleine Frau mit einem Gesicht, das reine Lebensfreude ausstrahlte. Über den Neuankömmling schien sie sich sehr zu freuen, denn sie trat sofort mit einem Lächeln und Wärme in den Augen auf Tom zu. Dieser erhob sich rasch und reichte ihr die Hand, wobei er seinen Namen nannte. Der Bourbon musste ihm wohl bereits aufs Gemüt geschlagen haben, denn er wankte beim Aufstehen ein wenig.

»Sie sind mir durchaus vertraut. Ich durfte bereits an einigen Ihrer Feste teilnehmen«, sagte sie entzückt. Sie hatte kastanienbraune Haare und dieselbe Augenfarbe. Sie lächelte ihn höflich an. John hatte damals auf der Veranda nicht unrecht gehabt. Olivia Jackson war eine reizende Dame.

»Ich hoffe, es hat Ihnen gefallen«, erwiderte Tom höflich und lächelte verlegen. Er konnte sich nicht an ihr Gesicht erinnern. Es war nicht das erste Mal, dass ihm dies passierte. An seinen Veranstaltungen nahmen oft unzählige, auch ungeladene Gäste teil. Es war ihm gar nicht möglich, jeden persönlich zu kennen. Tom musste wohl damals eine Einladung an eine von Olivias Freundinnen geschickt haben und Olivia schien in deren Begleitung gewesen zu sein. Oder hatte er sie vielleicht doch schon mal gesehen und wusste es nicht mehr genau? Sie nickte und setzte sich anschliessend neben ihren Verlobten. Sie waren ein reizendes Pärchen, wobei die beiden vom Aussehen her nicht unterschiedlicher hätten sein können: Sie eine schlanke Brünette, er ein stämmiger blonder Mann mit kristallblauen Augen.

Die Hochzeit fand zwei Tage später in der Kirche Sankt James statt. Tom hatte für die zwei Tage bis zum grossen Ereignis das Gästezimmer bezogen. Er hatte in dieser Zeit sowohl die Familie wie auch die Braut näher kennengelernt. Wie sich herausstellte, stammte Olivia aus Chicago.

»Meine Familie wohnt etwas ausserhalb der Stadt«, erklärte Olivia. »Sie müssen uns unbedingt einmal besuchen kommen, Tom.«

»Das musst du wirklich. Ein prächtiges Haus«, unterstützte John die Aussage seiner zukünftigen Frau. Hinter vorgehaltener Hand meinte er zu ihm: »Nicht nur das Anwesen, auch Olivias Schwester ist reizend. Sie wäre dein Typ.«

»Was du nicht sagst.« Tom war noch nie in Chicago gewesen und verspürte auch nicht den Drang, dorthin zu reisen.

»Weshalb sind Sie nach New York gekommen?«, fragte Tom seine neue Bekanntschaft. »Wegen des Studiums. Sie müssen wissen, ich studierte Astronomie. Allerdings hatte es an der Universität in Chicago keinen Platz mehr, also musste ich mich anderswo umsehen«, erzählte Olivia.

»Vermissen Sie Ihre Familie nicht?«

»Zu Beginn tat ich das durchaus. Ich war auch mit meinem Studium nicht besonders glücklich. Oft wünschte ich mir einfach, wieder ein Kind zu sein. Die Welt zu entdecken. Nach einer Weile lebte ich mich allerdings in New York ein, und so verschwanden diese sentimentalen Gefühle wieder. Ich habe immer noch regen Kontakt zu meiner Schwester.«

»Sie scheinen ein Familienmensch zu sein.«

»Das bin ich. Ich finde Familie etwas Wichtiges, das man pflegen sollte. Sie etwa nicht?«

Je näher das Ereignis kam, umso mehr Gäste trudelten in der Stadt ein. Viele waren Verwandte, Bekanntschaften aus aller Herren Länder oder News-Reporter. Schliesslich war das ein grosser Moment für die Jackson Industrials. Tom machte ebenfalls die Bekanntschaft mit Herrn und Frau Jackson. Franklin Jackson, kurz Frank, schien Michael Hilbert aus Kindertagen zu kennen und schwärmte in höchsten Tönen von ihm. Tom hatte das nicht gewusst, war aber auch nicht weiter überrascht. Sein Vater kannte viele einflussreiche Männer. Michael Hilbert war schliesslich selbst einer.

Die Hochzeit fand an einem warmen, sonnigen Herbstnachmittag statt. Neben dem Kirchengebäude war ein grosser Hochzeitspavillon errichtet worden, um den Gästen Schatten zu spenden. Die Hochzeitszeremonie fand im klassischen Stil statt und endete mit einem Kuss von Braut und Bräutigam. Danach wurden die Gäste ins Freie geleitet, wo ein grosses Buffet angerichtet worden war. Als Tom sich gerade an der Essenstheke mit Fleisch eindeckte, stellte er fest, dass James H. Bear neben ihm stand. Der Herr war gerade dabei, seinen Teller mit Käse zu füllen. Als er Toms staunenden Blick bemerkte, sagte er:

»Keine Bange, mein Junge, der ist für meine Frau. Sie hat mal wieder eine Phase.«

»Sie sind James Bear, national anerkannter Mythologe und Historiker«, sagte Tom begeistert. James lachte. »So wahr ich hier stehe.«

»Ich habe Ihr Buch *Development of Religion and Thought in Ancient Greece* gelesen. Es war eines der lehrreichsten und interessantesten Werke, die ich je zu lesen bekam«, sagte Tom. Er hatte dieses Werk während seines Studiums in Harvard durchgenommen und darüber eine

Arbeit geschrieben. Das alte Griechenland war eine von Toms grossen Leidenschaften. Sobald er irgendwo einen Bericht oder ein Buch dazu fand, kaufte er es und las es innert wenigen Tagen. Als Kind hatte Tom immer Historiker werden wollen. Mit den Jahren wurde die Geschichte jedoch mehr und mehr zu einem Hobby. Er erkannte bald, dass er mit dem Historikerabschluss nicht so glücklich werden würde wie erwartet. Er mochte es nicht wirklich, Abschriften von alten Dokumenten zu erstellen, und noch weniger mochte er es, im Archiv eines Museums zu arbeiten. Auch der Beruf eines Geschichtslehrers sprach ihn nicht sonderlich an. Aus diesem Grund hatte er sich von diesem Kindheitstraum abgewandt und ins Auge gefasst, Polizist zu werden.

»Ich danke Ihnen vielmals für das Kompliment. Natürlich freut es mich sehr, wenn mein Werk Sie überzeugt hat«, sagte James und gab ihm die Hand. »Wie war doch gleich Ihr Name, mein Junge?«

»Thomas Hilbert«, antwortete Tom und drückte die entgegengestreckte Hand seines Gegenübers.

»Natürlich. Wie gedankenlos von mir. Ich hätte Sie früher erkennen sollen. Sie sehen Ihrem Vater verblüffend ähnlich«, fand James. Tom dankte für das Kompliment. Ob er sich nicht an seinen und Frances Tisch setzen wolle. Frances war James' Gattin. Dankend nahm Tom an.

»Wie kommt es, dass Sie hier sind, James?«, fragte er neugierig und stellte fest, dass diese Frage wohl etwas frech wirkte. Sein Gegenüber schien es nicht weiter zu stören.

»Nun, mein Junge, ich bin hier aufgewachsen.«

Tom hätte beinahe den ganzen Nachmittag mit James und seiner Frau verbracht, wäre nicht plötzlich John zu ihnen an den Tisch getreten.

»Können Sie Tom kurz entbehren?«, fragte er höflich, nachdem er Herr und Frau Bear die Hand gegeben und ihnen für ihre Anwesenheit gedankt hatte. Die beiden nickten bedauernd. Tom stand auf, verabschiedete sich kurzfristig und folgte John nach vorne zum Tisch des Brautpaars. Auf dem Weg dorthin sagte dieser:

»Ich möchte dir gerne jemanden vorstellen.«

Tom war eigentlich nicht in der Laune, noch mehr neue Leute kennenzulernen, schliesslich hatte er sich gerade mit der vermutlich interessantesten Person unterhalten, die an diesem Anlass teilnahm. Seine Meinung änderte sich schlagartig, als er die Hand von Emily Moore in die seine nahm. Sie war die schönste Frau, die er jemals in seinem Leben gesehen hatte. Selbst Psyches Schönheit hätte Emily in den Schatten gestellt. Sie war, wie Olivia, nicht sonderlich gross, hatte eine sportliche Figur und dazu ein schlankes Gesicht. Ihre Haare hatten die Farbe von Gold und waren leicht gelockt. Ihre smaragdgrünen Augen hatten einen matten Glanz und ihre Lippen die Farbe von roten Kirschen. Sie sah umwerfend aus und hatte ihn nach dem ersten leisen »Hallo« bereits komplett in ihren Bann gezogen. Während er sie wie vom Blitz getroffen anglotzte, errötete sie leicht. Tom bemerkte es nun auch und änderte prompt seinen Ausdruck.

»Hallo«, sagte er und liess ihre Hand los, die so weich und fein war wie eine Feder. John stellte die beiden einander vor, dann musste er zu seiner Frau, da es anscheinend

Probleme mit dem Plattenspieler gab. Von da an waren sie nur noch zu zweit.

»Was machen Sie beruflich?«, fragte Tom, nachdem sie sich gemeinsam an einen leeren Tisch gesetzt hatten.

»Ich bin Reporterin der Daily Times«, antwortete sie und nahm einem Kellner ein Glas Champagner vom Servierblech.

»Sie sind also aus beruflichen Gründen hier?«, fragte Tom und bediente sich ebenfalls beim Champagner. Sie verneinte lächelnd.

»Ich bin eine Freundin von Olivia Jackson, der Braut.« Sie nahm den ersten Schluck ihres Getränks. Die Art, wie sie das tat, war sehr elegant. Er war verzaubert.

»Zufall. Ich bin ein Freund des Bräutigams.«

»Sie sind auch nicht von hier?«, fragte Emily daraufhin.

Nein, er sei aus New York, antwortete Tom und nahm einen Schluck. »Sind Sie auch von dort, wenn Sie für die Daily Times arbeiten?«

»So ist es«, erwiderte sie. Ein paar Drinks und einige Lacher später erfuhr Tom, dass Emily die Tochter von Jordan Moore und somit Erbin von Moore Enterprise war, einem Waffen produzierenden Unternehmen, das besonders durch die beiden Weltkriege einen riesigen Umsatz erwirtschaften konnte.

»Ich bildete mir nie ein, etwas Besseres zu sein, nur weil ich von einer vermögenden Familie abstamme«, sagte Emily ernst.

»Warum denn nicht? Auf den Erfolg des Vaters darf man doch wohl etwas stolz sein.«

»Natürlich, das bin ich auch. Dennoch ist es mein Vater,

der das Vermögen aufgebaut hat, nicht ich. Mir aufgrund seines Reichtums eine Überheblichkeit anzugewöhnen und mein Ego ins Lächerliche aufzublasen, wäre reine Ignoranz gegenüber all jenen, die hart arbeiten.«

Tom stimmte ihr zu. Er mochte ihre Bescheidenheit sehr. Bescheidenheit war etwas, das er in seinem sozialen Umfeld ansonsten nicht wirklich kannte. Viele seiner Freunde liebten nichts mehr, als den ganzen Tag zu prahlen, wie reich und schön sie waren.

»Dennoch finde ich, dass es ein angenehmer Vorzug ist, über ein ansehnliches Erbe zu verfügen«, sagte Tom. »Man muss sich nicht andauernd den Kopf darüber zerbrechen, ob dies nun der letzte Drink sein wird oder nicht.«

»Dem stimme ich zu. Am Ende bringt dem Menschen Geld aber nur eins – den Neid anderer.«

»Was, wenn dein Umfeld auch reich ist?«

»Dann werden sie alle auf denjenigen neidisch sein, der am meisten Vermögen hat«, antwortete Emily, nahm einen Zug von ihrer Zigarette und schaute ihn interessiert an. »Es liegt in der Natur der Menschen, auf andere neidisch zu sein. Menschen sind nicht in der Lage, anderen etwas zu gönnen, wenn sie es selber auch haben könnten oder gerne hätten«, sagte sie.

»Du sagst also, der Mensch sei dominiert von der Eigenschaft der Eifersucht?«

»Ja. Sie ist die Grundlage für das Bedürfnis nach Produkten und Dienstleistungen. Hätte der Mensch nicht das Gefühl, weniger zu haben oder sogar weniger zu sein als sein Gegenüber, hätte er gar nicht den Anreiz, etwas zu unternehmen, um seinen sozialen Stand zu verbessern.«

»Der soziale Stand unserer Zeit basiert demnach auf dem Materialismus?«

»Auf dem Materialismus, der dem Kapitalismus unterliegt«, sagte Emily. »Die Menge an Produkten, über die ein Mensch verfügt, hat schon in der Steinzeit bestimmt, wer Anführer einer Gesellschaft war und wer sich zu fügen hatte. Damals hatte man allerdings noch keine Währung und der Kapitalismus hatte somit noch keinen Namen. Sogar unsere Währung ist ein materielles Produkt. Je mehr Geld jemand hat, umso mehr Produkte kann er kaufen, wodurch ein höherer Wohlstand erzielt wird und somit indirekt das soziale Gesicht des Individuums verbessert werden kann.« Sie nahm einen Schluck Champagner. Emilys Augen funkelten, als würde sie gespannt auf seinen nächsten verbalen Schachzug warten. Sie hatte nicht nur das Aussehen von Aphrodite, sie schien auch das Wissen von Athene persönlich zu besitzen. Tom war so in das Gespräch mit dieser götterähnlichen Gestalt verwickelt, dass James Bear bereits aus seinen Gedanken verschwunden war.

Das Fest dauerte bis in die Abendstunden, danach verschoben sich die übrig gebliebenen Gäste ins Haus der Butchers. Dort gingen die Festlichkeiten weiter, bis die Sonne langsam über dem Horizont aufging.

»Ich habe euch beiden noch etwas zu überreichen«, erklärte Tom, als er Olivia und John im Wohnzimmer antraf. »Wartet hier.«

Er ging ins Gästezimmer, öffnete seinen Koffer und nahm die Geschenke heraus, danach kehrte er zum frisch verheirateten Ehepaar zurück. John reichte er die Samen,

Olivia das Besteck. Er kam nicht umhin, Johns verwirrte Miene beim Anblick des Beutels zu bemerken. »Das ist ein Bonsaisamen. Ein japanischer Baum. Er muss, um wachsen zu können, gepflegt und mit Liebe gehegt werden. Möge er eure Beziehung darstellen und gedeihen wie eure Ehe«, erklärte Tom den beiden.

»Vielen Dank«, sagte Olivia und schloss ihn in eine Umarmung. John nahm ihn ebenfalls dankend in den Arm. Emily sah ihnen von der Tür aus zu. Sie war über diese Geschenke gerührt. Er hatte wohl lange darüber nachgedacht, was er dem Brautpaar mitbringen wollte. Tom wandte sich erneut Emily zu. Er war über beide Ohren in diese Frau verliebt. Sie schien seine Gefühle zu erwidern. Wenn er sich in ihr geirrt hätte, so wäre sie immerhin gut darin gewesen, so zu tun, also ob sie ihn mochte. Es stellte sich heraus, dass sie für die Nacht ein Zimmer in einem Hotel reserviert hatte. Folglich bot sich Tom prompt an, sie dorthin zu begleiten. Sie nahm sein Angebot dankend an und verabschiedete sich vor dem Eingang des Hotels bei ihm mit einem Backenkuss.

»Gute Nacht, oder was noch davon übrig bleibt.«


Sein Flug zurück nach New York war für den darauffolgenden Tag geplant. Nachdem er bis zur Mittagstunde geschlafen hatte, wurde er von John und Olivia, nunmehr Johns Ehefrau, zum Brunch in ein Restaurant eingeladen. Wie es der Zufall wollte –und was Tom natürlich nicht ungelegen kam–, war auch Emily Moore mit von der Partie. Sie wartete bereits vor dem *Stone Café,* als die Frischvermählten und Tom eintrafen. Nach dem Essen hatten sich

Emily und Tom verabredet. Sie wollten sich am nächsten Wochenende in New York zum Essen treffen.

Nach der Abreise seines besten Freundes verweilten John und Olivia noch einige Tage bei seinen Eltern. Die Turteltäubchen räumten auf, putzten das Haus und gaben die Kirche dem Vermieter zurück. Wie Tom hatte auch Emily die beiden kurz nach dem Ende der Hochzeitsfeierlichkeiten verlassen, um nach New York zurückzukehren. Anschliessend reisten John und Olivia nach Chicago zu den Jacksons. Ihr Anwesen bestand aus einem weitläufigen Grundstück mit einem mehrteiligen Haus, einem Stall, einer unbebaute Ebene, die Ausritte ermöglichte und einem Swimmingpool mit einer Bar. Mehrere Bedienstete kümmerten sich um die ganze Anlage. Gemeinsam mit seiner frisch vermählten Frau genoss John die Reize des vorzüglichen Lebens eines Aristokraten und die Sehenswürdigkeiten der Metropole. Olivias Vater, Franklin, zeigte ihm sein Unternehmen, dessen Hauptsitz im Herzen der Stadt lag. Durch den Verkauf von Fahrzeugen an den Staat während des ersten Weltkrieges hatte sich die Unternehmung etabliert und war zur führenden Automarke geworden, sodass Frank sich eine goldene Nase verdienen konnte.

»Da du nun mein Schwiegersohn bist, würde ich mit dir gerne ein wichtiges Gespräch führen – zumindest ist es das aus meiner Sicht«, eröffnete Olivias Vater die Konversation mit einem Lächeln, als John die Lounge betrat.

»Worum geht es denn?«, fragte John, nachdem er sich in die Sofakissen hatte sinken lassen. »Ich suche seit geraumer Zeit einen würdigen Nachfolger«, fing Franklin an, »und ich glaube, ihn in dir gefunden zu haben.«

»Ich fühle mich sehr geehrt, aber ich kann dein Angebot nicht annehmen.«

»Warum nicht?«

»Ich habe mich dem Leben eines Polizisten verschrieben«, erklärte John mit betont aufrechter Haltung. »Warum willst du ein ordinäres Leben als unbedeutender Polizist führen, wenn du all dies hier haben kannst?«, erwiderte Franklin und wies mit ausgestrecktem Arm auf die Umgebung, in der sie sich befanden.

»Aller Reichtum dieser Welt bringt mir nichts, wenn ich dabei nicht glücklich bin.«

»Glückseligkeit führt nicht zur Vollkommenheit«, sagte Frank mit gerümpfter Nase. Auf seiner Stirn bildeten sich Falten. Er schien über den Verlauf des Gespräches nicht erfreut zu sein. »Dasselbe kann man vom Reichtum behaupten«, meinte John, während er seinem Gegenüber direkt in die Augen blickte.

»Komm, mein Junge, Überzeugung kann nicht das Einzige sein, das dich dazu motiviert, als Polizist arbeiten zu wollen?«, fragte der Schwiegervater.

»Da hast du natürlich recht. Ich hatte einst, gemeinsam mit meinem Bruder, als Jugendlicher einen Streit mit ein paar Anderen aus meinem Viertel. Es kam dann zu einer gewalttätigen Auseinandersetzung. Wir waren zahlenmässig unterlegen. Sie hatten mich zu Boden geworfen, und jedes Mal, wenn ich versuchte aufzustehen, traten sie mich in den Rücken und Bauch. Ich konnte nichts tun, als einer der Jungen während des Faustkampfs mit

45

meinem kleinen Bruder ein Messer zog und auf ihn losging. Wäre nicht ein Streifenwagen vorbeigefahren, hätte dieser Kerl meinen kleinen Bruder, der ihm weit unterlegen war, niedergestochen. Ich verdanke diesen Männern alles, und ich erkannte, dass ich nicht immer in der Lage sein würde, meinen Bruder beschützen zu können. Daher bin ich froh, dass es die Polizei gibt. Nach dieser Auseinandersetzung habe ich mir geschworen, auch Polizist zu werden, um anderen in Not helfen zu können«, erzählte John. Beim Gedanken an diese Erinnerung musste er mit den Tränen kämpfen. Franklin schwieg für eine Weile.

»Du tust das Richtige, mein Junge. Ich schäme mich beinahe, versucht zu haben, dir meine Nachfolge schmackhaft zu machen«, sagte er. In seinem Gesicht zeigte sich ein mitfühlendes Lächeln.

»Du bist wahrhaftig ein guter Mensch.«

# Central Park

Nachdem Tom wieder in New York gelandet war, konnte er es kaum erwarten, Emily Moore wiederzusehen. Allerdings dauerte es noch eine ganze Woche bis zum Treffen. Es schien, als wäre es eine Unendlichkeit entfernt. Am Montag ging er wie gewohnt zur Arbeit. Das Abteilungsbüro der Mordkommission, bei der Tom und John als Detektive tätig waren, lag am Broadway in Lower Manhattan. Er hatte sich noch immer kein Auto gekauft und war daher gezwungen, mit dem Taxi zur Arbeit zu fahren. Er mochte die U-Bahn nicht. Die vielen Leute, den Platzmangel und die fehlende Privatsphäre sowie den Geruch an den U-Bahnhaltestellen, der ihn immer wieder würgen liess, konnte er nicht ausstehen. Als Tom den Block verliess, war das Taxi bereits da. Es war immer derselbe Mann, der ihn abholte. Sein Name war William. Ein farbiger Mann, der immer im Anzug am Steuer sass, obwohl er nur einen Yellow Cab fuhr. Tom mochte ihn. Er war extraordinär. Tom hatte eine Schwäche für Menschen, die etwas anders waren. Besonders mochte er jene Menschen, die anders dachten, die sich selbst mit Kunst oder Kleidung auszudrücken wussten. Diese Leute sprachen Tom automatisch an. Er sah sich selbst auch als einen aussergewöhnlichen Mann. Schon als kleines Kind hatte er sich besonders gut mit jenen verstanden, die ihre eigenen Wege gegangen waren. Jenen, die nicht ins Bild passten. Als Tom in die zweite Klasse kam, war der Kurzhaarschnitt in Mode und alle Jungs trugen ihn.

Alle ausser Stanley McCough. Stanleys Haare waren zu diesem Zeitpunkt noch nie geschnitten worden, und er hatte auch nicht im Sinn, dies zu ändern. Nicht einmal nachdem die anderen Kinder ihn von allen ausserschulischen Aktivitäten ausgeschlossen hatten.

»Ich mag deine Haare«, hatte Tom eines Tages während der Mittagspause zu Stanley gesagt, nachdem er sich an seinen Tisch gesetzt hatte. Seit Tagen hatte der Junge alleine sein Essen verzehrt. Von da an waren sie die besten Freunde. Nach der Schule spielten sie oft gemeinsam und in der Pubertät hatten sie gemeinsam Streiche verübt, die den Erwachsenen galten. In der Oberstufe war es auch Stanley gewesen, der Tom zu einem Date mit Stacy Wilde verholfen hatte. Alleine hätte Tom wohl nicht den Mut gehabt. Er war seine bessere Hälfte gewesen. Leider war Stanley im Krieg gefallen.

Es schlug gerade neun Uhr, als Tom gegen Ende der Woche das Büro betrat. Es war ein grossräumiger Raum. Insgesamt arbeiteten hier fünf Detektive, ihre Sekretärinnen und der Abteilungsleiter. Jeder Mitarbeiter hatte ein eigenes Zimmer. Was in allen Räumen gleich war, war der Geruch. Es roch immer nach Zigaretten, Papier und gelegentlich nach Rum. Obwohl die Detektive den Rauch aus dem Fenstern pusteten, stank es in den Büros. Tom lief den Gang hinunter und grüsste alle, die da waren. Es war selbstverständlich, dass selten bis nie alle anwesend waren. Mal war einer an einem Tatort, mal war einer krank, und andere Male hatte einer keine Lust oder am Vorabend zu tief ins Glas geguckt, um antreten zu können. Toms Büro lag zuhinterst direkt zwischen jenem von John und jenem des Abteilungsleiters. Als Tom in das Büro seines besten Freundes blickte, waren die Lichter aus. Tom wusste, dass John nach seiner Hochzeit noch zu seinen Schwiegereltern gereist war. Allerdings hätte er von dieser Reise bereits zurückgekehrt sein sollen. Vielleicht hat er verschlafen, dachte sich Tom und ging weiter. Kaum hatte er seine Sekretärin Katie Parker gegrüsst, das Licht angezündet und sich an seinen Schreibtisch gesetzt, betrat der Abteilungsleiter den Raum. Sein Name war Evan Pickens. Die meisten nannten ihn aber einfach nur »Chief«. Er war ein dicker Mann mit schütterem blondem Haar, wässrigen blauen Augen und einem für Toms Geschmack etwas unpassenden, üppigen Schnauzbart. Dieser wackelte bei jedem Wort, das über Pickens Lippen kam. Der Chief wirkte wie ein gemästetes Walross. Für gewöhnlich hatte er schon am frühen Morgen eine Zigarre im Mund.

»Hilbert. Auch schon da?«, fragte Pickens und stemmte seine mächtigen Hände in die Hüfte. Tom verstand nicht.

»Ich komme immer gegen neun Uhr ins Büro.«

»Haben Sie meine Nachricht nicht erhalten?«

»Anscheinend nicht.«

»Sie hätten bereits vor einer Stunde hier sein sollen. Es gab einen Notfall«, sagte Evan, und ein Tröpfchen seiner Spucke landete auf Toms Tisch.

»Ist mir scheinbar entgangen«, antwortete Tom und wischte die Spucke mit einem Lappen fort. »Ist ja nun auch egal. Ich habe einen anderen Detektiv geschickt«, sagte Evan. »Ich werde mich mal mit Katie unterhalten müssen, wenn sie nicht mehr in der Lage ist, Ihnen pünktlich einen Nachricht zukommen zu lassen.«

»Nein«, intervenierte Tom, »das ist schon in Ordnung. Ich werde das Problem mit ihr anschauen.« Evan beäugte ihn misstrauisch, schien dann aber damit einverstanden zu sein und wendete sich von seinem Gesprächspartner ab. An der Tür blieb er stehen und sagte:

»Wissen Sie, wo Butcher ist?«

Tom schüttelte den Kopf. »Das wollte ich Sie auch gerade fragen.«

Der Chief überlegte und gab dann den Auftrag, er solle doch mal bei ihm vorbeischauen und überprüfen, ob alles in Ordnung sei. Tom nickte verständnisvoll. Es war schon eigenartig. John war sonst fast nie abwesend, geschweige denn zu spät. Selbst wenn das einmal der Fall war, hinterliess er immer eine Nachricht. Seine Abwesenheit machte auch Tom Sorgen, daher rief er erneut William, den Taxifahrer, an, und fuhr eine Viertelstunde später nach Soho, wo John wohnte.

Als er an dessen Tür klopfte, öffnete zuerst niemand. Er wartete kurz und versuchte es dann erneut. In der Wohnung schien sich etwas zu bewegen, also klopfte er noch ein drittes Mal, dieses Mal mit viel Kraft. Die Tür öffnete sich einen Spalt breit und Tom sah, dass ein kastanienbraunes Auge ihn vom dunklen Türspalt aus anblickte. Die Tür ging noch ein bisschen weiter auf. Mit roten Wangen und geröteten Augen stand Olivia vor ihm. Sie schien gerade geweint zu haben. Ihre Haare waren merkwürdig zerzaust und hingen in einem halbherzig zusammengebunden Dutt an ihrer linken Schädelhälfte. Hatten John und Olivia etwa Streit? War es zu einer gewalttätigen Auseinandersetzung zwischen

Mann und Frau gekommen? *Das kann nicht sein,* dachte Tom. Das wäre doch für John kein Grund, nicht zur Arbeit zu kommen.

»Hallo Tom«, sagte sie matt. Er grüsste zurück.

»Darf ich reinkommen«? Sie nickte nur und liess ihn eintreten. Sie bot an, ihm den Mantel abzunehmen, hängte diesen an einen Hacken und geleitete ihn anschliessend ins Wohnzimmer. Es war eine kleine, aber saubere Wohnung. Es hatte überall Blumen, vermutlich noch von der Hochzeit, aber auch sonst war das Appartement farbig, wie in frische Farben getaucht. Es war angenehm anzusehen. Nachdem er sich auf das Sofa gesetzt hatte, fragte sie noch im Stehen:

»Wie kann ich dir helfen?«

»Nun, eigentlich wollte ich dich dasselbe fragen«, meinte Tom und sah sich weiter um. Er schien beinahe versucht, irgendeinen Hinweis auf eine Anomalität zu finden.

»Wie meinst du das?«, fragte sie.

»Dir ist bestimmt aufgefallen, dass John nicht zur Arbeit gegangen ist, oder?«, fragte er und sah sie nun eindringlich an. Olivia trug eine verdreckte Kochschürze, die ihr bis zu den Knien reichte darunter ein violettes Shirt und einen etwas unpassenden Rock. Während sie traurig zu Boden blickte, scharrte sie mit ihren Füssen.

»Ist etwas vorgefallen?«, fragte er einfühlsam weiter. Sie schüttelte den Kopf. Olivia rang sichtlich mit den Tränen. Es war ganz klar, dass etwas nicht in Ordnung war.

»Setz dich doch bitte hin«, bat er. Zuerst wirkte es, als hätte sie ihn gar nicht gehört, dann aber folgte sie seiner Aufforderung.

»Ich sehe doch, dass etwas nicht in Ordnung ist. Lass mich dir helfen«, bot Tom an. Sie blickte zu ihm und hatte erneut beinahe Tränen in den Augen.

»Das kannst du nicht«, meinte sie matt.

»Warum denn nicht?«, fragte Tom. Er verlor langsam die Geduld. Er musste sich zusammennehmen, um nicht einen genervten Unterton zu haben.

»Hattest du Streit mit John?«, wollte er wissen. Sie verneinte erneut.

»Seine Eltern ... sie ... du kannst nicht helfen – John ... er ist ...«, stammelte Olivia und brach schlussendlich in Tränen aus. Wie kleine Lawinen rollten sie über ihre Wangen. Der emotionale Damm brach im Versuch, alle Trauer fortzuspülen. Tom nahm sie in den Arm. Sie bebte. Die Haut ihrer Oberarme war kalt. Sie schien sich nicht mehr zu erholen. Er strich ihr sanft über die Schultern. Manchmal schüttelte es sie ein wenig.

»Schon gut«, flüsterte er im Versuch, Olivia zu besänftigen. Nach langen Minuten fasste sie sich, blickte zu ihm auf und sagte:

»Johns Eltern. Sie sind tot.«

Tom war schockiert. »Was?«, stammelte er. Sie nickte zustimmend.

»Wie? Wann? Warum?«, die Fragen sprudelten aus ihm heraus.

»Wo ist John jetzt?«, fragte er ungehalten. Olivia sah ihn an, als hätte sie seine Frage nicht gehört.

»Naja, er hat nicht wirklich etwas gesagt. Nachdem er die Nachricht erhalten hatte, ist er ungehalten aus der Wohnung gestürmt«, meinte Olivia nachdenklich.

Tom überlegte. Wo konnte er hin sein? Tom versprach Olivia, ihren Ehemann zurückzubringen, dann verliess er zügigen Schrittes die Wohnung und machte sich zu diversen Plätzen auf, von denen er wusste, dass John sich gerne dort aufhielt. Er versuchte es auf der Terrasse des Empire State Building, im Central Park, in diversen Bars und Restaurant. Als Tom das *Clair's* betrat, hatte er seine Hoffnung eigentlich schon aufgegeben, da erblickte er seinen besten Freund. Dieser sass zuhinterst in einer Ecke des Saales an einem Tisch und schien etwas zu trinken. John war vermutlich betrunken, denn er bewegte seinen Köper ziemlich abstrakt zu den Klängen der Musik. Er war nicht wirklich dafür bekannt, ein besonders ausgeprägtes Taktgefühl zu haben, doch dieses unelegante Wippen hatte nun wirklich keinerlei Rhythmus. Bei näherem Betrachten stellte Tom fest, dass John ungefähr eine Köperbeherrschung wie ein Wurm hatte. Er ging langsam auf seinen Freund zu, der ihn zuerst nicht zu bemerken schien, dann setzte er sich an dessen Tisch. John schrak auf und stürzte beinahe zu Boden. Nachdem er sich wieder aufgeraffelt hatte, zeigte sich Verblüffung in seinem Gesicht.

»Du hast mich also gefunden«, murrte er.

»Du hast dich versteckt? Warum?«

»Das Leben ist ein abgekartetes Spiel«, sagte John und starrte auf das blaue Tischtuch. »Warum hast du dich versteckt?«

»Im einen Moment bist du der glücklichste Mensch auf Erden, und im nächsten nimmt man dir alles und du fühlst dich, als hätte man dich in die tiefsten Löcher der Hölle gestossen. Direkt ins Gemach von Hades und Persephone«, fuhr John ungehindert fort und spuckte auf den Boden.

»Na hör mal, wirst du dich wohl benehmen!«, rief Tom. Einige der Gäste drehten ihre Köpfe zu ihnen, um zu schauen, woher der Lärm kam. Entsetzt stellte Tom fest, dass sein Freund derart betrübt war, dass er nicht einmal mehr die einfachsten Tischetiketten kannte.

»Du sagst mir nicht, was ich tun soll und was nicht. Du bist nicht meine …«, hielt John entgegen, brach dann aber abrupt ab. Er wollte wohl »Mutter« sagen. »Lass mich alleine«, schnauzte John seinen Tischgesellen an.

»Hast du Olivia aus diesem Grund nicht gesagt wohin du gehst? Damit du alleine sein kannst?«

John antwortete nicht. Tom interpretierte dies als Bestätigung seiner These. »Willst du darüber sprechen?«, fragte er weiter. John schüttelte seinen Kopf wie ein schmollendes Kleinkind. Tom gab es auf. Es hatte keinen Zweck und er hatte keine Geduld, sich mit seinem Freund herumzuschlagen, wenn dieser sich nicht wie ein Erwachsener verhalten konnte und nicht merkte, dass sein Alkoholpegel bereits alle Limiten überschritten hatte.

Als Tom aufstand und sich abwenden wollte, sagte John: »Sie hat eine schöne Stimme, nicht wahr?« Zuerst begriff Tom nicht, dann erkannte er, dass sein betrunkener Freund die Sängerin meinte. Es war dieselbe Dame, die bei ihrem letzten Besuch in diesem Lokal gesungen hatte.

»Das hat sie«, meinte Tom und ging.

Als Tom nach der Arbeit seine Wohnung betrat, fühlte er sich bezüglich John unglaublich schlecht. Er hatte seine Frustration siegen lassen, als John versucht hatte, mit ihm zu sprechen. Einfach zu gehen, schien ihm, war noch unhöflicher gewesen als das Spucken auf den Boden. Dennoch: Jemandem, der keine Hilfe wollte, war auch nicht zu helfen. Noch schlechter fühlte er sich aber Olivia gegenüber. Er hatte sich nicht bei ihr gemeldet, sondern sie im Dunkeln über den Aufenthalt ihres Ehemannes gelassen. Die arme Frau. Vermutlich hatte sie sich den Rest des Tages die Augen ausgeweint, weil sie nichts über den Verbleib ihres Mannes wusste. Wegen seines schlechten Gewissens goss sich Tom einen Dirty Martini ein. Es war eines seiner Lieblingsgetränke. Er nahm diesen Drink immer mit drei Oliven. Tom setzte sich hin und blickte in den Park hinunter. Abgesehen von ein paar Parklaternen lag er im Dunkel.

Der Rest der Woche verging schnell. John war nicht ein einziges Mal zur Arbeit erschienen. Daraufhin hatte Tom Olivia erneut kontaktiert. Sie berichtete ihm, dass John zu Hause in seinem Zimmer sei und den ganzen Tag nicht rauskäme. Herrgott noch einmal, wie konnte man als Erwachsener denn so verzweifeln am Tod seiner Eltern?, fragte sich Tom. Am Samstag traf er sich zur Mittagszeit mit Emily in einem italienischen Restaurant, das an der 59th Street gelegen war. Wegen des Dilemmas mit John hatte er sein Treffen beinahe vergessen. Als er zehn Minuten zu spät eintraf, war sie ihm allerdings nicht böse. Tom hatte am Vorabend aufgrund all seiner Sorgen einen über den Durst getrunken und war sturzbetrunken zu Bett gegangen. Am nächsten Morgen war er plötzlich schweissgebadet aufgewacht, nur um dann festzustellen, dass er verschlafen hatte. Nachdem er aufgestanden war, musste er sich zuerst mit einem mächtigen Kater herumschlagen. Emily schien jedoch überhaupt nicht verärgert zu sein über die Verspätung, wofür er ihr dankbar war. Immer wieder entschuldigte er sich bei ihr.

»Hör mal, das ist schon in Ordnung. Du hast es bestimmt nicht absichtlich getan. Ich habe auch schon zu viel getrunken, weil mich etwas bedrück hat«, meinte Emily einfühlsam. Tom nickte. Er wollte ihr die Wahrheit, dass er wegen John und Olivia zu tief ins Glas geschaut hatte, nicht erzählen. Den Tod der Eltern eines gemeinsamen Freundes beim ersten Date zu besprechen, schien ihm fürchterlich unpassend. Er war sich nicht einmal sicher, ob sie nicht vielleicht schon Bescheid wusste. Schliesslich war Emily eine gute Freundin von Olivia. Nach dem Essen, das Tom selbstverständlich bezahlte, begaben sie sich auf einen Spaziergang durch den Central Park. Die Bäume waren eine farbige Pracht. Sie erweckten den Eindruck, man würde durch die lebendige Farbpalette Vincent van Goghs schlendern. Jede erdenkliche Farbe schien vorhanden. Tom erfuhr, dass der Herbst die Lieblingsjahreszeit seiner Begleiterin war. Obwohl sie bereits zwanzig Jahre alt war, hüpfte sie in jeden grösseren Laubhaufen, den sie finden konnte. An einem besonders Grossen machten sie Halt und bewarfen sich gegenseitig mit dem bunten Laub. Es war eine Schneeballschlacht mit Blättern. Als sie die Dove Bridge erreichten – eine kleine, hölzerne Brücke, die den südlichsten See des Central Parks überspannte –, ging die Sonne langsam unter. Sie lehnte sich an die Brüstung und schaute hinaus auf den See.

»Das hier ist mein absoluter Lieblingsort in dieser Stadt«, sagte sie und wandte sich ihm zu. Er hatte sich neben sie gesellt. In ihren Augen sah Tom die Liebe zu diesem Ort, Verträumtheit und einen Hauch Sehnsucht nach seiner Nähe. Ihm fiel es schwer, seinen Blick von ihrem göttergleichen, aphrodisierenden Anblick zu reissen, und doch wandte er sich von ihr ab, um den Blick über den Teich in die Weite schweifen zu lassen. Man hatte eine wunderschöne Sicht über den See und die bunten Bäume, und ganz im Hintergrund konnte man sogar die Stadt mit ihren Wolkenkratzern ausmachen. Es war wirklich ein atemberaubender Ort. Die Idylle schien perfekt. Man hätte nicht vermutet, sich mitten in einer Grossstadt zu befinden. Die Natur hier war so lebendig, dass es beinahe surreal war. Auf einmal spürte Tom am Ärmel seines Mantels ein Zupfen. Während der Himmel gerade im Licht der untergehenden Sonne in Flammen aufging, hatte er gar nicht Zeit zu verstehen, was geschah. Da empfing er bereits Emilys Kuss.

# *Brücke*

Tom sass gelangweilt im Zug. Er war auf dem Weg zu Mr. McGilton. Cole McGilton war der Inhaber der Wohnung am Washington Square Park, die Tom gemietet hatte. Da ihm die Wohnung so gefiel, hatte er sich entschieden, sie zu kaufen.

»Wären Sie daran interessiert, mir die Wohnung zu verkaufen?«, hatte Tom am Telefon gefragt.

»Nun, ich hatte ursprünglich nicht im Sinn, die Wohnung zu verkaufen. Wie viel könnten Sie mir denn bieten? Vielleicht lässt sich meine Meinung ändern«, lautete Mr. McGiltons Antwort.

»Wie viel verlangen Sie?«

Nach ein paar weiteren Telefonaten hatten sich die Herren auf einen für Tom zufriedenstellenden Preis geeinigt. Mit einem zufriedenen Gefühl schritt er nun die Auffahrt zu Mr. McGiltons Haus hinauf und klopfte dann seine Hose ab. Nachdem er die Klingel neben der Haustür betätigt hatte, öffnete ihm eine reizende junge Dame.

»Guten Tag. Mein Name ist Thomas Hilbert«, stellte er sich vor.

»Sie haben eine Verabredung mit Vater, habe ich recht?«

»So ist es.«

»Kommen Sie doch rein. Ich führe Sie gleich in sein Büro.«

Mit einem »vielen Dank« betrat Tom das Haus. Es war ein prächtiges Grundstück mit Aussicht auf den Hudson River. Das Anwesen befand sich in Cliffside Park, einer kleinen Stadt zwischen Engelwood Cliff und New York. Obschon das Interieur des Hauses schlicht war, war es edel ausgestattet. Man erkannte sofort, dass Mr. McGilton ein wohlhabender Mann war. Die Art und Weise, wie alles feinsäuberlich, beinahe systematisch zurechtgerückt war, wie alles blitzblank geputzt zu sein schien, die Stille, die über dem Haus lag, wiesen darauf hin, dass Cole McGilton ein Mann von strenger Disziplin war.

»Wie war noch gleich Ihr Name?«, fragte Tom, während er Mr. McGiltons Tochter durch den Wohnbereich und die Bar folgte.

»Ich heisse Lindsay«, sagte sie und lächelte ihn über die Schulter hinweg an.

»Was sind Sie von Beruf?«, wollte er wissen.

»Ich studiere an der Universität für Wirtschaft. Was ist mit Ihnen?«, antwortete Lindsay. Ihre Stimme hatte einen feinen Klang. Sie trug ihre feuerroten Haare lang. Vermutlich hatte Lindsay die Haarpracht gerade erst gekämmt, denn sie schien im Sonnenlicht, das durch das Fenster hindurchbrach, zu glitzern. Tom fand Lindsay durchaus reizend.

»Ich bin Detektiv«, meinte er.

»Das klingt sehr spannend. Vielleicht können Sie mir ja mal bei einem Glas Wein von Ihren Fällen erzählen.«

»Das wäre bestimmt machbar.«

Lindsay führte ihn eine geschwungene Treppe hoch und weiter durch einen Gang. Dann öffnete sie eine Tür zu ihrer rechten Seite. Thomas bedankte sich bei Lindsay, dann betrat er den Raum.

Cole McGilton sass, eine Zigarre rauchend, hinter seinem Schreibtisch und beugte sich über ein Dokument. Die einzigen vernehmbaren Geräusche waren – neben dem Ticken der Standuhr – das Kratzen des Füllschreibers, denn Mr. McGilton notierte etwas auf dem vor ihm liegenden Papier, und das leise Knacksen, das ertönte, wenn sich der Mann in seinen Stuhl zurücklehnte. Als Tom das Büro betrat, hob Mr. McGilton den Blick und empfing ihn mit einem milden Lächeln.

»Ah, Mr. Hilbert. Schön, Sie zu sehen«, sagte Cole. Während Tom auf ihn zutrat, erhob sich der gutbeleibte, rothaarige Mann und trat mit dem selbstsicheren Lächeln eines Immobilienmaklers, was McGilton von Hause aus war, auf ihn zu und bot ihm seine Hand an. Tom reichte ihm seine.

»Es freut mich auch, Sie zu sehen, Mr. McGilton«, entgegnete er freundlich. Er erkannte sofort, dass er hier mit dem Vater von Lindsay sprach. Sie war ihm förmlich aus dem Gesicht geschnitten. Während Cole ihn aufforderte, sich ihm gegenüber in einen Stuhl zu setzten, sagte er: »Haben Sie den Weg gut gefunden?«

»Das habe ich in der Tat. Ihre Wegbeschreibung war sehr nützlich.«

»Das freut mich zu hören. Hätten Sie gerne etwas zu trinken? Wasser, Scotch, was auch immer Sie möchten«, bot Mr. McGilton an, immer noch freundlich lächelnd.

»Ein Glas Gin käme mir gelegen«, fand Tom.

Cole nickte, ging zum Schrank, der sich linkerhand befand, und öffnete eine Schublade. Die Tür der Schublade klappte hinunter, während gleichzeitig eine kleine Bar hinausgeschoben wurde.

»Sehr elegant«, bemerkte Tom.

»Nicht wahr? Ich habe immer wieder Freude daran, diese Bar zu benutzen«, erzählte Cole mit dem Blick eines Spirituosenliebhabers. »Wussten Sie, dass ich ein Boot der Hilbert Line besitze?« Mr. McGilton verhielt sich wie mit neuen Bekanntschaften, bei denen man den gemeinsamen Gesprächsstoff erst finden musste. »Eine gute Investition. Hatte noch nie Probleme damit.«

»Es freut mich zu hören, dass Sie mit dem Werk meiner Familie zufrieden sind. Machen Sie viele Ausflüge?«

»In letzter Zeit leider nicht. In der momentanen Wirtschaftslage – Sie wissen bestimmt, was ich meine«, sagte Mr. McGilton und reichte seinem Gast das gefüllte Glas.

»Das tue ich. Es ist nie ein gutes Zeichen, wenn die Wirtschaft zu gut läuft«, bejahte Tom die Aussage seines Gastgebers.

»Wie meinen Sie das?«, fragte Mr. McGilton und bat Tom mit einer Geste, ihm gegenüber Platz zu nehmen.

»Nach jedem Höhenflug kommt der Absturz. Das musste schon Ikarus erfahren. Diese Tragödie wird früher oder später auch der Wirtschaft widerfahren.«

»Sie glauben also nicht, dass der Markt konstant wachsen kann?«

»Nein. Ein Markt kann nicht ins Unendliche wachsen. Früher oder später bricht alles zusammen. Aus diesem Grund sollte man Massnahmen ergreifen, um sich gegen das Schlimmste vorzubereiten.«

»Mir gefällt Ihre Ansicht. Sie glauben also, dass wir möglicherweise auf eine Katastrophe zusteuern?«

»Nein. Ich bin einfach eine pessimistische Natur«, antwortete Tom.

»Wenn wir schon bei der Wirtschaft sind, dann kommen wir doch gleich zum Grund, warum Sie mich heute besuchen«, fuhr Cole fort und lenkte das Gespräch elegant in Richtung des Wohnungskaufes. *Er ist wahrlich ein Mann seiner Arbeit*, dachte Tom, während er einen Schluck von seinem Gin nahm.

»Ich habe bereits einige Dokumente vorbereitet, um Ihnen möglichst wenig Ihrer kostbaren Zeit zu rauben«, sagte Cole und zog einige Formulare aus seinem Schreibtisch. Dann legte er die Papiere vor seinem Gast auf den Tisch. Tom las alles sorgfältig durch, danach unterschrieb er den Kaufvertrag.

»Sie werden meine Zahlung in den nächsten Tagen erhalten«, versicherte Tom seinem Gegenüber. Mr. McGilton prostete ihm zum Dank zu. Tom blickte zur edel verzierten Standuhr und schrak auf.

»Schon so spät. Ich fürchte, ich muss weiter. Das Tagesgeschäft ruft«, meinte er.

»Sie sind ein vielbeschäftigter Mann. Lassen Sie sich nicht von mir aufhalten«, entgegnete Cole McGilton. Die beiden Männer erhoben sich beinahe synchron.

»Ich danke Ihnen nochmals von ganzem Herzen«, sagte Tom an der Tür zum Büro.

»Ich bin es, der zum Dank verpflichtet ist. Ich hoffe, Sie werden weiterhin glücklich sein in Ihrer neu erworbenen Wohnung«, erwiderte Cole. Dann verabschiedete er sich mit einem Lächeln. Während Tom von Lindsay zum Ausgang begleitet wurde, hörte er, wie Mr. McGilton die Bürotür hinter sich zuzog.

Toms Tagesgeschäft bestand aus einem Treffen mit seinem Vater. Seit einigen Wochen hatte er das bedrängende Gefühl, seinem Vater einen Besuch abstatten zu müssen. Es gab diverse Dinge, die er mit ihm besprechen wollte.

Beim Anblick des väterlichen Anwesens kamen in Tom nostalgische Gefühle hoch. Vor seinem inneren Auge konnte er sehen, wie er mit seiner Mutter im Garten Fangen spielte, wie er im Pool mit der Nachbarstochter schwamm, wie er mitten in der Nacht in seinem Zimmer sass und heimliche Briefe an seine erste grosse Liebe schrieb. Tom konnte sehen, wie er im Liegestuhl die *Ilias* von Homer las und sich vorstellte, er wäre Achilles selbst, der den Hektor erschlug. Die *Ilias* war in seinem Leben stets ein bedeutendes Werk gewesen, denn es hatte in ihm die Leidenschaft für die antike griechische Welt geweckt. Das Werk war, nebst *Diesseits vom Paradies* von F. Scott Fitzgerald, eines seiner absoluten Lieblingsbücher. Er konnte sich nicht mehr daran erinnern, wie oft er diese Bücher gelesen hatte. Er klopfte gedankenverloren an die Tür des Anwesens. Sein Vater öffnete ihm nach einer Weile.

»Was ist denn jetzt wieder los?«, sprach der ungehaltene Vater an den Sohn gerichtet, ohne zu realisieren mit wem er sprach.

»Warum klopfst du denn an?«, fragte Toms Vater, nachdem er erkannt hatte, dass er mit seinem Sohn gesprochen hatte.

»Andere fangen ihre Konversationen mit einem ›Hallo‹ an«, meinte Tom. Jung und Alt lächelten gleichermassen, dann umarmten sie sich.

»Wie geht es dir, mein Junge?«

»Kann mich nicht beklagen. Wie steht es um dich, Vater?«

»Die Eintönigkeit fängt an, mir aufs Gemüt zu schlagen.«

»Verstehe. Deshalb die unhöfliche Haltung an der Tür«, meinte Tom, nachdem er seinen Mantel aufgehängt hatte.

»Vergib mir, mein Junge. Ich erkannte zu spät, dass du nicht Anhänger dieses Zeugen-Jehovas- Gesindels bist«, sagte der Vater.

»Sind sie dir lästig?«

»Ja. Fast täglich kommen sie hierher, werben mich an und wollen mich überreden, mich ihrem Kult anzuschliessen. *Machen Sie, dass Sie wegkommen*, habe ich ihnen letzthin gesagt. Deutlicher kann man sich wohl nicht ausdrücken, oder?«

»Sie scheinen hartnäckig zu sein.«

»Schlimmer als die Pest.«

Hilbert Senior und Junior betraten lachend die Terrasse.

»Ansonsten hast du aber keine Sorgen?«, fragte Tom und blickte seinen Vater über den Rand seines Glases prüfend an.

»Sorgen? Ich habe mehr als genug davon. Seit du der Polizei beigetreten bist, habe ich keinen Nachfolger für meine Unternehmung. Ich gehe gegen das Rentenalter zu und würde dieses auch gerne geniessen, kann aber nicht. Dank des wirtschaftlichen Booms, kommen mehr Aufträge denn je herein. Meine Angestellten arbeiten sich noch zu Tode, wenn es so weitergeht. Ich habe mein Büro hierher verlegt, da ich mich oftmals bis spät in die Nacht hinein mit dem ganzen Papierkram herumschlage, die Buchhaltung erledige und dem Tagesgeschäft hinterherjage. Obwohl ich hier beinahe festsitze, komme ich nicht dazu, das Haus zu putzen, geschweige denn eine Putzkraft einzustellen. Du siehst: Sorgen habe ich durchaus«, erzählte Hilbert Senior verbittert. Nun, da sein Vater von seinen Problemen berichtet hatte, erkannte Tom, wie furchtbar er aussah. Sein alter Herr hatte beinahe den letzten Rest seiner schönen, kraftvollen Männlichkeit verloren. Seine Augen waren matt, seine Haare waren dünner geworden, auf seiner Stirn zeigten sich Falten der Verbitterung und sein Lächeln wirkte schwach.

»Warst du in letzter Zeit beim Arzt?«, fragte Tom. Sein Vater schüttelte den Kopf.

»Ich fühle mich gut.«

»Du siehst aber nicht so aus.«

»Frecher Bengel«, murrte der alte Herr. »Mich interessiert viel mehr, wie sich mein Sohn durchs Leben schlägt.«

»Ich habe da einen Fall, über den ich mir den Kopf zerbreche, doch eigentlich bin ich nicht deswegen gekommen.«

»Warum dann?«

»Es geht um Emily Moore. Kannst du dich an sie erinnern?«, fragte Tom, als wäre sein Vater dement. Kurz nach dem Kuss zwischen Tom und Emily hatte er sie dann seinem Vater vorgestellt. Obwohl sein alter Herr ein misstrauischer Mensch war, schien er von Emily entzückt gewesen zu sein.

»Natürlich«.

»Gut. Wie du vielleicht weisst, sind wir seit einiger Zeit zusammen. Ich habe nun den Entschluss gefasst, um ihre Hand anzuhalten. Was hältst du davon?«, fragte Tom. Jetzt, da er darüber sprach, verspürte er eine ungewohnte Nervosität. Das Gesicht seines Vaters hellte sich sofort auf.

»Das klingt wunderbar. Ich sage immer: Wenn es passt, dann passt's.«

Tom hatte nur in sehr seltenen Situationen erlebt, dass sein Vater über eine Sache so begeistert gewesen war wie jetzt. Michael Hilbert war ein vorsichtiger, überlegter Mann, der seine Entscheidungen behutsamer abwägte als ein Schachspieler.

»Aber hast du es dir auch gut überlegt?«

Tom hatte mit dieser Frage gerechnet. In der Tat hatte er sich lange mit seiner Entscheidung herumgeschlagen. »Ja, das habe ich. Irgendwie wusste ich es bereits, als ich Emily zum ersten Mal sah. Sie hat mich in ihren Bann gezogen, und dieser Bann lässt mich seither nicht mehr los. Ich bin überzeugt, den Rest meines Lebens mit dieser Frau verbringen zu wollen«, erklärte Tom und kam nicht umhin, von ihr zu schwärmen. Michael kratzte sich am Kinn. »Verstehe. Bei mir war es damals dasselbe mit deiner Mutter. Ich glaubte, sie wäre wie geschaffen für mich. Und nun sieh an, wo wir gelandet sind. Ich habe seit Jahren nichts mehr von ihr gehört«, sagte Michael melodramatisch. Es machte beinahe den Eindruck, als würde er seine ehemalige Frau vermissen. Die Einsamkeit schien wirklich an ihm zu nagen. Vor ein paar Jahren hätte Tom diese Aussage nur erträumen können. Er antwortete nicht. In der Annahme, etwas Falsches gesagt zu haben, fügte Toms Vater hastig hinzu:

»Das soll natürlich nicht heissen, dass es bei dir auch so kommen wird. Höre einfach auf dein Herz.«

»Mein Herz sagt mir, dass ich es machen soll.«

»Dann wird es bestimmt das Richtige sein.«

»Danke, dass du mir deinen Segen zu meinem Unterfangen gibst«, sagte Tom und lächelte seinen Vater an.

»Ich werde immer hinter dir stehen, egal wie du dich entscheidest«, antwortete sein Vater und erwiderte das Lächeln.

»Warum meldest du dich nicht mal wieder bei Mutter?«, fragte Tom hoffnungsvoll.

»Nein, dieser Zug ist abgefahren. Die Wege deiner Mutter und meine haben sich zu oft gekreuzt, um sich anschliessend wieder zu trennen. Es ist gut so, wie es ist«, wies Michael Hilbert die Frage seines Sohnes ab. Tom nickte nur.

»Wusstest du, dass ich die Wohnung, in der ich mich bisher eingemietet hatte, von Mr. Cole McGilton abgekauft habe?«, fragte Tom seinen Vater.

»Ja, dass wusste ich. Cole hatte gerade erst einen Service für sein Boot angefordert. Als er dann mit seinem Schiff in meiner Werft ankam, erzählte er mir von deinem Wunsch, die Wohnung zu kaufen. Wie du vielleicht bemerkt hast, war Mr. McGilton zu Beginn nicht allzu begeistert von der Idee, seine Wohnung zu verkaufen.«

»Ist mir aufgefallen, ja«, erwiderte Tom. »Er hat aber ein paar Tage später wieder angerufen und mir gesagt, dass er nun doch gewillt sei, seine Wohnung zu veräussern.«

»Das verdankst du mir. Als er an jenem Tag für den Service bei mir vorbeikam, habe ich ein gutes Wort für dich eingelegt und ihn darum gebeten, seine Entscheidung nochmals zu überdenken.«

»Du bist der Grund für seinen Meinungswechsel?«

»So ist es«, sagte Michael und lächelte.

»Ich schulde dir etwas«, meinte Tom lachend.

»Red keinen Blödsinn.«

Im Dezember, einige Tage vor Weihnachten, bestiegen Emily Moore und Tom Hilbert gemeinsam den Zug in Richtung Morristown. Etwas ausserhalb dieser Stadt, an der Warwick Avenue, lag das Anwesen der Moore-Dynastie. Mr. und Mrs. Moore hatten die beiden eingeladen, die Festtage bei ihnen zu verbringen. Tom kam dieses Treffen nur allzu gelegen, da er seit dem Besuch bei seinem Vater auf eine passende Gelegenheit wartete um um die Hand von Emily Moore anzuhalten. Obwohl Tom lieber mit dem Auto angereist wäre, hatte Emily darauf bestanden, mit dem Zug hinauszufahren.

»Lass uns bitte mit dem Zug reisen!«, hatte sie gebeten.

»Wieso denn? Ich mag es nicht sonderlich, mit so vielen anderen Leuten auf engem Raum zusammengepfercht zu sein«, entgegnete Tom.

»Als Kind bin ich oft am vierten Advent mit meinen Eltern in die Stadt gereist, um Geschenke für meine Verwandten zu kaufen. Es gibt während einer Zugfahrt nichts Schöneres, als aus dem Fenster zu schauen und die verschneite Landschaft zu beobachten«, sagte Emily mit glitzernden Augen. »Du kannst die Landschaft auch aus unserem Wagen heraus bewundern«, entgegnete Tom trotzig.

»Nein, du verstehst nicht. Das ist nicht dasselbe. Wenn du willst, können wir auch in der ersten Klasse reisen, dort hat es bestimmt weniger Leute.«

»Na gut, einverstanden. Aber bitte hör auf, mich mit diesen Augen anzusehen.« Er konnte den Kulleraugen seiner Freundin nichts verwehren.

So kam es also, dass das Pärchen gemeinsam, voll bepackt, in einem Abteil der ersten Klasse sass und aus dem Fenster des Zuges in die verschneite Landschaft hinausschaute. »Ist es nicht wunderschön?«, fragte Emily und blickte verträumt über die endlos scheinende Ebene, die der Zug gerade durchquerte.

»Es ist wirklich ...«

Tom konnte seinen Satz nicht zu Ende sprechen, denn Emiliy rief entzückt: »Sieh mal, dort ist ein Reh.« Gleichzeitig tippe sie mit ihrem Finger an die Scheibe und zeigte in die Richtung, in der sich das Tier befand. Das Reh sprang graziös über die weisse Landschaft. Bei jedem Hüpfer wirbelte es kleine Mengen von Schnee hinter sich auf. Emily richtete ihre Augen auf Tom, in der Erwartung, er würde von seinem Buch aufschauen, um sich der Natur zu widmen. Während Tom schweigend beobachtete, wie sich das Reh einem zugefrorenen See näherte, sagte Emily:

»Es ist schön zu sehen, dass es auch noch Tiere gibt, die die Jagdzeit überstehen.«

»Du scheinst nicht sehr jagdbegeistert zu sein?«

»Das bin ich wirklich nicht. Ich finde es grausam, dass

Tiere ihr Leben für die Unterhaltung der Menschen lassen müssen.«

»Ich war mit meinem Vater als Kind oft jagen. Mein Vater schoss besonders gerne Biber. Das Fell dieser Tiere ist ganz weich.«

»Arme Dinger«, meinte Emily traurig und wandte sich von ihrem Gegenüber ab.

»Es gibt aber auch noch einen anderen Grund, warum Biber gejagt werden. Ist dir nie aufgefallen, dass eine komplette Umgestaltung der Natur ins Rollen kommt, wenn die Biber erstmal an einem Ort sind?«, entgegnete Tom mit dem Ziel, auf die Berechtigung der Jagd zu verweisen.

»Dafür können sie doch nichts. Das liegt in ihrer Natur.«

»So, wie es in der Natur der Menschen liegt zu jagen.«

Die Diskussion schien beendet, denn Tom widmete sich wieder seiner Lektüre, während Emily resigniert zu Boden schaute. Stille kehrte ein, in der lediglich das Knattern der Lokomotive und das Heulen des Windes zu hören waren. Nach einer Weile blickte Tom auf, um sich nach dem Wohlbefinden seiner Freundin zu erkunden. Da bemerkte er, dass sie eingenickt war. Ihr schlafender Anblick, die Art und Weise, wie sie ihren Mund leicht geöffnet hatte, wie ihr Kopf zum Takt des Zuges leicht hin und her wippte, wärmte sein Herz. Er stand auf, öffnete die Tür des Abteils und trat nach einer Toilette suchend in den Flur hinaus. Während er sich durch den Gang bewegte, hörte er auf einmal gedämpfte Stimmen aus einem der Abteile dringen.

»Hast du gehört, ein weiteres Mitglied soll getötet werden«, liess eine tiefe Männerstimme verlauten.

»Geschieht ihm recht«, antwortete eine weibliche Stimme.

»Die Organisation muss langsam vorsichtig sein. Sie kann nicht einfach Morde in Auftrag geben, als würden sie beim Bäcker Brot bestellen. Wir sind keine Wilden«, sagte der Mann in besorgtem Tonfall. Tom blieb abrupt vor der Tür des Abteils stehen. Hatte er gerade etwas von Mord gehört?

»Glaubst du wirklich, die *Black Night* müsste rückgratlose Ratten wie ihn beschützen? Nur dass du's weisst: es ist nicht das erste Mal, dass er negativ auffällt. Dale hätte früher oder später sowieso erledigt werden müssen«, entgegnete die andere Person. *Von was sprechen die da?*, fragte sich Tom, doch ehe er die Antwort in Erfahrung bringen konnte, vernahm er Schritte, die auf ihn zukamen. Hastig ging er weiter. Er konnte hören, wie hinter ihm die Tür des Abteils aufgezogen wurde.

Die Sonne überschritt bereits den Zenit, als Tom und Emily aus dem Zug stiegen. Mr. und Mrs. Moore schienen noch nicht da zu sein. Gemeinsam warteten sie in der eisigen Kälte. Die Sonne liess gefrorene Partikel in der Luft glitzern. Emily hatte den Rest der Fahrt geschlafen. In ihrem müden Zustand schien sie besonders unter der Kälte zu leiden. »Hoffentlich lassen die uns hier nicht allzu lange stehen«, jammerte sie.

»Sie werden bestimmt bald da sein«, versicherte ihr Tom. Wie gerufen, fuhren Mr. und Mrs. Moore genau in diesem Moment hupend in ihrem Wagen vor. Die Reise zum Anwesen der Moores war nur von kurzer Dauer. Rund um das Gelände, auf dem sich das Haus befand, war eine Mauer hochgezogen worden. Das vergoldete Tor öffnete sich automatisch, als Mr. Moore mit seinem Cadillac nahe genug heranfuhr. Die Anlage verschlug Tom die Sprache: Das Haus bestand aus drei Teilen, einem Haupt- und gleichzeitig Frontgebäude, einem rechten und einem linken Flügel. Dahinter erstreckten sich eine unendlich scheinende Gartenanlage mit Springbrunnen, verschneiten Hecken, Bäumen sowie zahlreichen Sitzbänken. Die idyllische Ruhe, die im schneebedeckten Garten herrschte, schien perfekt zu sein. Im nördlichen Teil des Parks waren diverse kleinere Hügel und Ebenen zu sehen, die darauf hindeuteten, dass es eine Golfanlage war. Tom wandte seinen Blick vom persönlichen Golfplatz Mr. Moores ab und sah, wie ein Butler auf den Wagen zueilte.

»Du hast mir nie erzählt, dass du in einem Schloss aufgewachsen bist«, meinte Tom zu Emily. »Bin ich nicht.« Der Butler öffnete jedem die Tür, dann fragte er Mr. Moore:

»Darf ich die Besucher im Gästeflügel unterbringen, Sir?«

»Tun Sie das, Matthew«, lautete Mr. Moores Antwort.

Emily nahm Tom bei der Hand und führte ihn gemeinsam mit ihren Eltern ins Haus. Das Foyer war in Weiss gekleidet, ein goldener Kronleuchter hing in der Mitte. Auf beiden Seiten des Raumes befanden sich Treppen, die in den rechten und linken Flügel des Anwesens führten. Direkt neben dem linken Treppenabsatz befand sich eine Tür, die in den Speisesaal führte. Die geschlossene Gesellschaft stieg schwatzend die linke Treppe hoch, durchquerte einige grössere Räume und liess sich dann in einem etwas kleineren Saal nieder, um dort gemeinsam einen Drink zu geniessen. Tom bestellte sich bei solchen Anlässen oftmals einen Martini, und so tat er es auch an diesem Abend.

»Ich werde mal in der Küche nach dem Rechten sehen«, sagte Mrs. Moore nach einiger Zeit. »Ich begleite dich«, meinte Emily und stand ebenfalls auf.

»Lassen wir die Männer über Themen sprechen, die wohl nur sie interessieren.«

Tom erkannte seine Chance sofort, allerdings wusste er nicht so recht, wie er die Sache angehen sollte. Er dachte, dass es wohl die beste Strategie war, nicht lange um den heissen Brei zu reden.

»Es gibt da etwas, über das ich gerne mit Ihnen sprechen will«, begann er das Gespräch zaghaft.

»Sie können mit mir über alles reden, dass wissen Sie doch, mein Junge«, sagte Mr. Moore in väterlichem Ton. Tom schwieg einen kurzen Augenblick und schaute gedankenverloren in die Glut der Feuerstelle.

»Ich bin seit geraumer Zeit mit Ihrer Tochter zusammen.«

»Dieser Tatsache bin ich mir bewusst.«

»Sie ist der hinreissendste Mensch, dem ich je begegnet bin. Emily hat mich vom ersten Moment an in ihren Bann gezogen und ich verliebte mich von Minute zu Minute mehr in sie. Ich würde sie gerne ein Leben lang an meiner Seite wissen.«

Tom blickte vom Feuer auf und sah Mr. Moore direkt in die Augen. »Aus diesem Grund will ich um die Hand Ihrer Tochter anhalten.« Mr. Moore schwieg einen Moment lang, wobei er sein Gegenüber eindringlich musterte. Sein Blick schien einem Röntgengerät zu gleichen. Es war Tom unmöglich zu sagen, was durch seinen Kopf ging.

»Ich habe mir schon gedacht, dass dieses Gespräch früher oder später stattfinden würde.« Nach einer theatralischen Pause fügte Mr. Moore hinzu: »Ich zerbreche mir seit geraumer Zeit den Kopf darüber, wie ich in dieser Situation wohl reagieren sollte. Sie, mein Junge, scheinen mit meiner Tochter so glücklich zu sein, wie sie es mit Ihnen ist. Mir ist schon lange klar, dass Sie der Prinz sind, von dem sie seit ihrer Kindheit geträumt hat. Aus diesem Grund werde ich mich Ihnen nicht in den Weg stellen«, erklärte Mr. Moore lächelnd. »Sie, Tom, sind ein herzensguter Mensch. Ich wünsche Ihnen nur das Beste im Leben. Passen Sie gut auf meine Tochter auf.«

Toms Herz machte in diesem Moment Freudensprünge.

»Das werde ich. Sie werden Ihre Entscheidung nicht bereuen, Mr. Moore.«

Wenige Wochen später, im Frühling, 1947, hatte Tom den Entschluss gefasst, seiner Geliebten einen Heiratsantrag zu machen. Nach wie vor war Tom über Mr. Moores Zusage sehr erleichtert. Ihm war durchaus bewusst, dass er aus gutem Hause kam und daher eigentlich nicht hätte Angst haben müssen, doch hatte er sich mit Mr. Moore nicht von Beginn an gut verstanden. Bei verschiedenen Themen hatten sie unterschiedliche Ansichten. Mit der Zusage von Emilys Vater war Tom bereits ein grosser Stein vom Herzen gefallen. Jetzt benötigte er nur noch eine positive Antwort von Emily. So kam es also, dass er an einem wolkenlosen Freitagmorgen einen Schmuckladen am Broadway aufsuchte, um sich einen passenden Ring zu besorgen. In der Regel kauften hier nur vornehme Leute ein. Nach langem Überlegen entschied er sich für einen silbernen Zwei-Karat-Diamantring. Der Preis war hoch, doch das schreckte Tom nicht ab. Seine einzige Sorge bestand darin, dass der Ring möglicherweise zu gross oder gar zu klein für ihren Ringfinger sein könnte. »Denken Sie, der wird meiner Frau gefallen?«, fragte Tom den Verkäufer etwas unsicher.

»Ich bitte Sie. Das ist mein feinstes Stück. Der würde jeder Frau, die das Glück hat, Sie zu heiraten, gefallen, glauben Sie mir!«, versicherte der Mann. Dabei nickte er heftig, wobei sein Doppelkinn leicht schwabbelte.

»Und sonst dürfen Sie jederzeit mit der Glücklichen ein weiteres Mal vorbeikommen, dann werde ich Ihnen einen anderen Ring anbieten, der Ihrer Frau gefallen wird.«

Leichten Herzens verliess Tom das Geschäft und machte sich auf den Weg nach Hause. Nachdem er zur Tür hereingekommen war, seinen Mantel abgelegt und den Ring sicher in seinem Safe verstaut hatte, klingelte das Telefon.

»Ja?«, rief er in den Hörer. Es war Olivia, die ihm antwortete:

»Komm bitte sofort zu uns. Es ist dringend.« Danach hängte sie auf.

»So warte doch«, rief er noch, aber es war bereits zu spät. Was war denn los? Betraf es John? Er hatte seinen Freund seit ihrem letzten Treffen bei *Clair's* nicht mehr gesehen. Hatte er sich etwas angetan? Tom rannte auf die Strasse hinaus und rief mit erhobenem Arm ein Taxi. Wenige Minuten später war er bei John und Olivia angekommen und hämmerte an die Tür. Sie öffnete ihm. Ihr Anblick erschreckte ihn. Tom hatte das bei ihrem letzten Treffen nicht für möglich gehalten, doch sie überraschte ihn immer wieder aufs Neue. Ihre Haare waren matt und struppig, unter ihren Augen waren dunkle Ränder und ihre Köperhaltung strahlte eine Form von unerträglicher Müdigkeit aus. Sie ähnelte einem ausgehungerten Schlosshund.

»Was ist geschehen?«, fragte er. »Geht es um John?« Sie bejahte und liess ihn eintreten.

»Du siehst fürchterlich aus«, meinte er beiläufig. Es klang beleidigender, als er es gemeint hatte.

»Es ist wegen John. Ich kann vor lauter Sorge kaum noch schlafen«, meinte Olivia. Sie schien wegen seiner Bemerkung nicht gekränkt zu sein.

»Wo ist er?«

»Im Bad«, sagte sie und zeigte auf die Tür des Badezimmers. Tom bemerkte sofort die Wasserlache vor der Tür. Er vermutete das Schlimmste. »Hast du nicht versucht, zu ihm zu gelangen?«, rief er entsetzt.

»Doch, natürlich, aber ich bringe die Tür nicht auf. Deshalb habe ich dich gerufen«, sagte sie und blickte betreten zu Boden. Ohne zu zögern trat Tom an die Tür.

»John! John! John, kannst du mich hören?«

Keine Antwort.

»Donnerwetter«, murrte Tom. Nachdem er vergebens am Türknopf geschraubt hatte, trat er ein wenig zurück, um dann mit voller Wucht die Tür einzutreten. Das Bad war komplett überflutet. John lag bäuchlings in der Badewanne. Tom eilte auf ihn zu, kniete sich neben die Wanne, drehte ihn und horchte nach einem Lebenszeichen. John atmete noch.

»Hilf mir!«, rief Tom Olivia zu. Sie eilte herbei, danach hoben sie den Bewusstlosen aus der Badewanne und verfrachteten ihn im Wohnzimmer aufs Sofa.

»Himmel Herrgott nochmal, ist dieser Mann von Sinnen?«, zischte Tom.

Er hatte Mühe, sich zu beherrschen. Die Angst um das Leben seines Freundes, seine Verachtung gegenüber Johns Versuch, sich das Leben zu nehmen, überforderten ihn. Am liebsten hätte er auf Johns bewusstlosen Körper eingeschlagen oder seiner schockierten Ehefrau die Leviten gelesen. Olivia schien von seiner wütenden Haltung eingeschüchtert zu sein, denn sie trat verängstigt zurück.

»Warum gehst du weg? Verdammt, kümmere dich um deinen Mann«, schrie er sie an. Sie schien den Tränen nahe, hastete dann aber an ihm vorbei und kniete sich neben John. »Glaubst du im Ernst, ich würde es zulassen, dass du dir das Leben nimmst?«, rief Tom – mehr in den Raum hinein als zu jemand Bestimmten. Er zündete sich eine Zigarette an und beobachtete Olivia, die versuchte, ihren Mann wieder unter die Lebenden zu bringen. Ihre Unfähigkeit machte ihn nur noch wütender. Er trat grossen Schrittes auf sie zu, stiess sie zur Seite und kniete sich selbst neben den Körper. Olivia blieb am Boden sitzen. Sie schien am Ende ihrer Kräfte zu sein. Tom schob seine Hemdärmel zurück, riss Johns Hemd auf, wobei einige Knöpfe abgerissen wurden, und begann dann mit gefalteten Händen in regelmässigen Abständen auf Johns Rippen zu pressen. Ein verzweifelter Versuch, Leben in den Körper seines Freundes zu hauchen. Es vergingen einige Sekunden, bevor John Wasser hustend zu sich kam. Tom zog sich unter den Türrahmen zurück. Olivia stürzte sich auf ihren Mann. Sie weinte. John fasste ihr an den Kopf und fuhr ihr mehrere Male beruhigend durchs Haar. Nach ein paar Minuten und mehrmaligen Bestätigungen, dass es ihm gut gehe, setzte sich John auf. Tom blieb, wo er war, und beobachtete das Geschehen. Olivia liess sich neben John nieder und schlang ihre Arme um ihn. Tom konnte in den Augen seines Freunds eine seltsame Leere entdecken. Er schien absolut gefühlstaub zu sein.

»Was machst du hier?«, fragte John ohne vom Sofa aufzustehen. Tom wusste, dass er gemeint war.

»Ich habe dir das Leben gerettet«, meinte er, kam aber nicht näher.

»Ich habe dich nicht darum gebeten.«

»Du nicht. Aber deine Frau«, antwortete Tom mit verbittertem Ernst. Er musste seine Frustration zurückhalten. John schien nachzudenken, sagte aber nichts.

»Du wärst jetzt tot, hätte sie mich nicht angerufen, und hätte ich dich nicht aus der Badewanne gerissen«, sagte Tom. Er konnte seinen scharfen Unterton nicht verhindern. »Wie wäre es mal mit einem Dankeschön?«, fauchte er weiter.

»Ich habe nicht darum gebeten«, wiederholte John stümperhaft.

»Was fällt dir ein! Du bist so arrogant und selbstsüchtig. Das macht mich krank«, meinte Tom. »Sieh mir gefälligst in die Augen, wenn ich mit dir spreche!«, schrie Tom und machte einen Schritt auf John zu.

»Ich soll selbstsüchtig sein?«, fragte dieser ungläubig und blickte auf. »Wer war es, der dich zu meiner Hochzeit eingeladen hat? Wer liess dich extra auf meinen Kosten nach Rockford hinausfliegen? Das war ich. Wer war in letzter Zeit mit seiner Freundin so beschäftigt, dass er keine Zeit mehr finden konnte, um sich nach John Butcher zu erkundigen? Nicht einmal auf der Arbeit konntest du dich nach mir erkunden. Wer interessierte sich keinen Deut für meine Probleme? Wer liess mich im Jazzclub einfach zurück? Das warst du, Thomas Hilbert. Sag du mir also nicht, ich sei hier der Selbstsüchtige«, rief John empört und stand ruckartig auf. Zorn glänzte in seinen Augen.

»Ich habe mir deinetwegen Sorgen gemacht. Ich jagte dich durch die halbe Stadt, nur um dich besoffen in einem Club vorzufinden, wo du nicht einmal mit mir reden wolltest. Ich habe immer nach dir geschaut. Deine Art, wie du dich in letzter Zeit verhalten hast, macht Olivia kaputt. Sieh sie dir doch mal an«, sagte Tom und zeigte mit der offenen Hand auf Johns Ehefrau. John würdigte sie keines Blickes.

»Ich habe versucht, mit dir zu reden, und du hast mir die kalte Schulter gezeigt. Dennoch bin ich hierher gehastet, um dich vor dem Ertrinken zu retten«, rief Tom. John schwieg.

»Du hast versucht, dich zu töten. Schande über dich. Wie egoistisch kann man denn sein?« Tom spuckte die Worte regelrecht aus. Er konnte sehen, wie sie sich in Butchers Gewissen hineinbissen. Der Tölpel war wohl nur noch mit verletzenden Worten erreichbar. John setzte sich wieder, sein Blick blieb an Tom haften. Es kehrte Ruhe ein. Tom stemmte die Hände in die Hüfte, öffnete ein paar Knöpfe seines weissen Hemdes und atmete einige Male durch.

»Du willst wissen, warum ich›s versucht habe? Warum ausgerechnet jetzt?«, fragte John,

»Was soll das heissen: *ausgerechnet jetzt?* Ich wollte immer wissen, was mit dir nicht in Ordnung ist«, meinte Tom.

»Dann setz dich«, sagte John und wies auf den grossen, braunen Sessel, der wenige Meter von Tom entfernt unter dem Fenster stand. Tom gehorchte ohne etwas zu sagen.

»Hol sie«, meinte John und nickte Olivia zu. Sie erhob sich und kam kurz darauf mit einer Zeitung zurück, die sie Tom übergab. Auf der Titelseite stand: »Schiesserei mit zwei Toten. Erneuter Anschlag der Black Night?« Zuerst verstand Tom nicht. Er hatte nichts von einer Schiesserei in New York mitgekriegt, dann allerdings bemerkte er, dass die Zeitung aus Rockford stammte. Das Bild unter der Schlagzeile verschlug Tom die Sprache. Es war das Haus der Butchers. Hastig schlug er die Zeitung auf und überflog den Text:

*Bei einer Schiesserei auf offener Strasse sind zwei Bewohner Rockfords gestorben. Es handelt sich um das Ehepaar Butcher, das sich gerade auf dem Weg nach Hause befand. Ihr Sohn, John Butcher, hatte am Vorabend bei ihnen seine Hochzeit mit Olivia Jackson, Erbin der Jackson Industrials, gefeiert. Gemäss Aussage von Franklin Jackson hatten die Butchers dem Pfarrer*

*einen Dankesbesuch abgestattet. Sie waren auf dem Heimweg,*
*als die Tragödie über sie hereinbrach. ›Wir haben heute zwei*
*unglaublich herzliche und gute Menschen verloren. Was heute*
*passiert ist, ist wahrlich eine grausame Schande‹, so Frank*
*Jackson. ›Ich bete für meine Tochter, ihren Ehemann und des-*
*sen Bruder, auf dass sie diese schwierigen Zeiten gemeinsam*
*überstehen mögen.‹«*

Tom wusste nicht, was er sagen sollte. Was er sagen musste. Er blickte auf und sah vor sich ein zugrunde gerichtetes Ehepaar. Nicht einmal ein Jahr verheiratet und bereits so schwer belastet. Er wollte gerade etwas erwidern, da kam ihm John zuvor.

»Du musst nichts sagen. Ich weiss, was du denkst.«

»Dennoch sollte ich mich entschuldigen.«

John nickte. Tom warf erneut einen Blick auf die Zeitung. *Black Night*, das war eine New Yorker Gang. Er hatte schon einige Male mit ihr zu tun gehabt. Ihr gehörten in erster Linie junge arbeitslose Männer an, mehrheitlich Afroamerikaner. Die weissen Mitglieder waren in der Regel Männer, die sich nach dem Krieg nicht mehr in die Gesellschaft hatten eingliedern können. Es handelte sich um Taschendiebe und Hurenhändler. -dass jemand ihretwegen zu Tode kam, war keine Seltenheit. Meistens durch Stichverletzungen. Tom hatte aber nicht gewusst, dass die *Black Night* auch Schiessereien anzettelten und Anschläge verübten. Hatte sich diese Gang wirklich so enorm weiterentwickelt? Wenn sie wirklich für den Tod von Johns Eltern verantwortlich war, war sie zu einer ernsthaften Gefahr geworden, was Tom seinem Abteilungsleiter mitteilen sollte. Warum aber war die Gang in Rockford? Die

Antwort auf diese Frage schien ihm rätselhaft. Tom hatte immer gewusst, dass John seinen Eltern sehr nahestand, allerdings sah er es immer noch nicht als ausreichenden Grund an, wegen ihres gewaltsamen Todes Selbstmord begehen zu wollen.

»Deswegen wolltest du dich umbringen?«, fragte Tom und wedelte mit der Zeitung. John schüttelte den Kopf.

»Mein Bruder, Mason, stand meinen Eltern noch näher als ich. Er konnte ihren Tod nicht verkraften und hat sich eine Woche später im Wohnzimmer erhängt«, erzählte John. Tom schwieg.

»Mein Bruder war erst achtzehn Jahre alt«, schrie John auf und begann zu schluchzen. Dann kullerten die Tränen über seine Wangen. Erneut fiel Tom keine Antwort ein. Ihm schienen alle Worte unpassend zu sein. Olivia legte zögerlich einen Arm um John, im Versuch, ihrem Mann etwas Komfort zu bieten.

»Ich hasse diese dreckigen Bastarde. Ich werde sie alle töten. Wie können sie es wagen meine Familie anzugreifen? Was haben meine Eltern diesen Mistkerlen denn getan?«, rief John. Er sprang auf und begann, auf die Wand einzuschlagen. Er trommelte so hart auf die Wand ein, dass ein Loch entstand. Es hatte nicht einmal annähernd die Grösse des Lochs, das der Tod seiner Familie in seinem Herzen hinterlassen hatte.

»So beruhige dich doch!«, rief Tom und schnellte ebenfalls hoch.

»Ich töte sie, ich töte sie, ich werde sie alle töten!«, schrie John. »Woher willst du denn wissen, dass es wirklich die *Black Night* war, die für den Tod deiner Familie verantwortlich ist? Möglicherweise reklamieren sie diesen Zwischenfall einfach für sich?«, meinte Tom. John hörte auf, sich selbst zu verletzen, und wandte sich ihm zu. Wilder Zorn und Trauer leuchteten in seinen Augen.

»Mein Bruder hinterliess mir einen Abschiedsbrief. Er beschreibt die Männer ziemlich präzise. Seine Aussage passt perfekt zu dem, was wir über Anhänger der *Black Night* wissen«, sagte John. Seine Stimme klang plötzlich seltsam ruhig.

»Ich verstehe«, meinte Tom.

»Nein, das tust du nicht.«

»Dann hilf mir.«

Johns Schweigen war seine Art, Tom mitzuteilen, dass er ihm dabei nicht helfen wollte. Nach einigen Stunden sinnlosen Diskutierens stand Tom auf, um nach Hause zu gehen. Als er an der Wohnungstür stand, sagte John zu ihm:

»Ich werde jeden einzelnen dieser *Black-Night*-Mitglieder finden und eliminieren. Sie sollen büssen für das, was sie getan haben.« Tom schaute über die Schulter zurück.

»Und was hast du davon, wenn du sie alle beiseite geräumt hast?«, fragte er.

»Frieden. Frieden für mich.«

»Du solltest um deine Familie trauern, damit sie in Frieden ruhen können«, meinte Tom und schloss die Tür hinter sich. *Aber wie immer denkst du nur an dich selbst.*


Wie geplant würde Tom sich am darauffolgenden Tag mit Emily treffen. Ihre Verabredung würde am Nachmittag stattfinden, und so hatte er am Morgen noch etwas

Zeit, um kurz aufs Revier zu gehen. Dort angekommen, machte er sich sofort daran, im Archiv jeden Artikel und jede Akte über die *Black Night* nach nützlichen Informationen zu durchforsten. Je mehr er über sie las, umso deutlicher erkannte er die Charakteristiken dieser Gang. *Sie scheinen ein Händchen für Einbrüche und Raubüberfälle zu haben*, dachte Tom. Waren es also wirklich Anhänger der *Black Night* gewesen, die in Rockford Johns Eltern erschossen hatten, oder bestand die Möglichkeit, dass ein paar Nachahmer dahinter steckten?

»Worüber brütest du da?«, fragte Katie Parker, Toms Sekretärin. Sie trat mit einem Lächeln und einer Tasse Kaffee in den Händen auf ihn zu.

»Hast du den Artikel über die Schiesserei in Rockford gelesen?«

»Nein, ich lese lediglich die Daily Times. Warum?«

»Johns Eltern wurden angeblich vor Kurzem von Anhängern der *Black Night* auf offener Strasse erschossen.«

»Das ist ja schrecklich! Mein aufrichtiges Beileid. Warum aber wirft die Tat nun Fragen auf?«, fragte Katie nachdenklich. Sie konnte es ihrem Boss sofort ansehen, dass ihn etwas daran beschäftigte.

»Nun, sie passt einfach nicht ins Bild dieser Gang. Die *Black Night* ist eine kleine Räuberbande, die im Raum New York ihr Unwesen treibt. Warum würde sie sich so weit von ihrem Revier entfernen, um dort ein paar zufällig vorbeikommende Passanten zu erschiessen? Haben die Bandmitglieder dort nach etwas gesucht?«

Tom kratze sich vor Ärger am Hinterkopf.

»Was wäre, wenn die *zufällige* Anwesenheit dieser Passanten gar kein Zufall war?«, fragte Katie. Mit einem vielsagenden Blick nahm sie den letzten Schluck ihres Kaffees.

Den Nachmittag verbrachten Tom und Emily im neuen Kino, danach gingen sie in der Nähe des Central Parks essen. Dieses Mal war es allerdings ein Burger-Restaurant. Er ging absichtlich nicht in ein allzu teures Lokal, um in Emily nicht den Verdacht zu wecken, dass etwas Besonderes bevorstand.

»Ein Burgerladen?«, fragte Emily mit gehobenen Augenbrauen, als sie vor *Joe's Burger House* standen.

»Magst du keine Burger«? Tom war verunsichert.

»Machst du Scherze? Ich liebe Burger«, sagte sie begeistert. Ihr ganzes Gesicht strahlte vor Freude. Wieder einmal zeigte Emily, wie einfach sie gestrickt war. Wie keine andere Person konnte sie sich an den kleinsten Sachen freuen. Dies war einer der Gründe, warum Tom sie so sehr liebte. Obwohl er sich für all ihre Treffen besonders viel Mühe gegeben und alles immer sorgfältig geplant hatte, hatte sie ihm jedes Mal das Gefühl vermittelt, auch mit simplen Dingen im Leben zufrieden zu sein. Er konnte es an ihrer Gestik ablesen, wenn sie sich zu amüsieren schien. Ihr Verhalten war so echt, so wahr, sie hätte nicht lügen können, sogar wenn sie es versucht hätte. Wie Tinte durch ein hauchdünnes Blatt Papier, so auch sickerte jede Emotion durch Emily hindurch.

Nachdem sich das Pärchen gesetzt und seine Bestellung aufgegeben hatte, begannen die beiden über allerlei

Dinge zu reden. Irgendwann kam die Sprache auf John und Olivia. Toms Laune verschlechterte beträchtlich.

»Hattet ihr einen Streit?«, fragte Emily besorgt.

»Nein. Ja, doch. So halb«, meinte Tom. Er wollte sie mit diesem Thema nicht belasten, doch sie schien nicht lockerlassen zu wollen, also erzählte er ihr alles. Wie eine artige Schülerin hörte sie ihm aufmerksam zu, nickte hie und da, gab manchmal ein leises »Ja« von sich und hielt während der ganzen Schilderung der Ereignisse mit ihm Augenkontakt.

»Findest du, ich hätte mich mehr für John einsetzen sollen?«, fragte Tom unsicher und blickte auf den Tisch. Sie nahm seine Hand in die ihren.

»Wie hättest du dich denn gross einbringen können?«, fragte Emily.

»Ich hätte weiter mit ihm reden sollen, versuchen, ihm irgendwie zu helfen.«

»Ja, das wäre wohl eine gute Sache gewesen.«

»Weisst du«, begann Tom, »ich dachte, wie es bei einem Theater den Verfremdungseffekt benötigt, braucht auch John jemanden, der das Ganze aus einer subjektiven, durchdachten und rationalen Sicht bewertet. Damit er versteht, wie sein Verhalten sein sollte, um wieder auf den richtigen Weg zu gelangen.«

»Findest du nicht, dass du die falsche Person dafür bist?«

Tom schüttelte den Kopf. »Du empfindest so?«

»Ja. Denn du bist sein bester Freund. Gerade von dir hätte er eine emotionale Unterstützung gebraucht. Gerade du hättest da sein sollen und seine Trauer mit ihm teilen müssen. Dein Gedanke der Verfremdung mag nicht übel sein, war aber dennoch die falsche Entscheidung. Das hat du ja selbst gemerkt.«

Ihre Aussage war knallhart und hätte aus einem Sachbuch für Psychologie stammen können, und doch hatte sie mit jedem Wort, das sie sprach, recht.

»Ich habe in meiner Funktion als Freund versagt«, gab Tom verbittert zu.

»Nein, hast du nicht. Es war nur nicht deine Bestimmung, in Zeiten der Not, in der John sich befand, zu helfen.«

»So etwas wie eine höhere Bestimmung gibt es nicht.«

»Du glaubst also nicht an eine höhere Bestimmung der Menschen? An einen Grund, warum wir hier sind?«, fragte Emily interessiert. John schien schon vergessen zu sein.

»Ich weiss es einfach nicht«, sagte Tom trotzig.

»Und du: Glaubst du etwa an eine höhere Bestimmung?«, fügte er an.

Sie lächelte und legte ihren Kopf auf ihren rechten Handrücken.

»Der einzige Grund, warum wir Menschen existieren, ist der, dass wir Menschen uns seit über Millionen von Jahren entwickeln, genau wie andere Kreaturen auch und somit Teil der Evolution sind. Es gibt keine höhere Bestimmung oder Ähnliches«, sagte Tom, beinahe stur.

»Das sehe ich anders.«

»Dann lass mich teilhaben an deinen Gedanken.«

»Nun, ich denke, einfach gesehen, liegt das Ziel jedes Menschen darin, Glückseligkeit zu erreichen und die Möglichkeit zu haben, ein Leben nach seinen Massstäben zu führen.«

»Wenn Glückseligkeit unsere höhere Bestimmung sein soll, wie können dann Rückschläge, wie der Tod Angehöriger, zur Glückseligkeit verhelfen?«

»Der Tod eines Menschen soll seinen Angehörigen ermöglichen, den Verstorbenen als perfektes Wesen in Erinnerung zu behalten. Damit die Lebenden dann in besonders glücklichen Momenten an sie denken können«, antwortete Emily auf sein Argument. Sie trank einen Schluck und fügte hinzu:

»Glückseligkeit sieht für jeden Menschen anders aus.«

»Selbstmord soll zur Glückseligkeit führen können?«, fragte Tom und fand den Gedanken ziemlich abstrakt.

»Ja, möglicherweise schon. Sollte ein Mensch jemals in die Lage kommen, keinen Ausweg mehr zu finden und keine Chance zu sehen, wie er wieder glücklich werden könnte, dann würde vielleicht der Tod Glückseligkeit herbeiführen. Oder immerhin etwas Ähnliches, das die Erlösung vom andauernden Leiden ermöglicht.«

»Wie kann man einem solchen Menschen dann noch helfen? Ihn beim Sterben unterstützen? Es einfach zuzulassen oder ihm sogar dabei helfen?«, fragte Tom. »Eine Art verfrühter Exit?«

Emily schwieg. Sie schien darüber nachzudenken.

»Hör mal, Emily. Ich verstehe, was du mir sagen willst. Wenn man an einen alten Mann denkt, der sein Leben gelebt hat und nun alleine ist, vielleicht sogar noch eine tödliche Krankheit hat, dann ja, dieser Person könnte man schon helfen. Aber aus meiner Sicht ist es moralisch falsch, zuzulassen, dass sich ein Achtzehnjähriger erhängt und ein Dreiundzwanzigjähriger versucht, sich in seiner eigenen Badewanne zu ertränken.« Toms Tonfall war brüsk. »Stattdessen sollte man einer solchen Person die Folgen seines Dahinscheidens erläutern. Auf wen dies alles einen Einfluss haben könnte.« Tom blickte aus dem Fenster.

»Was also ist Glückseligkeit für dich?«, fragte Emily lächelnd.

Er schwieg einen Moment, dann antwortete Tom, »du bist es«.

Nach dem Essen gingen sie, solange es noch hell war, in den Central Park. Tom musste sich zusammennehmen, um nicht direkt dorthin zu laufen, wo er geplant hatte, Emiliy den Antrag zu machen. Nach einer Weile gelangten sie zum Bethesda-Brunnen. Beide warfen einen Penny in den Brunnen.

»Hast du dir was gewünscht?«, fragte sie. Tom nickte.

»Was denn?« Tom lachte. »

»Das sage ich dir nicht.« *Du wirst es bald genug erfahren.*

Einige Minuten später spazierten sie gemeinsam über die Dove Bridge. Tom verlangsamte allmählich und blieb in der Mitte der Brücke stehen. Glücklicherweise waren keine Menschen da. Zuerst schien sie es nicht zu bemerken, dann allerdings blickte sie über ihre Schulter und realisierte, dass er stehengeblieben war. Sie kam zu ihm zurück.

»Was ist denn?«, wunderte sie sich.

»Emily Moore«, begann Tom, danach ging er langsam auf sein rechtes Knie und zog währenddessen elegant seine kleine Schachtel aus dem Mantel. Sie schien zu ahnen, was er vorhatte, denn sie schlug ihre zarten Hände vor den Mund.

»Willst du mich heiraten?«

Er öffnete die Schachtel. Der Diamant, der in den Ring eingearbeitet war, blitzte in der Abendsonne auf. Während sie »Ja« keuchte und heftig nickte, kullerten ihr Freudentränen über die Wangen. Er steckte ihr den Ring an den Finger, dann umarmte sie ihn. Tom freute sich so sehr über ihre Antwort, dass er begann, sich mit ihr im Kreis zu drehen. Allerdings musste er aufhören, da sie sonst hingefallen wären. Emily lächelte über beide Wangen hinaus. In diesem Moment waren alle Sorgen vergessen. Es gab nur Emily und Tom.

# *Tatort*

Obwohl Tom und Emily noch nicht verheiratet waren, beschlossen sie, im Juni in eine gemeinsame Wohnung zu ziehen. Er mochte sein altes Appartement sehr, und da er es seit einem Jahr sein Eigen nennen konnte, hatte er beschlossen, es nun selbst zu vermieten, um noch eine zusätzliche Einnahmequelle zu generieren. Der neue Mieter seiner Wohnung war ein anständiger älterer Herr, mit dem sich Tom von Beginn an gut verstand. Er hatte Emily nach seinem ersten Treffen mit Mr. Hopper sofort alles erzählt.

»Er hat bereits für die ersten drei Monate im Voraus die Miete bezahlt.«

»Das ist wunderbar«, meinte sie entzückt.

»Bei einem so guten Preis bin ich gewillt, Ihnen zusätzliche 200 Dollar pro Monat zu geben«, zitierte Tom lächelnd seinen Mieter. Er war davon überzeugt, dass Mr. Hopper genau der Richtige war. Der gute Mann hatte sich, noch bevor sie überhaupt die Wohnung betreten hatten, schon mit der Nachbarstochter Zoey angefreundet. Sie spielte gerade mit ihrem Bruder Azrael, als Hopper und Tom aus dem Fahrstuhl traten. Die Kleine sprach Mr. Hopper auf seinen kahlen Kopf an.

»Warum haben Sie weniger Haare als Tom?«

Daraufhin meinte Mr. Hopper lachend: »Ich habe bei jedem Gedanken, den ich in meinem Leben hatte, ein Haar verloren.«

Gemeinsam mit Emily zog Tom an die Premiere Avenue in Vulture Bay. Da sich nun sein Arbeitsweg zeitlich um das Doppelte verlängert hatte und William, der Taxifahrer, einen zu hohen Preis verlangte, beschloss das Paar, ein Auto zu kaufen. Während die beiden gemeinsam durch die verschiedensten Automobilgaragen schlenderten, meinte Emily:

»Ich hätte gerne einen Bentley. Am liebsten einen scharlachroten.«

Tom dachte darüber nach und hätte eigentlich auch positiv darauf angesprochen, wären diese Wagen nicht so unverschämt teuer gewesen.

»Dieser hier wäre wundervoll«, sagte Emily und zeigte auf eines der Autos.

»Mein Herz, das können wir uns beim besten Willen nicht leisten.«

Sie zog einen Schmollmund. »Wie wäre es stattdessen mit diesem hier?«, wich er aus und zeigte auf einen Wagen, der etwas abseits des Bentley stand. Es war ein roter Chrysler Airflow. »Wirklich, der gefällt dir?«, fragte Emily skeptisch.

»Warum nicht? Der ist momentan in Mode, nicht?«, meinte Tom und sah den Verkäufer an.

»Natürlich, Sir. Sollten Sie sich ein angesagtes Automobil wünschen, dann ist das Ihr Wagen«, versicherte der Herr. Während er sprach, faltete der Verkäufer seine Hände vor seinem Bauch. Seine Worte waren so glatt wie seine Haare.

»In Ordnung. Aber dann darf ich die Farbe auswählen«, entschied Emily. Tom nickte. So kam es also, dass sich das Paar einen schwarzen Chrysler Airflow kaufte. Er mochte sein Auto sehr.

Als Tom am Montag beim Polizeiposten ankam, war John auch wieder im Büro. Freundlich begrüssten sie sich. Es schien, als wäre nichts geschehen. John betrat sein Büro, kurz nachdem Tom die Fenster geöffnet hatte. Im Zimmer war die Luft dick und stickig.

»Wie habt ihr euch eingelebt?«, fragte John und setzte sich in einen Sessel gegenüber von Toms Schreibtisch.

»Prima. Wir sind sehr glücklich«, meinte Tom, während er sich eine Zigarette anzündete.

»Ich habe viel über deine Worte nachgedacht«, sagte John und blickte seinen Freund an.

»Ich habe festgestellt, dass ich meine Trauer irgendwie verarbeiten muss. Davor zu flüchten, hat keinen Sinn. Ich habe mich dazu entschlossen, ein Buch über den menschlichen Verlust zu schreiben.« John schien begeistert zu sein von seiner Idee.

»Glaubst du wirklich, die Menschheit benötigt eine Anleitung zum Selbstmord?«

John überhörte diese zynische Bemerkung.

»Es wird ein Bestseller, das verspreche ich dir.«

»Es soll also von Selbstmord handeln?«, fragte Tom und setzte sich ebenfalls an den Tisch. Skeptisch zog er eine Augenbraue hoch. Diese Angewohnheit hatte er von Emily übernommen. John schüttelte den Kopf.

»Nein. Es wird von Trauer handeln und von den Möglichkeiten, sie zu verarbeiten. Ein psychologisches Buch, das den Menschen, die in einer ähnlichen Lage sind, helfen soll, nicht am Tod eines geliebten Menschen zu zerbrechen«, erklärte John.

»Was hältst du davon?«, fragte er Tom.

»Ich finde deine Idee gut. Warum nicht der Öffentlichkeit etwas Gutes tun und dabei die eigenen Probleme verarbeiten? Allerdings finde ich ein Buch zu schreiben nicht sonderlich prickelnd.«

»Warum nicht?«, fragte John, ohne sich von Toms Worten auf irgendeine Art und Weise beeinflussen zu lassen.

»Ein Buch ist nichts weiter als das aufgeschriebene Selbstgespräch eines Autors, der sich zu einem Thema keine eigene Meinung bilden kann«, sagte Tom. »Die Charaktere spiegeln dabei die Eigenschaften des Autors wider, während ihr Verhalten die Meinung des Schreibers abbilden.«

»Das heisst also, ein Antagonist hat von Beginn der Geschichte an keine Chance zu gewinnen, wenn der Autor das nicht will?«

»Richtig, denn tief im Innersten weiss jeder Mensch, wie er zu einem x-beliebigen Thema steht. Die Argumente, denen der Autor nicht zustimmt, haben überhaupt keine Möglichkeit, die Meinung dieses Autors zu ändern. Sagen wir, du siehst dir ein Spiel an und könntest den Verlauf nach deinem Wunsch beeinflussen. Du hättest so gesehen eine göttliche Willenskraft. Während des Spiels bist du für Team A. Du wirst also, ganz egal, ob Team B besser spielt oder nicht, Team A gewinnen lassen, denn das ist es ja, was du willst. Möglicherweise wirst du es spannend werden lassen, um die Zuschauer bei Laune zu halten, aber am Ende wird das Resultat immer dasselbe sein.«

»Bei einem Buch soll es auch so sein?«, schloss John aus der Aussage seines Freundes. Tom nickte.

»Das Thema des Buches spielt keine Rolle. Am Ende

wird jener Charakter gewinnen, der dir – deiner Meinung zufolge – am ehesten entspricht.« John wollte gerade etwas sagen, da platzte der Chief herein.

»Herrschaften, schön, sie zu sehen. Ich habe einen Auftrag für sie. Im Bryant Park, Midtown Manhattan, wurde in der Nacht von gestern auf heute ein Mann tot aufgefunden. Es scheint sich um Mord zu handeln. Gehen Sie hin und klären sie das ab.«

Nachdem er den Auftrag erteilt hatte, verliess er das Zimmer. Die Kollegen erhoben sich zügig und begaben sich zum Tatort.

Der warme Junimorgen, dessen klarer Himmel gerade von der aufgehenden Sonne gekitzelt wurde, hätte nicht weniger zu einem so grausamen Akt wie einem Mord passen können. Kaum am Bryant Park angekommen, empfing sie bereits ein Kommissar der Polizei Manhatten. Der Mann hatte eine gravierende Gesichtslähmung, die dazu führte, dass seine Worte klangen, als ob er sie ausgespuckt hätte.

»Hilbert und Butcher«, stellte Tom sich und John dem Polizisten vor »Wir sind Detektive der Mordkommission.«

»Prächtig. Ich habe Sie bereits erwartet. Bitte folgen Sie mir, ich führe Sie direkt zum Fundort der Leiche.«

Sie folgten dem Mann neben dem gepflegten Rasen des Parks vorbei und drängten sich anschliessend durch eine kleine Schar von Gaffern. Auch einige Journalisten waren anwesend. Sie schienen drauf und dran zu sein, einen Polizisten zu interviewen. Tom konnte ihm sofort ansehen, dass er sich in seiner Haut nicht wohl fühlte. Die beiden Detektive wurden noch etwas weitergeführt. Dort lag die Leiche, auf den Stufen zur Bibliothek. Es war ein schwarzer Mann mittleren Alters. Seine Arme und Beine standen auf groteske Weise vom Köper ab. Sein Kopf lag in einer unbequemen Position. Die Augen waren weit aufgerissen.

»Bitte treten Sie beiseite. Ich werde den Leichnam untersuchen«, sagte Tom. John und der Polizist zogen sich etwas zurück.

»Bitte achten Sie darauf, keine Indizien zu vernichten und keine Spuren zu verwischen«, bat der Polizist, während er auf Zehenspitzen über Toms Schulter lugte.

»Machen Sie sich keinen Kopf, mein Junge. Thomas Hilbert ist unser bester Analytiker. Er wird hier ohne auch nur ein einziges Haar zu verschieben im Nu fertig sein«, meinte John zuversichtlich und klopfte dem Polizisten brüderlich auf die Schulter.

»Na, wenn das so ist.«

Die Miene des Kommissars liess darauf schliessen, dass Johns Aussage ihn nicht überzeugt hatte. Zuerst betrachtete Tom den Kopf. Der gesamte Unterkiefer war entfernt worden. An seiner Stelle klaffte nun ein übel aussehendes Loch. Tom vermutete, dass es eine Waffe gewesen sein musste, die dem Mann das Leben genommen hatte. Während Tom hinter dem linken Ohr des Opfers einen tätowierten Mond entdeckte, nahm John seinen Fotoapparat hervor und fing an Bilder des Tators zu machen. Erst später würde Tom die Feststellung des Mondes stutzig machen. Oberhalb des rechten Auges hatte der Leichnam eine Beule, und am Hals waren Kratzspuren von rötlicher Farbe zu erkennen. Tom notierte sich alles sorgfältig in sein Notizbüchlein, danach nahm er die Arme des Mannes unter die Lupe. Allerdings fand er nichts Aussergewöhnliches. Er stellte nur fest, dass dem Mann vermutlich eine Uhr gestohlen worden war. Als John fragte, wie er darauf käme, sagte Tom:

»An der linken Hand, wo sich die Uhr befinden würde, ist die Haut etwas heller als am übrigen Arm. Daraus lässt sich schliessen, dass der Mann Schmuck getragen hat.«

Tom öffnete die Innentaschen des Jacketts des Toten und zog einen Geldbeutel hervor. Während er diesen öffnete und einen amerikanischen Ausweis herauszog, meinte der Polizist hinter vorgehaltener Hand zu John:

»Das wäre mir im Leben niemals aufgefallen, dass der Mann Schmuck getragen hatte.«

Ich sagte doch, der Mann weiss, was er tut«, meinte John, während er sich eine Zigarette anzündete. Der Ausweis lautete auf den Namen Tyrone Dallaway. An Tyrons Unterkörper fand Tom nichts Auffälliges.

»Was denkst du?«, fragte John.

»Ich denke, dass dies ein Mord war, der sich dann zu einem Raubmord weiterentwickelte«, folgerte Tom und rieb sich das Kinn.

»Wie kommen Sie darauf?«, fragte der Polizist verwundert.

»Nun, am Hals sehen wir Kratzer und etwas rote Farbe. Zuerst dachte ich, es sei Blut, allerdings ist es Nagellack. Ich vermute, unser Mann hier hat sich einer Frau aufgedrängt, die sich dann allerdings zur Wehr setzte. Ein eindeutiges Indiz dafür wäre die Beule an seinem rechten Auge. So etwas entwickelt sich nach einem Faustschlag.«

»Dann ist der Mörder eine Frau?«, fragte der Polizist und

notierte alles in seinem Rapport. »Kann gut sein. Ich halte die Theorie für wahrscheinlicher, dass ein weiterer Mann, vielleicht sogar mehrere, der Frau zu Hilfe eilten. Nachdem sie dann Tyrone erschossen hatten, nahmen sie ihm Schmuck und Geld ab, verliessen den Tatort und hinterliessen uns diesen grotesken Fund«, schlussfolgerte Tom.

»Könnten es Mitglieder der *Black Night* gewesen sein?«, fragte John. Seine Augen hingen an Toms Lippen.

»Ja. Ich sehe keinen Grund, warum man jemanden erschiesst, nur weil er einer Frau auf die Pelle gerückt ist. Insbesondere an einem öffentlichen Ort wie hier«, sagte Tom. »Die *Black Night* sind auch bekannt dafür, ihre Opfer im Nachhinein auszurauben.«

Ihm entging nicht, dass der Unterkiefer seines Freundes mahlte, als wäre er eine Pfeffermühle.

»Und trotzdem macht das hier den Eindruck einer überstürzten Tat. Ich denke, dieser Mord war nicht geplant«, meinte Tom nachdenklich.

»Gibt es irgendwelche Zeugen?«, fragte er an den Polizisten gewandt.

»Oh ja, den gibt es. Er sitzt dort drüben«, erwiderte sein Gegenüber und deutete auf einen der Sitzbänke. Dort sassen ein junger, gutaussehender Mann mit blonden schütteren Haaren und eine Frau, die allerdings keine Zeugin war. Tom konnte ihr Gesicht nicht erkennen, denn sie hatte es in ihren Händen vergraben. Ihm fiel auf, dass sie zitterte. Der gutaussehende Mann trug einen eleganten braunen Anzug und ein graues Beret auf dem Kopf. Als Tom auf ihn zukam, blickte er auf. Er drückte seine rechte Hand auf eine Stelle oberhalb der linken Hüfte.

»Guten Tag. Ich bin Detektiv Hilbert«, stellte sich Tom vor.

»Hallow. Mike Hallow. Freut mich, Sie kennenzulernen«, antwortete der Mann und reichte Tom seine Hand. Seine Stimme hatte den Klang von plätscherndem Wasser.

»Es freut mich ebenfalls, Ihre Bekanntschaft zu machen.«

Beim Versuch aufzustehen, verzog Mike Hallow das Gesicht und setzte sich stöhnend wieder hin. Seine Schmerzen verunmöglichten es ihm, mit Tom auf Augenhöhe zu sprechen.

»Waren Sie hier vor Ort, als der Mord an dem Mann dort verübt wurde?«, fragte Tom.

»Ja.«

»Haben Sie gesehen, wer es war?«, fragte er weiter. Mike Hallow verneinte.

»Kommen Sie. Spielen Sie hier nicht den Unwissenden. Sie wurden verletzt. Ich kann mir nicht denken, dass Sie da kein Gesicht gesehen haben«, meinte Tom mit leicht bedrohlichem Unterton. Mike Hallow schwieg. John trat hinzu, worauf etwas Merkwürdiges geschah. Die Augen des Zeugen weiteten sich bei Johns Anblick. Rasch zog er sein Beret tiefer ins Gesicht und blickte zu Boden.

»Hören Sie. Ich wurde von hinten angeschossen. Ich habe nicht gesehen, wer es war.«

Daraufhin fragte Tom:

»Helfen Sie mir zu verstehen. Sie sehen, ich wurde noch nie angeschossen, aber es ist bestimmt nicht ein alltägliches Erlebnis, oder? Wäre ich von hinten angeschossen worden, hätte ich sicherlich versucht, den Täter zu Gesicht zu bekommen. Liege ich da falsch?«

Mike Hallow schwieg zuerst, dann sagte er:

»Ich bin ein eigensüchtiger Mann. Ich habe zuerst nach meiner Wunde geschaut, und als ich dann am Boden liegend versuchte, den Täter zu erkennen, da war es bereits zu spät.«

»Verständlich«, meinte Tom. »Können Sie mir sagen, was passiert ist, bevor Sie sich eine Kugel eingefangen haben?«

»Tyrone, dieser Trottel, hat sich einer Dame aufgedrängt. Sie hat ihm gesagt, er solle sie in Ruhe lassen, doch er war zu betrunken und wollte sie unbedingt haben. Wenn Sie verstehen, was ich meine.«

Tom nickte.

»Ein Mann kam auf die beiden zu und versuchte, ihn von ihr zu entfernen. Da mich das alles nicht interessierte, ging ich an ihnen vorbei. Wie es dann weiterging, wissen Sie ja.«

»Sie kannten das Opfer also?«

Mike Hallow stockte, dann erhob er sich so schnell es ging und sagte:

»Es hat mich gefreut, mit Ihnen zu sprechen, doch jetzt muss ich wirklich los.«

Eilig humpelte er davon.

»Die Freude war ganz meinerseits«, meinte Tom halblaut.

»Der ist nicht sauber«, murrte John.

»Ganz und gar nicht«, erwiderte Tom, wandte sich dann allerdings ab. Ihn beschäftigte vor allem Mike Hallows

Verhalten, nachdem er John gesehen hatte. Kannten sich die beiden etwa? Tom blickte John von der Seite an. *Nein, das konnte nicht sein*, fand er.

»Hast du diesen Mann schon einmal gesehen?«, fragte er seinen Partner. Sein Blick hätte eindringlicher nicht sein können.

»In meinem Leben noch nie gesehen.«

»Verstehe.«

Tom warf einen Blick auf seine Notizen. Mike Hallows Verhalten war in der Tat eigenartig, und er würde sich noch etwas mit diesem Charakter beschäftigen, dessen war er sich sicher.

Zurück im Revier bat Tom seine Sekretärin, sämtliche Daten und Informationen aufzutreiben, die man über Hallow hatte. Wie es schien, hatte Mike Hallow eine auffällige Akte. Es gab zwei Einträge wegen versuchten Einbruchs. Tom stutze beinahe, als er davon las. Einbrüche waren durchaus eines der Markenzeichen der *Black Night*. Könnte es sein, dass Mike Hallow der Mörder war? War es möglich, dass er ein Mitglied der *Black Night* war? Mike erschoss das Opfer, nahm ihm die Wertsachen ab und versuchte dann zu flüchten. Doch warum hätte er so lange am Tatort bleiben sollen? Hinzu kam noch, dass er den Namen des Opfers kannte. Woher? Waren sie sich vertraut? Möglicherweise sogar Kollegen?

Am nächsten Tag besuchte Tom das Juweliergeschäft McDoughlas. Es war eines der zwei Unternehmen, bei denen Mike Hallow eingebrochen war. Das andere war nach dem Überfall bankrottgegangen, daher hatte er nur diese eine Anlaufstelle. Der Geschäftsleiter berichtete, dass es drei Männer gewesen seien, die in seinen Laden eingebrochen waren, doch sie waren alle vermummt, daher konnte er sie nicht erkennen. Toms Spur erwies sich als Sackgasse, und somit stand er wieder am Anfang seiner Ermittlungen. Auf der Autofahrt nach Hause kam ihm ein weiterer Gedanke: *War die sexuelle Belästigung der Frau wirklich der einzige Grund gewesen, warum Tyrone Dallaway getötet wurde, oder steckte da möglicherweise noch mehr dahinter?*

# Familienangelegenheiten

John fühlte, dass Olivia glücklich war. Wie ein kleiner Radiator strahlte sie es aus, das Glück.

»Es scheint, als könntest du das Wiedersehen mit deinen Eltern und deiner Schwester kaum erwarten«, sagte er an sie gewandt.

»Selbstverständlich. Es fühlt sich an, als wäre es eine Ewigkeit her, seit ich sie zum letzten Mal gesehen habe«, erwiderte Olivia lächelnd. »Besonders freue ich mich, meine Schwester wiederzusehen. Ich kann es kaum glauben, dass sie ihren Bachelorabschluss in Betriebswirtschaft als Jahrgangsbeste erworben hat.«

John schwieg. Sein Blick blieb auf die Strasse gerichtet. Er konnte sich nur allzu gut an seine Zeit an der Universität erinnern, musste sich aber auf den Verkehr konzentrieren. Nach ihrer Ankunft in Chicago hatten die Butchers kurz zuvor ihren Mietwagen in Empfang genommen. Die Reise hatten sie kurzfristig organisiert: Am Vortag hatte das Paar in aller Früh ein Telefon von Olivias Mutter erhalten. Elizabeth, Olivias jüngere Schwester, hatte am Tag zuvor die Resultate ihrer Abschlussprüfungen erhalten. Sie hatte darum gebeten, dass die beiden sofort nach Chicago kommen würden, da Elizabeth beziehungsweise Lizzy, wie sie von Olivia liebevoll genannt wurde, an jenem Tag sämtliche Bekannten zur Feier eingeladen hatte. Noch am selben Tag buchte das Ehepaar Butcher ein Abteil im Interstate-Zug und machte sich kurze Zeit später zur Abreise bereit.

»Kannst du nicht schneller fahren?«, drängte Olivia.

»Ich fahre so schnell ich kann«, antwortete John. »Nicht schnell genug.«

Genervt und gleichzeitig ungeduldig wandte sie sich von ihm ab.

»Bist du wütend auf mich?«, fragte er.

»Natürlich nicht.«

»Warum bist du dann so abweisend zu mir? Ich kann nichts dafür, dass es so viel Verkehr hat.«

»Wie kannst du so ruhig sein, wenn meine Schwester vielleicht schon mit den Festivitäten begonnen hat?«

»Was nützt es denn, wenn ich hier nervös werde. Du solltest dich beruhigen!«

»Wie denn bitte?«, rief Olivia hysterisch. »Wir sind bereits über eine Stunde zu spät«, fügte sie hinzu.

»Warum feiert deine Schwester ihren Abschluss am ersten Tag nach der Veröffentlichung des Resultats? Spontaner geht es ja wohl kaum«, entgegnete John bissig.

Olivia schwieg und erwiderte dann:

»Sie geht übermorgen auf Reisen. Dass ihr Programm nun etwas dicht gedrängt ist, verstehe ich schon.«

»Ich hoffe, dass Elizabeth nach ihrer Rückkehr in die Staaten in die Fussstapfen ihres Vaters tritt«, sagte John und dachte dabei an das letzte Gespräch, das er mit Mr. Jackson geführt hatte.

»Wieso denn?«

John hatte ganz vergessen, dass er mit Olivia nie über seine Unterredung mit Mr. Jackson gesprochen hatte.

»Beim letzten Mal, als wir deine Eltern besuchten, hat mir dein Vater seine Nachfolge angeboten.«

»Wie hast du ihm geantwortet?«

»Ich habe ihm gesagt, dass ich nicht will. Allerdings fürchte ich, dass er bei dieser Gelegenheit, die sich ihm bei diesem Wiedersehen bietet, keine Chance ungenutzt lassen wird, um erneut mit mir darüber zu sprechen.«

»Das glaube ich kaum. Ich kenne meinen Vater gut genug. Er wird dein Nein schon akzeptiert haben.«

»Meinst du wirklich?«

»Natürlich«, sagte Olivia und lächelte ihren Mann an. Sie hatte so ein liebes, aufrichtiges Lachen. Es wärmte Johns Herz jedes Mal. Olivia war ohnehin der philanthropischste Mensch, den John kannte. Sie versuchte immer, es allen alles recht zu machen. Lieber stellte sie ihre eigenen Bedürfnisse für das Wohl der anderen in den Hintergrund als zuzusehen, wie jemand unglücklich war.

»Ich hoffe bloss, unser Geschenk wird Lizzy gefallen«, sagte Olivia besorgt und blickte auf den Rücksitz des Wagens.

»Warum sollte es nicht?«, fragte John zuversichtlich.

»Weisst du, ich schenke von Herzen gerne. Nur weiss ich nie, ob es das Richtige ist.«

»Das ist es bestimmt.«

Wenn Elizabeth dieses Geschenk – eine ausgesprochen teure Uhr – nicht schätzen würde, dann würde John die Welt nicht mehr verstehen.

Als Olivia und er die Auffahrt zum Anwesen der Jacksons hinauffuhren, waren die Festivitäten bereits in vollem Gange. Überall bummelten Gäste herum. Die meisten unterhielten sich in Gruppen, tranken Champagner oder schauten sich das Haus an. In der Auffahrt standen die Automobile dicht gedrängt. John und Olivia hatten Mühe, ihren Wagen irgendwo zu parken.

»Wie sollen wir Lizzy bloss finden?«, fragte Olivia, die von der blossen Anzahl der anwesenden Gäste überrumpelt zu sein schien.

»Hat sie die ganze Verbindung eingeladen?«, fragte sich John halblaut.

Gemeinsam kämpfte sich das Ehepaar durch die Menge und betrat das Haus. Dort trafen sie auf Mrs. Jackson, die gerade dabei war, einen Bediensteten zu instruieren.

»… und vergessen Sie nicht, die belegten Brötchen vorzubereiten.«

»Jawohl, Ma'am«, antworte der junge Mann und entfernte sich.

»Hallo Mutter«, sagte Olivia und lächelte Mrs. Jackson an.

»Olivia, wie schön dich zu sehen«, rief die Mutter begeistert und nahm Olivia in die Arme. »Lass dich anschauen.«

John wurde Sekunden später ebenfalls in eine Umarmung gezogen.

»Wie geht es dem Mann meiner Tochter?«, fragte Mrs. Jackson, immer noch über beide Backen lächelnd.

»Danke gut, und Ihnen hoffentlich auch?«, antwortete John.

»Kann mich nicht beklagen«.

Nach einem kurzen Smalltalk fragte Olivia: »Weisst du, wo Lizzy ist?«

»Als ich sie zuletzt gesehen habe, war sie draussen auf der Veranda«, meinte Mrs. Jackson und deute auf die Tür, die in den hinteren Bereich des Grundstückes führte. Olivia dankte ihr, danach begab sich das Paar zur Veranda. Dort sass Elizabeth und sprach mit ihrem Vater und einem anderen jungen Mann, den weder Olivia noch John kannten.

»Hallo, Schwesterchen!«, begrüsste Olivia ihre Schwester. Elizabeth wandte ihren Blick der Besucherin zu.

»Olivia!«, rief sie begeistert und sprang hoch, schloss zuerst ihre Schwester und dann John in ihre Arme. Die beiden führten mit Lizzy ungefähr das gleiche Gespräch wie zuvor mit der Mutter. Olivia überreichte ihrer Schwester ihr Geschenk.

»Das wäre doch nicht nötig gewesen«, winkte Elizabeth ab.

»Selbstverständlich«, versicherte ihre ältere Schwester. »Ich werde es später öffnen«, sagte Elizabeth und brachte das Geschenk ins Haus.

Inzwischen hatte sich Mr. Jackson erhoben und trat auf John zu. »Schön, Sie zu sehen, mein Junge«, begrüsste Frank ihn mit einem Handschlag.

»Es freut mich auch, Sie zu sehen«, antwortete John. Eine unangenehme Stille machte sich breit.

»Habt ihr beiden schon von den Amuse-Bouches probiert?«, fragte Elizabeth und reichte John wie auch Olivia eine Platte mit Häppchen. Sie war gerade wieder aus dem Haus getreten. Während Franklin, seine beiden Töchter und John über den erfolgreichen Abschluss Elizabeths sprachen, betrat Mrs. Jackson die Veranda.

»Liebe Gäste, wenn Sie so freundlich wären hereinzukommen. Das Essen ist angerichtet.«

John liess sich in einen Stuhl auf der Veranda sinken. Er genoss die kühle Luft. Er brauchte dringend etwas Ruhe. Nicht nur hatte er viel zu viel gegessen, sondern auch langsam einen wummernden Kopf. Er konnte es nicht verhindern, das Gespräch von zwei Männern mitzuhören, die unweit von ihm standen.

»Ich habe in meinem Leben noch nie einen Tag erlebt, an dem ich mit Freude zur Arbeit ging«, sagte der gutaussehende junge Mann zu seinem Gegenüber.

»Wirklich nicht? Das verstehe ich nicht«, antwortete ihm dieses, ein etwa gleichaltriger junger Mann, dessen Haare so golden waren wie die Taler von Dagobert Duck.

»Ich sehe es einfach nicht ein, warum ich mich jeden Tag in der Früh wecken soll, nur um irgendwelche sinnlosen Arbeiten zu erledigen. Nur damit ein Unternehmen mehr Geld vom einfachen Volk ergaunern kann. Ich habe einen Abschluss gemacht, und welche Vorteile bringt der mir auf dem Arbeitsmarkt? Keine.«

»Sag so was nicht. Das kannst du nicht wissen.«

»Ich muss mich genauso wie jeder Einfallspinsel um eine Stelle prügeln. Ich ging viel lieber zur Schule. Ich verstehe einfach nicht, warum die Menschen lieber arbeiten wollen als ihren Tag in der Schule zu verbringen. Ich meine, in der Schule bist du von Gleichaltrigen umgeben, du musst den lieben langen Tag nichts anderes tun als zuhören, und du hast in regelmässigem Abstand eine grössere Pause. Auf der Arbeit bin ich von Nörglern, Miesepetern, Schleimern und sonstigem Gesindel umgeben. Auf der Arbeit muss ich jeden Tag die gleichen Tätigkeiten ausführen, jeden verdammten Tag. Als wäre ich debil und nicht für mehr zu gebrauchen. Die Arbeiten sind so einfältig, spätestens nach einem Monat kennt sie jeder Tölpel auswendig. Und wofür? Um einen mickrigen Lohn zu erhalten, der mir nie gerecht wird.«

»Du hast einfach noch nie in einem Unternehmen gearbeitet, hinter dem du stehen konntest. Bei dem du dich darauf freust, die Arbeitskollegen zu sehen. Sonst wärst du nicht dieser Ansicht.«

»Hätte man mir bei meiner Geburt aufgezeigt, welche Plagen mich im Leben erwarten werden und mir anschliessend die Wahl gelassen, dann hätte ich mich für die Nichtexistenz entschieden.«

*Was für ein stoischer Mann,* dachte sich John.

»Klingt, als wärst du dem Kinderwunsch negativ gegenüberstehend«, meinte der Gesprächspartner mit dem goldenen Schopf. Er schien das Thema schleunigst wechseln zu wollen.

»Kinder in die Welt zu setzen ist das Egoistischste, was ein Mensch machen kann. Nicht nur kosten die kleinen Windelfüller ein halbes Vermögen. Nein, man setzt sie zusätzlich der Welt aus und lässt sie dieselbe Hölle der Sinnlosigkeit durchlaufen, die wir durchlaufen mussten, weil unsere Eltern es so wollten. Und wozu? Nur damit die Eltern irgendeinen sinnfreien, stereotypen Lebensabschnitt haben, von dem sie glauben, er wäre das Richtige, um nun einen Sprössling aufzuziehen. Alles natürlich von der heiligen biblischen Vorstellung einer Familie geprägt. Ich meine, was ausser Verpflichtungen erwartet uns im Leben? Nichts ausser Plagen. Schule, Arbeit, Militär, Krankheiten, gescheiterte Liebe. Seien wir doch ehrlich, mein Lieber« – der angesprochene goldhaarige Mann hatte längere Zeit geschwiegen –, »das Leben ist eigentlich ein Warten auf den Tod. Wir sind hier und vertreiben uns die Zeit mit Dummheiten, bis wir irgendwann elendig zugrundegehen«.

Die Schiebetür zur Veranda wurde aufgezogen und Mr. Jackson trat hinaus. Schnurstracks trat Franklin auf John zu, der sich vor dem, was kommen würde, fürchtete.

»Ihr Gesichtsausdruck sagt mir, dass Sie bereits wissen, warum ich mich zu Ihnen geselle, mein Junge«, sagte Franklin.

»Ist es so offensichtlich?«

»Sie brauchen sich nicht zu fürchten, John. Ich wollte Ihnen lediglich sagen, dass ich Elizabeth als Nachfolgerin in Betracht ziehe. Es mag zwar etwas ungewöhnlich sein, dennoch bin ich überzeugt, dass sie das hervorragend meistern wird. Sollten Sie, mein Junge, allerdings jemals das Bedürfnis haben, Ihre Karriere als Polizist an den Nagel zu hängen, um eine andere Arbeit auszurichten, dann werde ich Sie bei mir mit offenen Armen empfangen«, sagte Franklin. Er legte eine Hand auf Johns Oberschenkel und erhob sich anschliessend, ohne Johns Antwort abzuwarten.

Gegen Ende des Monats November machten sich Emily und Tom daran, ihre Koffer auszupacken. Sie waren soeben im Hotel angekommen. Das Paar hatte beschlossen, sich eine Auszeit vom Alltag zu gönnen und eine Reise nach Long Island zu unternehmen. Sie wohnten in einer prächtigen Anlage direkt am Strand. Da es erst kurz vor

Mittag war, entschloss sich das Pärchen, die Gegend zu erkunden, bevor sie Essen gehen würden. Abgesehen von der Hauptstrasse, dem Meer und dem Sandstrand gab es weit und breit nichts. Thomas liebte den Geruch des Meeres. In New York gab es nichts anderes als Zement und Abgas zu riechen. Nach einer ausgiebigen Erkundung der Umgebung sassen Emily und Tom in der Lounge des Hotels und warteten auf ihre Speisen. Sie las Zeitung, während er, ein Buch lesend, nur darauf zu warten schien, dass sie die Zeitschrift auf den Tisch knallen würde, um mit ihm zu besprechen, was sie soeben gelesen hatte. Es dauerte nur wenige Minuten, bis Tom das Rascheln von Papier hörte. Sie hatte ihre Zeitung auf den Tisch gewuchtet.

»Es ist eine Tragödie«, sagte Emily und sah ihn melancholisch an.

»Was denn?«

»Unweit von hier hat ein Vierundzwanzigjähriger versucht, sich das Leben zu nehmen. Die Behörden beobachteten, wie er versuchte, sich von einer Brücke zu stürzen. Sie konnten ihn allerdings rechtzeitig davon abhalten.«

»Ist John in der Nähe?«?

»Darüber macht man keine Scherze!«

»Du hast recht. Besonders, da John erst dreiundzwanzig ist.«

Ohne auf seine zynische Bemerkung einzugehen, fuhr Emily fort:

»Der Mann befindet sich nun in der Psychiatrie. Der Verfasser dieses Artikels«, sie tippte auf den Zeitungsartikel und fuhrt fort, »hat den Mann gefragt, wieso er sich das Leben nehmen wollte. Er meinte, er habe keine Familie mehr, keinen Job und seit ihn seine Frau erst vor Kurzem für einen anderen verlassen habe, sehe er keinen Sinn mehr in seiner Existenz.«

»Das ist wahrlich eine Tragödie.«

»Du sagst es. Versprich mir, dass du mich niemals verlassen wirst.«

»Das verspreche ich dir.« *Ich wäre ein Narr, dass zu tun,* dachte sich Tom. »Ich habe seit unserer Verlobung viel über das Wort Familie und dessen Bedeutung nachgedacht«, sagte Emily,

»Ich bin zum Schluss gekommen, dass ich, um meinem Bild einer Familie gerecht zu werden, Kinder haben möchte.«

»Du möchtest Kinder haben?«

»Kannst du es dir nicht vorstellen, ein kleines Abbild deiner selbst in den Armen zu halten? Das Kind zu beobachten, zu sehen, wie es wächst und die Welt entdeckt, während du es dabei unterstützt, den richtigen Weg zu gehen?« Emily fürchtete, Tom mit dieser Frage etwas zu überrumpeln. Er wirkte zaghaft und antwortete auch entsprechend.

»Natürlich möchte ich das. Ich habe lediglich noch nie darüber nachgedacht, wann ich Kinder haben möchte.«

»Du bist also nicht abgeneigt?«

»Nein. Ich denke nur, dass es vielleicht noch etwas zu früh ist. Ich weiss nicht, ob ich ein guter Vater wäre. Ob ich für dich und die Kinder sorgen könnte. Wie würden wir sie nennen?«

Emily war fasziniert, wie viele Fragen er sich diesbezüglich bereits gemacht hatte. Er würde bestimmt ein guter Vater werden. Sie konnte mit ihrem inneren Auge sehen, wie er mit den Kindern gemeinsam im Garten spielte, wie er ihnen das Lesen beibrachte, wie er seine Kindern begleitete beim Erwachsen werden.

»Warum siehst du mich so an?«, fragte Tom und riss sie mit seinen Worten aus ihren Gedanken.

»Du würdest ein grossartiger Vater werden.«

Am Abend gesellte sich Tom zu den Gästen an der Hotelbar. Es hatte ihn bereits den ganzen Tag lang gereizt, einen Drink zu nehmen. Unweit von ihm setzte sich ein Mann an die Bar und bestellte sich ein Martini. Der Gast kam Tom bekannt vor. Es dauerte nicht lange, da erkannte er, dass es David Miller-Smith persönlich war, der sich neben ihm einen Drink gönnte. Miller-Smith konnte Toms Blicke spüren, also wandte er sich ihm zu.

»Ich weiss, Martinis sind nicht gerade die angesagtesten Drinks.«

»Nein, was reden Sie denn da? Es gibt am Abend nichts Besseres als einen Martini, um den Tag ausklingen zu lassen«, erwiderte Tom.

»Wahre Worte, mein Freund. David Miller-Smith, mein Name«, sagte der Martini-Trinker und reichte Tom die Hand.

»Thomas Hilbert«, erwiderte Tom und ergriff die ausgestreckte Hand.

»Arbeiten Sie nicht bei der New Yorker Polizei?«

»So ist es. Ich bin Detektiv.«

»Dachte ich's mir doch. Ich habe Ihr Gesicht schon ein paar Mal in der Zeitung gesehen.«

»Zu viel der Ehre«, sagte Tom. Er wurde rot im Gesicht und fügt an: »Ich habe Ihr Buch *Jenseits von Himmel und Hölle* gelesen. Ein grandioses Werk.«

»Vielen Dank. Es freut mich immer zu hören, dass Leser meine Werke schätzen.«

»Sind Sie aus beruflichen Gründen hier?«

»Nein. Eigentlich sollte es ein Familienausflug werden. Ich habe allerdings immer das Manuskript meines neusten Werkes dabei, sollte sich die Gelegenheit ergeben, daran arbeiten zu können.«

»Haben Sie bereits einen Titel dafür?«

»Mir gefällt *Der perfekte Mord*. Das ist aber noch nichts Fixes. Schreiben Sie auch, Tom?«

»Nein, mir fehlt das Talent dafür. Ein guter Freund von mir ist dabei, ein Buch über menschliche Verlusterfahrungen zu schreiben.«

»Woher wollen Sie wissen, ob Sie ein Talent haben, wenn Sie es nie versuchen?«

Tom wollte gerade etwas erwidern, als eine Frau an David herantrat.

»Ich warte draussen auf dich«, sagte sie.

»Darf ich Ihnen meine Frau, Molly, vorstellen?«, fragte David und erhob sich dabei elegant. »Es freut mich, Sie kennenzulernen.«

»Das ist Thomas Hilbert«, erklärte David an seine Frau gerichtet.

»Die Freude ist ganz meinerseits«, erwiderte Molly. Sie hatte eine abweisende, beinahe kalte Aura. Als ob nur ihre körperliche Hülle präsent wäre, während ihr Geist an einem anderen Ort weilte.

»Ich werde mich nun verabschieden müssen. Wir wohnen unweit von hier. Kommen Sie uns doch einmal besuchen, Tom«, sagte David zum Schluss des Gesprächs.
Mit einem freundlichen Lächeln machte er sich mit seiner
Frau auf den Heimweg.

# Feuer

Gegen Ende des Jahres 1948 war bereits mehr als ein Jahr vergangen, seit Tom und Emily zusammengezogen waren. Es dauerte nur noch wenige Monate bis zu ihrer Hochzeit. Im Fall Tyrone gab es kein Fortschritt mehr. Wenn der Fall weiterhin stagnierte, würde er in einem halben Jahr auf Eis gelegt werden. Da man Mike Hallow nichts anhängen konnte, war es nicht einmal möglich gewesen, ihn aufs Revier bringen zu lassen. Tom hatte sogar eine Weile lang geglaubt, Mike Hallow sei an seiner Verletzung gestorben. Nachdem dieser den Tatort auffällig schnell verlassen hatte, ohne sich verarzten zu lassen, hatte Tom angenommen, der Verletzte würde in ein naheliegendes Spital gehen. Doch Tom hatte alle umliegenden Spitäler abgeklappert und nirgends war ein Mike Hallow eingeliefert worden. Es war natürlich möglich, dass Hallow sich einfach nach Hause zurückgezogen hatte, um sich dort wie eine Katze die Wunden zu lecken. Da der Hauptverdächtige wie vom Erdboden verschluckt zu sein schien, konnten folglich auch keine Schlüsse gezogen werden, die darauf hindeuteten, dass die *Black Night* involviert war.

John schien seine Trauer inzwischen verarbeitet zu haben und sein Verhältnis zu Tom hatte sich wieder gebessert. John gelüstete es angeblich auch nicht mehr danach, die ganze *Black Night* auszurotten.

»Sollte ich aber dennoch einen in die Finger kriegen, dann kannst du dir sicher sein, dass ich ihm den Garaus mache«, liess er verlauten.

Als Tom an einem verschneiten Dienstagmorgen aufgestanden war und sich angezogen hatte, ging er rüber ins Wohnzimmer. Dort stand seine Geliebte im Nachtkleid am Kamin und schaute verträumt aus dem Fenster. Das Nachkleid war weiss und beinahe durchsichtig. Tom bemerkte schon von der Tür aus ihren sanduhrförmigen Körper. Er fühlte, wie sein Herz bei ihrem Anblick einen Hüpfer machte. Emily hatte ihre Haare elegant in einem Dutt zusammengebunden, wobei ihr einige Strähnen ins Gesicht fielen. Ihre Augen blickten gedankenverloren aus dem Fenster und schienen nichts Besonderes zu fixieren. Ihre rosigen Lippen waren voll und liessen sie immer aussehen, als ob sie schmollen würde. Auch wenn sie es nicht tat. Tom sah, dass sich ihre Nippel unter dem Nachkleid abzeichneten. Sie musste wohl kalt haben. In der Tat fand er, dass es im Raum etwas kühl war. Sie bemerkte ihn erst, nachdem er ihr liebevoll die Arme um die Taille gelegt hatte. Er küsste sie auf die Wange.

»Was siehst du dir an?«, fragte er und legte seinen Kopf auf ihre Schulter.

»Nichts Besonderes. Ich finde den Winter einfach eine schöne Jahreszeit. Der Schnee deckt alles Hässliche ab«, sagte Emily.

»Die Kälte macht dir nichts aus?«, wollte er wissen und küsste ihren Nacken.

»Nein, nicht wirklich. Alle Schönheiten dieser Welt haben einen Makel. Jener des Winters ist die Kälte«, meinte sie und blickte weiter aus dem Fenster. »Genau das ist es, was mich reizt. Perfektion ist ein Ding der Unmöglichkeit«, sagte Emily.

»Liegt nicht auch im Makel eine Art von Perfektion?«

»Nein.«

»Ich finde schon, denn jeder Makel ist einzigartig und somit auch eine Form von Perfektion.« Sie blickte ihn an.

»Aus dieser Sicht habe ich das noch gar nie betrachtet«, meinte Emily.

Tom lächelte sie an. Sie war begeistert von ihm. Manchmal hatte er Gedanken, die man ihm irgendwie nicht zutrauen würde. Er brachte sie immer wieder dazu, die Dinge etwas anders zu betrachten, sich von etwas noch ein weiteres Bild aus einer anderen Perspektive zu machen. Doch genau das liebte sie an ihm. Er war immer für eine Überraschung gut.

»Ich bereite das Frühstück zu«, sagte sie und ging schmunzelnd in die Küche. Er blickte ihr nach und sah, wie sie sich elegant in die Küche begab. Irgendwie gefiel sie Tom heute besonders gut. Daher beschloss er, nach der Arbeit einen Strauss Blumen für Emily zu kaufen. Vielleicht würde er sogar noch etwas Schokolade mitbringen. Er wollte ihr heute etwas Gutes tun. Schliesslich brauchte es dafür nicht immer einen Grund. Er hoffte nur, sie würde noch wach sein, wenn er nach Hause kam. Tom und John hatten abgemacht, nach der Arbeit zum Times Square zu gehen und sich dort einen oder zwei Drinks zu genehmigen.

Als der Abend über New York hereinbrach, hatte es fast komplett aufgehört zu schneien. Nur vereinzelte Schneeflocken fielen noch vom Himmel, wie die Asche eines ausgebrochenen Vulkans. Nach der Arbeit fuhren die beiden

Freunde gemeinsam zum Times Square und setzten sich dort unter eines der grellen, farbig leuchtenden Schilder.

»Fühlst du dich manchmal auch, als würdest du feststecken?«, fragte Tom seinen Gesprächspartner.

»Wie meinst du das?«

»Aus beruflicher Sicht. Als ich bei der Polizei angefangen habe, dachte ich, ich würde bis in einem Jahr bestimmt Sergeant sein. Meine Karriere geriet allerdings durch den Fall Dallaway ins Stocken.«

»Mach dir diesbezüglich keinen Kopf. Ich bin mir sicher, wir werden diesen Fall bald lösen können«, sagte John und winkte zuversichtlich ab.

»Wie kannst du das wissen? Wir haben nichts. Keine Zeugen, keine Hauptverdächtigen, rein gar nichts. Nur eine Leiche.«

»Wir haben Mike Hallow.«

»Ja, einen Mann, den wir seit dem Fund von Dallaways Leiche nicht mehr gesehen haben.«

»Das mag schon sein. Dennoch gibt es genug andere Anhänger der *Black Night*, denen wir die Tat in die Schuhe schieben können«.

»Du redest Schwachsinn, John. Wir wissen nicht mit hundertprozentiger Sicherheit, dass es Mitglieder der *Black Night* waren, die Tyrone Dallaway getötet haben. Es könnte auch die Frau gewesen sein, welche von ihm belästigt wurde. Sie muss auch nicht der Bande angehören, um jemanden umzubringen.«

»Was für ein pessimistischer Mensch du doch bist«, sagte John verbittert.

Die Zeit schien rasant schnell zu vergehen und schon

bald war Tom beim fünften Highball angelangt. Er war angetrunken und seine Stimmung bereits etwas gelockert. Während die beiden gerade über Johns Buch sprachen, hörten sie, wie unweit von ihnen einige Schüsse abgegeben wurden, denen der Aufschrei von Frauen folgte. John und Tom waren sofort einsatzbereit. Sie sprangen auf und rannten der Lärmquelle entgegen. Dort sahen sie drei komplett in Schwarz gekleidete Männer, die auf vier andere Menschen schossen. Die vier angegriffenen Personen waren ebenfalls bewaffnet, kauerten jedoch hinter umgeworfenen Tischen. In der Mitte des Geschehens lag die Leiche einer Frau. Tom sah, wie einer der Männer hinter dem Tresen seine Hände auf den Oberschenkel drückte. Vermutlich hatte ihn einer der Schüsse getroffen. Tom konnte es nicht mit Sicherheit sagen. Er und John zückten sofort ihre Waffen und rannten auf die Schiesserei zu.

»NYPD. Sofort die Waffen fallenlassen«, schrie John und hielt gleichzeitig seine Marke in die Luft, um seine Aussage zu verstärken. Tom konnte gerade noch hinter einen Elektrokasten hechten, bevor der erste Schuss in seine Richtung abgegeben wurde. Es schien niemand auf John gehört zu haben, denn auch er musste sich blitzschnell ducken und kauerte nun einige Meter neben Tom hinter einem Tisch.

»Fordere sofort Verstärkung an!«, befahl dieser schreiend. John nickte und rannte geduckt zu einem der nahegelegenen Telefonapparate. Tom erhob sich währenddessen und feuerte ebenfalls los. Er hatte die Männer in Schwarz sofort erkannt. Es waren Mitglieder der *Black Night*. Einer von ihnen hatte gerade einen zweiten der vier Gegner erwischt. Tom zielte und schoss daneben. Er versuchte es erneut, dann landete er einen Kopfschuss. Sein Opfer fiel rücklings zu Boden. Tom konnte sich zu spät vor einer Kugel retten: Sie traf ihn am Oberarm. Das Glück musste wohl auf seiner Seite gestanden haben, denn es war nur ein Streifschuss. Die Passanten ringsherum hatten sich inzwischen in die Läden zurückgezogen, von einigen war ein Wimmern zu hören. Ein schwarzes Automobil kreuzte unerwartet hinter den kauernden Männern auf. Tom lugte hinter seinem Elektrokasten hervor und beobachtete, wie die Scheiben des Autos heruntergekurbelt wurden. Er vermutete bereits, was als Nächstes kommen würde. So ging es wohl auch dem Verletzten hinter dem Tisch, dessen Augen sich beim Anblick des Autos weiteten. Ehe sich Tom versah, wurden ein paar halbautomatische Pistolen aus dem Wagenfenster geschoben, mit denen innert weniger Sekunden das Feuer eröffnet wurde. Der verletzte Mann konnte nur noch schreien, bevor er tot zu Boden sank. Nachdem die Mitglieder der Gang in Schwarz den letzten der vier Männer erschossen hatten, verliessen sie die Szene fluchtartig. Mit quietschenden Reifen raste der schwarze Wagen davon. In diesem Moment kam John zurück.

»Ich habe die Polizei alarmiert«, sagte er atemlos.

»Sie fliehen«, sagte Tom und hielt sich den Arm.

»Dann verfolgen wir sie zu Fuss.«

»Nein. Wir würden bloss unser Leben aufs Spiel setzten.«

»Na und? Vielleicht waren es die Mörder von Tyrone.«

John war sichtlich genervt, weil Tom die Verfolgung nicht aufnehmen wollte.

»Ich habe es dir gesagt: Sollten mir diese Mistkerle über den Weg laufen, werde ich sie höchstpersönlich in die Hölle schicken«, meinte John und zeigte mit seiner gezückten Waffe in Richtung der zu Fuss Flüchtenden.

»Dann geh doch, verdammt. Ich bin verletzt, falls dir das entgangen ist«, rief Tom verärgert. Butcher wurde nun auch wütend. »Dann geh ins Krankenhaus!«, sagte er trocken, blickte kurz auf Toms Wunde, dann wandte er sich ab und rannte den beiden Männern in Schwarz hinterher. Tom wechselte von einer kauernden in eine sitzende Position, danach stöhnte er leise.

»Fahr zur Hölle John Butcher«, sagte er, dann rappelte er sich mühsam hoch.

»Hoffentlich gehst du drauf!«, schrie er hinaus, ohne damit eine bestimmte Person zu meinen. Nachdem sich Tom ein Stück seines Hemdes abgerissen und um die Wunde gebunden hatte, ging er auf die Leichen zu. Es waren insgesamt eine Frau und vier Männer. Doch es würden nicht die Letzten sein, die an diesem Tag ihr Leben liessen. Allesamt trugen sie Schwarz. Eigenartig war, dass keine der fünf Personen einen Ausweis dabeihatte, sodass Tom ihre Identität hätte feststellen können. Die Frau trug eine dünne Halskette aus Gold mit einem Anhänger, auf dem der Name »Caroline” eingraviert war. Während Tom die Frau untersuchte, machte er eine verblüffende Entdeckung: Sie hatte hinter ihrem linken Ohr eine Tätowierung, die einen Mond zeigte. Genau denselben Himmelskörper, den Tom bei Tyrone Dallaway gesehen hatte.

Das konnte kein Zufall sein. Er begab sich humpelnd zu den Leichen der Männer und fand denselben Mond auch hinter deren Ohren. Das waren nicht irgendwelche harmlosen Verschönerungen, nein, das waren Bandentattoos. Tom überlegte, dann leuchtete es ihm ein. Es schien ihm sonnenklar. Wie hatte er die ganze Zeit bloss so blind sein können? Der Mond war das Bandenzeichen der *Black Night*. Aber warum würden sich die Mitglieder der Gang gegenseitig bekämpfen? Das ergab keinen Sinn. Es sei denn, hier war ein interner Bandenkrieg im Gange. Tom war sich sicher, dass diese Leute Tyrone gekannt hatten. Ob sie dessen Mörder waren, blieb aber ungewiss. Weiter schien ihm nicht klar zu sein, warum vier der Toten in Schwarz gekleidet waren, die fünfte Person allerdings nicht. Hat man in einer Verbrecherbande Freizeit, in der man sich nicht an den Dresscode halten muss? Wurde die eine Person getötet, weil sie nicht Schwarz getragen hatte? Tom hatte mehr Fragen als Antworten. Wie passte Mike Hallow ins Bild? Als er den letzten Leichnam untersuchte – es handelte sich um die Person, die während der Auseinandersetzung ihre Hand auf den Oberschenkel gedrückt hatte – entdeckte Tom etwas Interessantes. Einen Brief. Er faltete den Bogen auseinander und begann zu lesen:

*Headshot.*
    *Dale ist tot. Hitman hat ihn erledigt. Seine Eliminierung ist unumgänglich und muss sofort ausgeführt werden. Eliminiere auch seine Komplizen.*
    *Erledige es bis zum letzten Tag der Woche.*
    *Storm*

Tom verstand zuerst gar nichts. Es schien ein Auftrag zu sein. Das Einzige, was er schlussfolgern konnte, war, dass der tote Mann zu seinen Füssen vermutlich Headshot gewesen sein musste. Könnte Dale ein Mitglied der Gang gewesen sein? Liesse sich dies auf Dallaway zurückführen? Wer war Hitman? Wer war Storm? Er steckte den Brief ein. Nachdem die Polizei und der Krankenwagen eingetroffen waren, Tom verarztet worden war und die Situation unter Kontrolle zu sein schien, machte er sich auf den Heimweg.

Unterwegs kaufte er einen Strauss roter Rosen und Schokolade. Es war Schweizer Schokolade mit Orangenstückchen. Emilys Lieblingssorte. Beim Gedanken an sie vergass er beinahe all die tragischen Dinge, mit denen er sich sonst immer herumschlagen musste. Während Tom in seinem Auto sass, entdeckte er plötzlich eine mächtige Rauchsäule am Himmel. Sie schien aus dem Vulture Bay Distrikt emporzusteigen. Je näher er seiner Wohnung kam, umso grösser wurde sie, dann traf ihn die Erkenntnis wie einen Schlag auf den Kopf. Stand das Gebäude in Brand, in dem sich seine und Emilys Wohnung befand? Er drückte das Gaspedal runter und raste los. Seine Furcht wurde bestätigt, als er um die Kurve schlitterte, hinter der sich sein Wohnhaus befand. Das ganze Gebäude brannte lichterloh. Tom hechtete aus dem Wagen und rannte dem Lichterspiel entgegen. Zwei Feuerwehrwagen und Dutzende Feuerwehrmänner waren im Einsatz. Letztere versuchten verzweifelt, das Feuer unter Kontrolle zu bringen. Vergebens. Diverse Polizisten waren auch vor Ort und gaben sich Mühe, die Gaffer zu verscheuchen. Andere waren dabei, verstörte Anwohner zu beruhigen. Tom suchte nach Emily. Er fand sie nirgends. Die Angst um seine Geliebte kroch sich in alle Winkel seines Körpers und schien ihm die Kehle zuzuschnüren. War sie etwa noch da drin? Nein, das konnte nicht sein. Er fühlte sich, als müsste er sich nächstens übergeben. Tom rannte auf das brennende Gebäude zu. Seine Glieder waren schwer wie Blei. Beim Versuch, ins Gebäude zu gelangen, wurde er von einem Feuerwehrmann aufgehalten.

»Sir, Sie können da nicht rein«, rief dieser wobei er versuchte, das Prasseln des Feuers zu übertönen.

»Meine Frau ist noch da drin. Ich muss sofort zu ihr«, sagte Tom verzweifelt. Er versuchte mit aller Kraft, an dem Mann vorbeizukommen, doch ohne Erfolg.

»Das ist zu gefährlich«, entgegnete der Mann.

»Ich muss sie retten.«

»Dann werden Sie sterben.«

»Das Risiko gehe ich ein, und jetzt lassen Sie mich durch.«

»Das kann ich nicht. Ich werde an Ihrer Stelle gehen. Sagen Sie, in welchem Stock Sie wohnen.«

Tom blickte ihn an, dann gab er seine Etage bekannt. Sofort rannte der Feuerwehrmann los. Tom fühlte sich plötzlich schwach und elend. Er setzte sich auf den Randstein und fing an zu beten. Er hatte in seinem Leben noch nie gebetet. Die Welt um ihn schien leiser zu werden. Alles verschwamm zu einem grossen, unscharfen Bild. Sie durfte nicht tot sein. Sie war bestimmt frühzeitig aus dem Gebäude entkommen. Er konnte sie bloss nicht finden.

Nach einer gefühlten Unendlichkeit kam der Mann zurück.

»Kommen Sie bitte mit«, bat der Feuerwehrmann. Seine Stimme war leise und von Mitleid erfüllt. Sie schien nichts Gutes zu verheissen. Tom folgte ihm. Sein Herz schlug ihm beinahe aus der Brust. Hätte es noch etwas härter geschlagen, hätte es ihm womöglich den Brustkorb zerschmettert. Der Feuerwehrmann führte ihn zu einem am Boden liegenden Körper etwas abseits des Geschehens. Dort lag sie. Emily Moore. Leblos. Tom rannte auf sie zu, ging viel zu früh zu Boden und schürfte sich dabei die Knie auf.

»EMILY. EMILY!«, schrie er, während er ihren Kopf in seinen Schoss nahm. Er horchte nach einem Zeichen des Lebens. Nichts. Sie war fort. Tom brach in Tränen aus. Wie hatte das nur geschehen können? Ihr Körper war grau von Asche. Emily trug eine verdreckte Schürze. Ihre Augen waren geschlossen und ihr Gesicht schien friedlich. Tom stiess einen Schrei voller Wut, Verzweiflung, Trauer und Schmerz aus. Sie war tot. Nie mehr würde er ihr strahlendes Lächeln sehen, ihr Kichern hören, wenn er einen Scherz machte, nie mehr würde er mit ihr über irgendetwas reden können. Nie mehr würde er sie in den Armen halten können, ihre wunderbar duftenden Haare riechen. Sie war fort und mit ihr sein Herz. Wie konnte das nur möglich sein? Noch heute Morgen hatte er mit ihr über die Schönheit des Winters gesprochen, und nun lag sie hier in seinen Armen.

»Warum nur?«, dies waren die einzigen Worte, die er von sich geben konnte. Der Feuerwehrmann legte ihm mitfühlend eine Hand auf die Schulter. Tom schob sie energisch beiseite, erhob sich und schlug dem Mann an die Brust.

»Fassen Sie mich nicht an! Sie haben in Ihrem Auftrag, das Leben zu beschützen, kümmerlich versagt«! Tränen liefen ihm übers Gesicht. Der Feuerwehrmann blieb ruhig.

»Vergeben Sie mir. Ich habe alles in meiner Macht Stehende versucht, um sie zu retten. Ich habe die Frau bereits so vorgefunden«, sagte er.

»Was soll das heissen?«

»Ich stürmte in die Wohnung. Ihre Frau lag auf dem Küchenboden. Sie musste wohl vom Rauch bewusstlos geworden sein. Jegliche Hilfe kam bereits zu spät«, sagte der Mann. »Das hier hatte sie bei sich.«

Er streckte ihm eine Mütze entgegen. Tom nahm sie in seine Hände. Er erkannte sie sofort. Es war die Kopfbedeckung von Mike Hallow. Es war dieselbe Mütze. Tom steckte sie ein. Er wandte sich ab und kniete sich erneut neben Emily hin.

»Vergib mir«, flüsterte er und gab ihr einen Kuss auf die Stirn. Auf dass er Emily an einen besseren Ort begleiten würde.

Noch am selben Abend sass Tom bei *Clair's* und trank so viel Alkohol, wie er in seinem Leben noch nie zu sich genommen hatte. Er hatte bereits zwei Mal erbrochen, doch es war ihm egal. Den Verlust seiner Geliebten und die Tatsache, dass Mike Hallow am Tatort gewesen sein musste, frass ihn innerlich auf.

»Mike Hallow ist der Mörder meiner Frau«, sagte er sich. Er schwor sich, diesen Mann zu töten. Tom trank und trank und trank, dann warf man ihn aus der Bar. Rasch ging er in das Lokal nebenan und soff dort gleich drei weitere Getränke. Auf einmal fühlte er sich nicht mehr gut. Ohne auch nur den kleinsten Versuch zu unternehmen, eine Toilette zu erreichen, übergab er sich an Ort und Stelle. Dann wurde ihm schwindelig und er klatschte in sein Erbrochenes. Tom hatte keine Kraft mehr, um aufzustehen. Bevor er bewusstlos wurde, dachte er: *Ich habe das einzig Wichtige in meinem Leben verloren.*

# Teil II

# Beerdigung

Tom war nach seinem Exzess, bei dem er beinahe in seinem eigenen Erbrochenen erstickt wäre, im Spital aufgewacht. Dort musste man ihm den Magen auspumpen,
damit er nicht an einer Alkoholvergiftung das Zeitliche
segnen würde. Sein Leben hatte er einem zufällig vorbei-
gehenden Arzt zu verdanken, der ihn sofort in die Notaufnahme gebracht hatte. War er ihm dankbar? Nein. Nicht
im Geringsten. Die darauffolgenden Tage hatte er im Spital verbracht, danach wurde er entlassen und soff sich
noch am gleichen Abend wieder die Birne voll. Er konnte
sich an nichts mehr erinnern, als er in seiner Wohnung
neben der Kloschüssel aufwachte.

Tom hatte nach dem Hausbrand wieder seine alte
Wohnung beim Washington Square Park bezogen. Den
Mieter, Mr. Hopper, hatte er kurzerhand auf die Strasse
gestellt. Seit dem Tod seiner Geliebten hatte er sämtliche
Kontakte zur Aussenwelt abgebrochen. Nur ab und zu
sprach er mit der siebenjährigen Nachbarstochter Zoey.
Sie begegneten sich hin und wieder im Flur. Sie sah ihn
immer mit einem bedauernden Blick an. Wäre Tom nicht
alles egal gewesen, hätten ihm ihre Blicke wohl das Herz
zerrissen.

»Sie sehen nicht so gut aus, Sir«, meinte Zoey und wackelte dabei mit ihrem Plüschtier auf und ab. Tom blieb
stehen. Er betrachtete sie einen Moment lang. Sie hatte

blondes Haar, das sie in zwei grossen Dutts zusammengebunden hatte. Ihre runden, kristallblauen Augen sahen ihn mitleidsvoll an. Das Plüschtier, das sie mit beiden Armen fest an ihre Brust drückte, war beinahe gleich gross wie ihr Oberkörper.

»Was weisst du schon, wie ein Mann auszusehen hat, Kleine?«, fragte er sie höhnisch.

»Ich weiss, dass er nicht so aussehen sollte wie Sie es gerade tun.«

Tom schmunzelte.Ein für ihn ungewohnter Ausdruck, denn seit jenem unheilvollen Tag hatte ihn niemand mehr zum Lächeln gebracht.

»Zieh Leine«, meinte er zu ihr, danach verschwand er hinter seiner Wohnungstür. Ihre Bemerkung hatte voll ins Schwarze getroffen. Das Einzige, was noch ungepflegter war als er selbst, war seine Wohnung. Sie sah aus wie ein Saustall. Seit über einem Monat hatte er weder geputzt noch sonst irgendetwas getan, um Ordnung zu schaffen. Seine Tagesroutine sah meistens so aus, dass er am Morgen verkatert aufwachte und sich durch den Tag schleifte, um sich dann am Abend wieder dem Alkohol hinzugeben. *Was ist der Sinn des Lebens?,* fragte sich Tom immer und immer wieder. Während seines Studiums hatte er diese Frage in einer seiner Philosophiestunden behandelt. Der Professor hatte damals als Scherz zweiundvierzig gesagt. Damals hatte er nicht wirklich begriffen, wie eine Zahl die Antwort auf den Sinn der Existenz, des Lebens sein konnte, doch als er am Neujahrsmorgen des Jahres 1949 auf dem Boden seiner Wohnung aufwachte, verstand er endlich. Die Zahl spielt überhaupt keine Rolle. Es könnte auch irgendeine andere sein. Dreizehn, vierundzwanzig, hundertundneun – ganz egal. Denn eine Zahl ist nicht wichtig, sie sagt nichts aus und hat keinen realen Wert. Somit beantwortet die Zahl die Frage nach dem Sinn des Lebens. Es gibt keinen. So wie eine Zahl irrelevant ist, ist es auch diese Frage, die sich die Menschheit seit Generationen stellt. Als Tom zu diesem Schluss kam, begann er zu lachen. Es war ein spöttisches Gekicher, und doch tat es irgendwie gut. Hätte ihn jemand gesehen, wäre diese Person vermutlich zum Schluss gekommen, dass Tom den Verstand verloren hatte. Nachdem er sich einen Scotch eingeschenkt und auf dem Sofa Platz genommen hatte, sagte er zu sich selbst:

»Ich fühle mich, als ob mein Leben an mir vorbeirauschen würde und alles, was ich tun kann, ist zu trinken und zuzuschauen. Wäre das Leben ein Treffen, dann wäre meines eine Beerdigung.«

Katie Parker sass an ihrem Bürotisch. Draussen tobte ein Sturm. Der Schnee prasselte so heftig an die Fenster, dass sie leicht zitterten. Ihr Schreibtisch wurde von einer einzelnen schwachen Lampe erhellt. Katie war immer die Erste im Büro. Das störte sie nicht im Geringsten. Sie mochte die Ruhe. Sie ermöglichte ihr, sich auf ihren Tag vorzubereiten, in eigenen Gedanken zu versinken und den morgendlichen Kaffee zu trinken, ohne langweiligen Smalltalk führen zu müssen. Vor fünf Jahren hatte sie die Stelle als Thomas Hilberts Sekretärin angetreten. Damals war sie zwanzig gewesen. Es war ihre erste richtige Arbeitsstelle und sie hatte sich sehr darauf gefreut. Diese Freude zerschellte innerhalb einer Woche

wie Wellen an einer Klippe. Sie konnte mit ihren Mit-
arbeitern keine wirklichen Freundschaften aufbauen
und innert kürzester Zeit stellte sie fest, dass niemand
wirklich dieselbe Wellenlänge hatte wie sie. Die Detektive waren alle narzisstisch, arrogant und meistens res-
pektlos gegenüber den weiblichen Mitarbeiterinnen. Es
war schon einmal vorgekommen, dass einer der anderen
Detektive, Jason Brown, sie an den Po gefasst hatte, während sie dabei war, in der Cafeteria einen Kaffee für Tom
zu machen. Als sie Jason empört nachschaute, hatte er
ihr bloss zugezwinkert. Katie meldete diese Belästigung
dem Chief. Doch Evan hatte ihr Anliegen bloss mit einer
abwinkenden Handbewegung zur Kenntnis genommen.
Nach diesem Vorfall fing Katie an, sich zurückzuziehen.
Sie genoss jede Sekunde ohne männliche Präsenz. Doch
auch die anderen Sekretärinnen waren nicht besser. Ihre
Interessen umfassten neben Kaffee, Kuchen und Müssig-
gang keinen einzigen Bereich, über den Katie gerne mit
ihnen gesprochen hätte. Der einzige Grund, warum sie
ihre Stelle behielt, war Tom. Sie mochte es sehr, für ihn zu
arbeiten. Er war anders als die anderen Detektive. Seriös,
anständig, respektvoll. Manchmal war er etwas launisch,
aber in der Regel machte er das irgendwie wieder gut. So
fand Katie eines Morgens eine Packung Schokolade auf
ihrem Schreibtisch vor, als sie und Tom am Vortag eine
heftige Diskussion hatten. Ein weiterer Grund, warum
sie gerne für Tom arbeitete, bestand darin, dass jeder
Auftrag, den er ihr erteilte, wichtig schien. Sie musste
nie sinnlose Beschäftigungen ausführen, und er hatte sie
auch schon mitten am Tag nach Hause geschickt, wenn

er festgestellt hatte, dass es nichts mehr zu tun gab. Katie arbeitete gerne, sie erledigte alles seriös und so schnell sie konnte. Jedem einzelnen Auftrag widmete sie sich mit hundertprozentigem Einsatz.

An diesem verschneiten Morgen öffnete sie die Post und hielt den Untersuchungsbericht des Brandes in Vulture Bay in der Hand, des furchtbaren Feuers, das der Geliebten von Katies Boss das Leben gekostet hatte. Obwohl sich Katie und Emily nie richtig kennengelernt hatten, war sie über diese traurige Nachricht so erschüttert gewesen, dass ihr die Tränen in die Augen getreten waren, als sie davon gehört hatte. Sie konnte sich vorstellen, wie schlecht es Tom gehen musste. Er hatte so viel von Emily erzählt. Katie hatte stets den Eindruck gehabt, dass sie für Tom sakrosankt war. Wie unfair die Welt doch war. Katie fing an, den Untersuchungsbericht zu lesen. Mitten in der Lektüre, der den Brand als tragischen Unfall deklarierte, wurde sie stutzig. *Das konnte nicht sein oder?*, dachte sie. Eilig nahm sie den Telefonhörer und wählte eine Nummer.


Die Trauerfeier von Emily Moore fand an einem verschneiten Sonntag im Januar des Folgejahres statt. Tom hatte sich vor diesem Tag gefürchtet. Er war sich nicht sicher, ob er dort nicht vielleicht einen emotionalen Zusammenbruch erleiden würde. Auch fürchtete er sich vor den Menschen, die er antreffen würde. Da Emilys Tod, sowie der Brand, in der Zeitung gemeldet wurden, hatte er sich weder bei Mr. oder Mrs. Moore noch bei sonst einem Angehörigen der Familie gemeldet. Dennoch ging er hin. Wie alle anderen auch, war Tom komplett in Schwarz gekleidet. Er sah viele bekannte Gesichter. Darunter John und Olivia Butcher sowie einige von Emilys Arbeitskollegen. Mit keinem von denen wollte er eigentlich ein Wort wechseln, doch kam er schliesslich doch nicht darum herum: John steuerte direkt auf ihn zu, nachdem er Tom erblickt hatte. Er konnte John nicht in die Augen sehen. Er war beschämt und wusste nicht einmal warum. John stockte zuerst, dann sagte er: »Tom, mein aufrichtiges Beileid.«

Tom sagte nichts, nickte nur und starrte weiter zu Boden. Olivia stellte sich neben ihren Mann. Sie kondolierte, und im Gegensatz zu John schien ihr Beileid von ganzem Herzen zu kommen. Olivia selbst hatte, wie viele andere auch, von Tränen gerötete Wangen. Verständlich, schliesslich waren Emily und sie gute Freundinnen gewesen.

»Wie geht es dir?«, fragte sie vorsichtig. Zuerst antwortete Tom nicht, dann meinte er:

»Gut.«

»Wo warst du? Was hast du gemacht?«, fragte John. Seine Stimme war kälter als Eis.

»War zu Hause. Musste alleine sein«, meinte Tom. »Hast du die Kerle von der *Black Night* erwischt?«, fragte er zurück.

»Nein, sie sind entkommen«, erwiderte John. »Auch die Polizisten mit ihren Hunden hatten keinen Erfolg.«

»Du kannst von Glück reden, dass sie sich aus dem Staub gemacht haben. Hätten sie irgendwo hinter einer Ecke auf dich gelauert, würdest du jetzt hier neben ihr liegen«, fuhr Tom seinen Kollegen ungewollt hart an. Er war immer noch sauer auf John, weil dieser eine so gefährliche Aktion alleine durchgezogen hatte.

»Ich will mich nicht mit dir streiten«, meinte John beschwichtigend. Tom nickte und liess die Butchers stehen. Obwohl er es nicht wollte, musste er den Sarg sehen. Irgendetwas drängte ihn dazu. Er war aus dunkelbraunem Holz. Er sah sehr edel aus. Auf dem Deckel lagen ein weisser Blumenkranz und diverse andere Blumen. Tom schwieg. Er blickte einfach nur auf den Sarg. Er fühlte, wie ihm die Tränen hochkamen und musste sich zusammennehmen, um nicht zu weinen. Das Leben war eine Hölle. *Die Zeit des Trauerns ist vorbei,* dachte Tom, *es ist an der Zeit, Rache zu üben.* Nachdem der Sarg in die Tiefe gesenkt und Erde von den Friedhofarbeitern daraufgeschaufelt worden war, verliess Tom diesen Ort der Trauer. Auf dem Weg zum Ausgang des Friedhofs begegnete er Emilys Eltern. Mit einem milden Ausdruck des Mitleids in den Augen trat Mr. Moore auf ihn zu.

»Wie geht es dir, mein Junge? Du siehst mitgenommen aus«, meinte er, als sie sich die Hände schüttelten.

»Der Schmerz sitzt sehr tief«, antwortete Tom. »Und wie geht es Ihnen und Mrs. Moore?«

»Ich trauere Tag und Nacht um meine Tochter und bete dafür, dass sie nun an einem besseren Ort ist. Brittany – Emilys Mutter – hat seit Tagen kein Auge mehr zugetan«, antwortete Mr. Moore.

Tom nickte. Er wusste nicht, was er darauf antworten sollte. Wortlos reichte er Mrs. Moore die Hand, dann ging er weiter. Er verabschiedete sich von niemandem. Als er am darauffolgenden Tag wieder bei der Arbeit erschien, war Evan sichtlich verwundert.

»Ich dachte schon, Sie hätten Ihren Job an den Nagel gehängt«, sagte der Chief barsch.

»Sie können mich mal«, meinte Tom und betrat sein Büro. Evan schaute ihn böse an, kam dann nach einer Weile aber in sein Büro, entschuldigte sich und kondolierte ihm. Doch Tom zweifelte an der Ernsthaftigkeit dieser Geste.

»Ich habe einen Fall für Sie«, meinte der Chief. Es handelte sich um einen Raubüberfall am Broadway. Tom hörte zu, ging zum Tatort, tat seine Arbeit und kehrte am Abend wieder nach Hause zurück. Als er seine Wohnung betrat, klingelte sein Telefon. Er nahm ab. Es war Katie, seine Sekretärin.

»Hallo Tom. Es gibt da etwas, das ich Ihnen gerne mitteilen möchte«, meinte Katie.

»Was denn?« Er war gerade überhaupt nicht in der Laune für weitere Detektivarbeiten.

»Sie haben mich doch gebeten, den Brand in Vulture Bay zu untersuchen«, fing Katie an. Tom war sofort bei der Sache. Das hatte er beinahe vergessen.

»Was hast du herausgefunden?«

»Nun, laut dem vorliegenden Untersuchungsbericht wurde das Feuer durch eine Explosion im Keller des Gebäudes ausgelöst. Eines der Gasrohre hatte ein Loch. Auf dem Boden des Kellers wurde ein Feuerzeug gefunden. Vermutlich hat dort jemand geraucht und durch das Benutzen des Feuerzeugs die Katastrophe ausgelöst. Allerdings ist nicht mehr auszumachen, wer es war, denn der Körper war bei der Bergung nur noch Asche.«

»Ich verstehe. Also ist das Feuer aufgrund des Zustandes der Rohre ausgebrochen?«

»Nein. Das dachte ich zuerst auch und das ist auch was im Untersuchungsbericht steht, dann habe ich aber die zuständige Sanierungsunternehmung kontaktiert. Die haben gemeint, dass das Gebäude erst vor einem Monat überprüft wurde und dass dieses Unglück unmöglich ein Unfall war.«

»Also war es eine Art Anschlag«, schloss Tom aus ihrer Aussage. Katie sagte kein Wort, doch er wusste ihre Antwort zu deuten.

»Der Tod meiner Frau war also – Mord«, schloss er. Es fiel ihm schwer, diese Worte auszusprechen. Katie schwieg erneut.

»Weiss man, wer die Rohre sabotiert hat?«, fragte Tom. Er hatte Mühe, seine bebende Stimme zu beherrschen.

»Nein, das wissen wir nicht. Sämtliche Spuren wurden bei der Explosion und im darauffolgenden Feuer vernichtet«, sagte Katie. Toms Wut fing an zu brodeln.

»Die zuständige Polizeistelle hat mit der Spurensuche begonnen. Ich sollte den Bericht in wenigen Tagen erhalten. Ich muss jedoch gestehen, dass ich ihm nicht mit allzu viel Hoffnung entgegensehe«, erklärte Katie.

»Lass es mich wissen, wenn du mehr weisst«, sagte Tom.

»Natürlich«, lautete ihre Antwort. *Die Polizei war wieder einmal absolut inkompetent*, dachte Tom.

»Danke Katie. Einen schönen Abend.«

»Das wünsche ich Ihnen auch«, sagte sie und hängte

auf. Nachdem er den Hörer aufgelegt hatte, verlor er die Beherrschung. Mit grossen Schritten erreichte er die gegenüberliegende Wand und begann, mit geballten Fäusten darauf einzuschlagen. Zuerst langsam, dann immer schneller. Nach einer Weile musste er allerdings aufhören. Seine Hände bluteten und zitterten heftig. Rasch ging er in die Küche, nahm dort seine angefangene Flasche Scotch, setzte sie an den Mund und begann zu trinken. Tom hatte Durst. Er fühlte sich, als ob er gerade einen Marathon gelaufen wäre. Eine Hetzjagd durch den Hades. Emily war getötet worden. Niemand hatte etwas dagegen unternommen, und die Polizei war zu inkompetent, um den Täter dingfest zu machen. Eigene Ermittlungen konnte er auch nicht anstellen, da er weder die benötigten Berechtigungen hatte noch im entsprechenden Stadtteil arbeitete. Ihm waren die Hände gebunden. Das konnte einfach nicht sein. Tom liess sich auf sein Sofa fallen und nahm ein paar weitere Schlucke, dann kam ihm ein Gedanke: Wenn Menschen getötet werden konnten und die Polizei nicht in der Lage war, den Schuldigen zu stellen, dann wäre es möglich, einen Mord zu begehen, ohne dabei erwischt zu werden. *Der perfekte Mord ist möglich*, dachte Tom. Er nahm einen weiteren Schluck, dann wurde ihm plötzlich schlecht. Es war allerdings zu spät, um aufzustehen. Noch ehe er sich erhoben hatte, besudelte er seinen Glastisch mit Erbrochenem.

»Ach, verflucht«, stiess er hervor und wischte sich den Mund am Ärmel seines Hemdes ab. Er trank den Rest der Flasche, danach ging er zu Bett.

»Hallo. Liebling. Wach auf«, sagte eine weiche, feine Stimme. Es war die einer Frau.

»Noch fünf Minuten«, murrte Tom und wandte sich ab.

»Steh auf. Das Frühstück ist angerichtet«, beharrte die Stimme. Tom hatte Hunger, jetzt da er darauf achtete. Er drehte sich erneut auf den Rücken, schlug die Augen auf und blickte in die Augen von Emily Moore.

»Was tust du denn hier?«, fragte Tom. Er war schockiert.

»Na was wohl, Dummerchen. Ich habe Frühstück gemacht«, antwortete sie und kicherte. Tom schnellte hoch. Dort sass die Liebe seines Lebens, an der Bettkante, die eine Hand auf ihrem Oberschenkel, die andere auf seinem Schienbein. Tom sah sich verwirrt um. War das hier real? Nein, das konnte nicht sein. Oder doch? War sie ein Hirngespinst?

»Kommst du jetzt?«, fragte sie und warf ihm einen vorwurfsvollen Blick zu. Tom nickte und erhob sich. Er war immer noch in seiner Wohnung am Washington Square. Emily bemerkte sein Verhalten.

»Ist etwas nicht in Ordnung?«, fragte sie besorgt, als er sich an den Tisch setzte.

»Nein, alles prima«, sagte Tom und blickte auf seinen Teller. Speck und Spiegeleier. Sein Lieblingsfrühstück. Er tippte es mit seinem Zeigefinger an. Es war echt. Oder immerhin fühlte es sich so an.

»Dein Verhalten ist merkwürdig. Bist du dir sicher, dass alles in Ordnung ist?«, fragte Emily, schob sich eine Gabel Spiegelei in den Mund und warf ihm kauend einen besorgten Blick zu.

»Wie meinst du das? Natürlich. Es ist alles bestens«,

sagte Tom wenig überzeugend und nahm auch eine Gabel Spiegelei. Es war tatsächlich real. Es hatte Geschmack.

»Naja, du siehst mich an, als wäre ich ein Geist.«

»Ich habe wohl etwas schlecht geschlafen.«

»Wovon hast du geträumt?«, fragte Emily interessiert und kreiste mit ihrer Gabel in der Luft. »Es war ein komischer Traum. Ich dachte, ich hätte meinen Job verloren«, wich Tom aus und nahm hastig eine weitere Gabel, diesmal mit Speck beladen. Sie lachte. Es war ein hohles, gefühlloses Lachen und wirkte surreal. Es war das Lachen, das man sich abzwang, wenn jemandes Schwarm einen Witz erzählte, der eigentlich gar nicht witzig war, man aber trotzdem lachte, um Zuneigung zu zeigen. Das Lachen, für das man sich schämte. *Was zum Teufel ist hier los?*, dachte Tom und schaute um sich. Es war alles ganz normal. Er konnte sich nicht erinnern, dass seine Wohnung derart hell gewesen war. Emily sah so gut aus wie noch nie zuvor. Sie hätte sogar Narziss und jede Nymphe in den Schatten gestellt. Nicht, dass sie das sonst nicht auch getan hätte, aber heute schien ihre Haut richtig zu glitzern. Eine Gottheit.

»Liebling?«, fragte Emily und schaute ihn schief an.

»Ja? Was ist?«, schrak Tom auf.

»Ich habe dich gefragt, warum du solch abstruses Zeugs träumst.«

»Keine Ahnung. Kann mal vorkommen.«

»Nun, solltest du deinen Job wirklich verlieren, wäre es schon deine Schuld.«

»Was hast du gesagt?«, fragte Tom. Er hatte nicht zugehört. Er starrte auf den Glastisch: Das Erbrochene vom Vorabend war nicht mehr dort.

»Ich sagte, dass es deine Schuld wäre«, wiederholte sie. Sie hielt den Kopf kerzengerade und hatte die Augen eisern auf ihn gerichtet. Ihr Blick liess ihn förmlich zu Stein erstarren.

»Was ist meine Schuld?«, fragte Tom nach. Sie flösste ihm Angst ein.

»Es ist deine Schuld. Es ist deine Schuld. Es ist deine Schuld.«

Sie wiederholte diesen Satz wie ein kaputter Plattenspieler. Sie begann zu lächeln. Ihr Lächeln wurde immer breiter und breiter und wirkte auf einmal unnatürlich.

»ES IST DEINE SCHULD!«, schrie sie ihn an. Ihre Stimme war laut, schrill und überdehnt. Ihre Haare standen plötzlich in Flammen. Tom erschrak so sehr, dass er seine Gabel fallen liess.

Mit dem Scheppern der Gabel wachte Tom auf. Er atmete schwer und schnell. Es war nur ein Traum gewesen. Es hatte sich unglaublich real angefühlt. Tom blieb liegen und versuchte, sich zu beruhigen. Nach ein paar Minuten stand er auf und ging in die Küche. Als er ins Wohnzimmer trat und auf den Esstisch blickte, sah er dort zwei Teller. Beide hatten Speck und Spiegelei darauf. Tom lief es eiskalt den Rücken runter. Als er darauf zuging, sah er, dass eine Gabel am Boden lag. Ihm wurde übel. Konnte es sein, dass er nicht geträumt hatte? Nein, das konnte nicht sein. Oder doch? Hatte er am Vorabend im Rausch gekocht? War es möglich, dass er für Emily einen Teller gemacht hatte? Er konnte sich einfach nicht erinnern. Als hätte man ihm all seine Erinnerungen geraubt. Gedankenverloren blickteTom auf die Uhr und stellte fest, dass es kurz vor acht Uhr am Morgen war.

Obwohl er sich nicht wirklich gut fühlte, ging er zur Arbeit. Dort angekommen, öffnete er wie immer zuerst das Fenster, danach zog er die Schublade seines Korpus heraus und nahm eine Flasche Whiskey hervor.

»Wir fangen also schon am Morgen an, auf der Arbeit zu trinken?«, fragte Evan, als er das Zimmer betrat.

»Entschuldigen Sie Chief. Ich hatte eine fürchterliche Nacht«, meinte Tom und goss sich ein Glas ein. »Wollen Sie auch eins?«

Evan schüttelte den Kopf.

»Sie sehen wirklich schrecklich aus«, meinte er lächelnd. Tom prostete ihm zu, dann nahm er einen grossen Schluck.

»Kommen Sie mit Ihrem Verlust klar, mein Junge?«, fragte Evan und kam auf ihn zu. Er wirkte beinahe väterlich.

»Ja, alles in Ordnung«, log Tom.

»Ich verstehe, dass Sie trauern, und ich habe auch nichts dagegen. Aber bitte trinken Sie weniger«, bat Evan. Tom nickte. Dann kam Evans zur Sache.

»Ich habe einen weiteren Fall für Sie.«

# Eine weitere Leiche

Tom sass in seinem Chrysler Airflow. Er war auf dem Weg zu John Butcher. Dieser arbeitete von zu Hause aus an einigen Dokumenten, sollte aber abgeholt werden, um Tom im neuen Fall zu unterstützen. Als Tom sich der Wohnungstür der Butchers näherte, hörte er erhobene Stimmen. John und Olivia schienen sich zu streiten. Tom klopfte an. Ihn interessierte nicht wirklich, warum sie sich stritten. Auseinandersetzungen gehörten bei ihnen scheinbar zum Alltag.

Ihn beschäftigte sein komischer Traum. Er musste ein zweites Mal klopfen, bevor John ihm mit gerötetem Kopf die Tür öffnete.

»Was ist?«, fuhr er Tom an.

Dieser sagte nichts. Er wirkte nicht einmal überrascht. Im Gegenteil, Toms Miene blieb absolut blank.

»Du bist es! Ich schätze, wir müssen los?«, fragte John.

»Ja. Wie es scheint, hat dich der Chief schon informiert?«

John nickte, warf sich einen Mantel über und schloss die Tür hinter sich. Olivias Schniefen drang an Toms Ohr. Die beiden verliessen das Gebäude, setzten sich in den Wagen und fuhren nach Upper West Side.

»Willst du mir erzählen, warum ihr euch gestritten habt?«, fragte Tom, blickte Butcher aber nicht an.

»Möchte ich nicht, nein«, gab John knapp zu verstehen. Für den Rest der Fahrt schwiegen sie sich gegenseitig an. In Upper West Side parkte Tom vor einem Wolkenkratzer. Vor dem Gebäude befanden sich bereits ein paar weitere

Streifenwagen. Vor dem Eingang stand ein Polizist, der sämtliche Ankömmlinge überprüfte.

»Detektive John Butcher und Tom Hilbert von der NYPD. Mordkommission«, sagte Tom zu dem Mann und zeigte ihm seinen Ausweis. Der Polizist nickte und liess sie eintreten. Gemeinsam fuhren sie in den zwanzigsten Stock. Dort gab es nur noch zwei Wohnungen. Da die Tür zur Linken von zwei weiteren Polizisten bewacht wurde, vermutete Tom, dass dies der Tatort sein musste. Die Polizisten liessen die beiden Detektive eintreten. Es war ein grosses Appartement mit einem Balkon, das sich über zwei Etagen erstreckte. Von den überdimensionierten Fenstern aus konnte man wunderbar die Stadt überblicken. Rechterhand war sogar eine eigene Bar vorhanden. Tom war sofort vom Bedürfnis erfüllt, einen Scotch zu trinken. Auf der grossen Couch sassen zwei weinende Frauen. Tom schenkte ihnen keine Beachtung. Jedenfalls für den Moment nicht.

»Wo ist der Leichnam?«, fragte er einen der Polizisten.

»Dort hinten, Sir«, sagte der Mann und wies auf ein Zimmer auf der linken Seite. Tom bedankte sich, danach betrat er den Raum. Es stank fürchterlich. Der Tod schlug ihm geradewegs ins Gesicht. Hätte er Frühstück im Magen gehabt, hätte es sich vermutlich bemerkbar gemacht. Es war einer der bemerkenswertesten Tatorte, die Tom jemals untersuchen musste. Die Leiche lag rücklings auf dem Bett. Ein Arm hing schlaff über den Bettrand hinaus. Tom fing mit der Untersuchung des Toten an, bei dem es sich um den erfolgreichen Geschäftsmann Adam Mayweather handelte. Der Mann hatte voluminöses, braunes Haar und seine schwarzen Augen waren geweitet. Tom hatte den Eindruck, als hätte Adam in den letzten Augenblicken seines Lebens Angst gehabt. Der Körper war bereits kalt. Der Mann musste schon seit geraumer Zeit tot sein. Allerdings war die Leichenstarre noch nicht eingetreten. Die Todesursache war das riesige Loch in der Brust des Mannes. Es musste wohl das Werk einer Schrotflinte gewesen sein. Das Blut auf Hemd und Haut war bereits dunkel und verkrustet. Als Tom den Körper anhob, machte er eine erstaunliche Entdeckung. Im Bett waren weder Schusslöcher noch Blut zu finden. Tom untersuchte Arme und Beine des Toten. Keine Kampfspuren oder Scheuerwunden. Der Schmuck war ebenfalls noch an Ort und Stelle. Tom schrieb seine Erkenntnisse in seinem Notizbuch nieder. Er legte Adam Mayweather wieder in die Ausgangsposition zurück, dann untersuchte er den Boden. Tom konnte nichts Auffälliges entdecken. Keine Spuren von Blut und auch keine Schleifspuren. Tom legte sich auf den Boden.

»Was tust du denn da?«, fragte John verwundert.

»Ruhe«, fuhr Tom ihn an. Er strich mit seinem Zeigefinger über den Boden, dann leckte er ihn ab.

»Was zur Hölle?«, rief John schockiert aus. Tom schmatzte.

»Putzmittel.«

»Ich verstehe nicht.«

»Warte. Ich muss die Wohnung weiter untersuchen. Ich erläutere dir gleich, was ich denke«, meinte Tom, dann eilte er wie ein Verrückter aus dem Zimmer. Auf John wirkte er eigenartig. Wie ein Irrer begann Tom, sich in der

Wohnung umzuschauen. Sein Verhalten verwirrte selbst die Trauernden. Sie blickten auf und beobachteten den forschenden Mann. Tom eilte an die Bar und untersuchte sowohl Front wie auch das Rückteil.

»Willst du dir einen Drink einschenken?«, fragte John spöttisch.

Tom ging nicht darauf ein. *Nichts*, stellte Tom fest, dann eilte er hinaus auf den Balkon. Dort begann er, Tische, Stühle und Liegemöglichkeiten zu untersuchen. Auch dort fand er nicht wonach er suchte, also widmete er sich dem Bad, der Küche und dem Wohnzimmer. Er stellte das ganze Appartement auf den Kopf.

»Was tut der gute Mann denn da?«, fragte die ältere der trauernden Damen. Sie hatte sich mit ihrer Frage an John gewendet.

»Untersuchungen, Ma'am. Das ist unser bester Mann, auch wenn er sich merkwürdig verhält«, antwortete John und lächelte.

»Auch nichts«, rief Tom zu ihm hinüber.

»Er macht seine Arbeit«, fügte John hinzu.

»Und was soll das genau heissen?«, fragte die Frau weiter.

»Hören Sie, Verehrteste. Der Spinner dort ist Thomas Hilbert. Seinem Verhalten nach zu urteilen vermute ich, dass er eine These bezüglich des Mordes hat. Er versucht jetzt, den Tathergang zu bestimmen und Beweise für seine Theorie zu finden«, erklärte John und kam nicht umhin, etwas stolz auf seinen Kollegen zu sein.

»Wenn das so ist«, sagte die ältere Dame.

»AHA!«, rief Tom von der Terrasse aus. Er hatte am

Glasgeländer etwas festgestellt. Eine Scheibe fehlte. Was allerdings erstaunlich war: Es gab nirgends Splitter. Sogar die abgebrochenen Überreste am Geländer waren feinsäuberlich entsorgt worden. Vor dem Fenster konnte er noch etwas Rotes entdecken. Als Tom mit seinem Finger darüberfuhr, war er sich nicht sicher, was es war. *Könnte vieles sein*, dachte Tom. Hastig schrieb er alles nieder, dann betrat er wieder die Wohnung. Er setzte sich den beiden Damen gegenüber aufs Sofa.

»Wie heissen Sie?«, fragte Tom in fast herrischem, ungeduldigem Ton.

»Reden Sie mit allen Frauen so, die Ihnen begegnen?«, fragte die jüngere der beiden. Die Gegenfrage verwirrte Tom zuerst, dann sagte er:

»Hören Sie. Ich habe keine Zeit für solche Spielchen.«

Er blickte ihr direkt ins Gesicht. Sie war hinreissend. Sie hätte Demeters Schwester sein können. Sie hatte kastanienbraune Haare, blaue Augen und Lippen mit einer schönen Fülle. Ihm stach sofort ihr grosser Busen ins Auge. Trotz des verschmierten Make-ups und der geröteten Wangen warf sie ihm einen verführerischen Blick zu.

»Zu schade«, meinte sie.

»Wie ist Ihr Name?«, fragte Tom erneut.

»Finden Sie's heraus.« Die Frau schien dieses Spielchen zu geniessen. Sie lächelte ihn an. Tom stiess einen Seufzer aus. Er pfiff einen Polizisten herbei.

»Identifizierung bitte«, meinte er zu ihm.

»Das sind Melissa Mayweather, Tochter von Adam Mayweather, und Dorothy Mayweather, die Frau des Verstorbenen«, las der Mann vor.

»Vielen Dank«, sagte Tom. Er warf der hübschen Frau einen triumphierenden Blick zu. Sie wandte ihr Gesicht von ihm ab, blickte ihn dann aber sofort wieder an.

»Wie alt sind Sie?«, fragte Tom.

»Ich bin sechsundzwanzig«, meinte Melissa. »Alles Weitere erfahren Sie erst, wenn Sie mit mir ausgehen.« Tom machte sich ein paar Notizen. Ihr Verhalten war durchaus sonderbar. Schliesslich war ihr Vater gerade tot aufgefunden worden und sie machte sich hier an den nächstbesten Detektiv heran.

»Wie war das Verhältnis zwischen Ihrem Vater und Ihnen?«

»Nicht halb so interessant wie jenes, das ich mit Ihnen haben möchte.«

*Meine Herren*, dachte Tom. Er fing an, sich zu ärgern. Er blickte ihr ins Gesicht. Melissa schien diese Unterhaltung zu geniessen. Unbeirrt fuhr er mit seiner Befragung fort.

»Was machen Sie beruflich?«

»Ich bin die Sekretärin von Howard Chester, dem Geschäftsvorsitzenden der Bank of America.«

Endlich eine brauchbare Aussage.

»Ich dachte, weitere Informationen würde ich erst bei einem gemeinsamen Essen erfahren«, meinte Tom. Sie kicherte und errötete.

»Sie wohnen noch zuhause«?

Melissa nickte.

»Nun zu Ihnen. Sie sind Dorothy Mayweather?«, fragte Tom die ältere Frau.

»So ist es«, meinte Dorothy. Ihre Stimme war schwach und sie sah älter aus, als sie vermutlich war. Nach ein paar Routinefragen sagte Tom:

»Wussten Sie, dass auf dem Balkon eine Glasscheibe im Geländer fehlt?«

Dorothy Maywaethers Augen huschten überrascht zur Tür, die zur Terrasse führte. Ihr Blick in diesem Sekundenbruchteil fiel dem Detektiv auf. Ihre Hand, die in ihrem Schoss lag, umschloss das Taschentuch etwas fester.

»Nein.«

»Sind Sie sich sicher?«

»Ja.«

»Hatten Sie gestern Abend Besuch?«

»Nein. Melissa und ich waren in einem Restaurant zu Abend essen.«

»Sie waren also nicht zu Hause?« Dorothy nickte.

»Ihr Mann war auch dabei?«, wollte Tom wissen. Sie verneinte.

»Er hatte geschäftlich zu tun.«

»Fanden diese Geschäfte hier statt?« Sie schüttelte ihren Kopf.

»Wann haben Sie Ihren Mann gefunden?

»Das war heute Morgen. Ich habe dann sofort die Polizei verständigt.«

»Sie haben Ihren Mann so vorgefunden, wie er jetzt ist?«

»Richtig«, meinte sie, erneut ziemlich kurz angebunden.

»Das ist alles. Vielen Dank«, beendete Tom das Gespräch, klappte sein Büchlein zusammen und stand auf.

»Sieh mal, was ich gefunden habe«, flüsterte John und hielt ihm einen Gegenstand hin. Es war ein Bilderrahmen.

»Na und?«

»Der stand im Schlafzimmer des Ermordeten. Er war allerdings leer.«

»Warum sollte jemand einen leeren Bilderrahmen aufstellen?«

»Genau das ist es ja, was ich mich auch frage.«

»Dieses Bild wurde absichtlich entfernt. Könnte es sein, dass Adam seinen Mörder gekannt hat?«

»Der Mörder könnte es mitgenommen haben, da er vielleicht selbst darauf zu sehen war.«

»Das ist es«, sagte Tom und lächelte. Er kehrte zu den beiden Frauen zurück.

»Sie haben weitere Fragen?«, begann Melissa das Gespräch. Ein Schmunzeln schmückte ihr reizendes Gesicht. Er nickte.

»Können Sie mir sagen, warum Adam Mayweather einen leeren Bilderrahmen in seinem Zimmer aufbewahrte?«, fragte er geradeheraus.

»Woher soll ich denn das wissen? Vielleicht hatte er vergessen, ein Bild einzusetzen«, antwortete Melissa.

Dorothy schüttelte den Kopf.

»Wohl kaum. Spielen Sie mir hier nicht die Dummen. Das Foto wurde mit Absicht entfernt und ich will wissen, wo es ist«, fuhr Tom die beiden grob an.

»Ich habe es nicht. Wenn Sie mir nicht glauben, können Sie mich ja einer Leibesvisitation unterziehen«, antwortete Melissa.

»Das werde ich tun«, sagte Tom entschieden. Sie schien von seiner Antwort überrascht, denn ihre Augen weiteten sich. Allerdings erledigte er das nicht selbst, sondern beauftragte zwei Polizistinnen damit. Die Leibesvisitation erwies sich jedoch als Fehlschlag. Die beiden hatten nicht gelogen.

»Wir müssen dieses Bild ausfindig machen. Es ist möglicherweise unser einziges Indiz, das uns auf die Spur des Mörders bringt«, meinte Tom zu John.

»Ich dir stimme zu«, sagte John entschieden.

»Suchen Sie das ganze Gebäude und auch die umliegenden Strassen nach einer Fotografie ab. Darauf sind Adam Mayweather und mindestens eine weitere Person zu erkennen. Suchen Sie währenddessen ebenfalls sämtliche Abfälle des Gebäudes nach besagtem Objekt ab«, wies John die Polizisten an. Da es nun nichts mehr zu tun gab, fuhren die Detektive zurück zur Polizeistation.

John sass mit Tom gemeinsam in dessen Büro.

»Wie sieht deine These aus?«, wollte John wissen.

»Ist Selbstmord auszuschliessen?«

Tom nickte.

»Das war Mord. Sogar ein ziemlich brutaler. Hör zu, mir gefallen an dieser Sache so einige Dinge nicht«, erklärte Tom.

»Was denn?« Butcher erhob sich und goss den beiden ein wenig Scotch ein.

»Lass uns zuerst über den Fundort der Leiche reden«, meinte Tom.

John nickte und reichte ihm eines der Gläser.

»Adam Mayweather, ein einflussreicher und bekannter Geschäftsmann, wird tot in seiner Wohnung aufgefunden. Todesursache ist die Schusswunde in seinem Brustkorb. Allerdings sind keine Spuren der Waffe im Bett zu finden. Was sagt dir das?«

»Nun, dass er irgendwo anders gestorben sein muss.«

»Richtig.«

»Ich verstehe jetzt, warum du den Boden abgeleckt hast. Du hast nach Spuren eines Putzmittels gesucht.« Tom nickte.

»Du hast die Wunde ja gesehen. Sie war riesig. So etwas würde Spuren hinterlassen. Die gibt es aber nicht. Das heisst, jemand machte sich die Mühe, sämtliche Blutspuren zu entfernen. Das sagt mir, wer auch immer unser Mörder ist: Er arbeitet sauber«, erklärte Tom. »Auf der Terrasse habe ich eine fehlende Glasscheibe im Geländer entdeckt.«

»Der Täter musste Adam wohl dort draussen erschossen haben.«

Tom nickte.

»Dann waren es also zwei Personen?«, fragte John. Tom schüttelte den Kopf.

»Das dachte ich zuerst auch, dann stellte ich aber fest, wie sauber alles war. Es gab keine Reste von Scherben, nur einen kleinen Tropfen Blut, der vermutlich übersehen wurde. Der Täter und derjenige, der nach dem Mord geputzt hatte, sind ein und dieselbe Person.«

Tom kratzte sich am Kinn.

»Wer also war es?«, grübelte John.

»Die Sauberkeit und die Tatsache, dass niemand etwas davon mitbekam, liess mich zuerst vermuten, dass es ein professioneller Täter gewesen sein musste. Als ich dann aber sah, wie die Leiche vorgefunden wurde und dann die Sache mit dem fehlenden Bild entdeckte, liessen mich diese Dinge an meiner Vermutung zweifeln. Jemand mit dieser Profession würde die Leiche nicht so offensichtlich zurücklassen. Er würde auch ein anderes Bild einsetzen und nicht einfach den Rahmen leer lassen. Was mich aber am meisten beschäftigt, ist, warum zum Teufel die Leiche ins Bett getragen wurde. Für mich wirkte die Arbeit nur halb erledigt. Der erste Teil wurde sauber ausgeführt. Auf mich macht es den Eindruck, als wäre der Tote nicht das erste Opfer des Mörders. Allerdings wirkte die Tat auch ungewöhnlich überhastet und unvollendet. Eine Art *spontaner Mord*. Musste der Täter flüchten, bevor er fertig war?«, überlegte Tom laut weiter. John schwieg. Er wusste die Antwort auch nicht.

»Nun zu den Angehörigen«, sagte Tom. »Die Aussagen der beiden Frauen wirken seltsam. Melissa, die Tochter, hatte zwar geweint, doch schien sie sich nicht wirklich für den Tod ihres Vaters zu interessieren. Sie beantworte praktisch keine meiner Fragen, sondern wich mit Anmachsprüchen aus. Warum?«

»Vielleicht war sie von deinem Antlitz so verzaubert, dass sie ihre momentane Lage vergass.« John lächelte über seine eigene Aussage.

»Wohl kaum. Ich denke, sie verschweigt etwas.«

»Was ist mit der Mutter?«

»Ich haben den Eindruck, dass sie auch gelogen hat. Zumindest bis zu einem gewissen Punkt.«

»Wie kommst du darauf?«

»Nun. Ich denke schon, dass ihr Mann vermutlich etwas Geschäftliches zu tun hatte und dass sie mit ihrer Tochter essen war. Warum aber finden die beiden die Leiche erst am nächsten Morgen?« John zuckte die Schultern.

»Sie kamen gar nicht nach Hause. Deshalb. Ich denke, die Eltern hatten Streit, worauf die Mutter mit der Tochter auswärts übernachtete.«

»Könnte die Mutter ein Motiv haben?«, stellte John fest. Tom nickte zustimmend.

»Dann haben wir den Täter doch.«

»Nein. Die Tochter hätte es auch sein können. Oder ein Aussenstehender, der von der Abwesenheit wusste und die Chance nutzte, um seinen Plan in die Tat umzusetzen.«

»Also haben wir nichts?«

»Nein, nicht nichts. Wir wissen, dass der Täter ein Bild mitgehen liess. Wenn wir dieses Bild finden und sehen, wer alles darauf ist, dann haben wir all unsere Verdächtigen zusammen. Danach können wir versuchen, unseren Mörder zu finden.«

»Wie finden wir das Bild?«

Tom zuckte die Achseln. Nachdem die beiden ihre Gläser geleert hatten, sinnierte Tom laut:

»Ich frage mich, ob dieser Fall wohl in Verbindung steht zum Tod von Tyrone Dallaway und der Schiesserei auf dem Times Square.«

# Melissa Mayweather

Der nächste Tag brachte Nebel mit sich, der so dicht war, dass man die eigene Hand vor den Augen nicht mehr sehen konnte. Tom fuhr mit dem Auto zur Polizeistation. John und Evan waren bereits anwesend. Er grüsste beide knapp und zog seinen Schlüssel hervor. Als er am Türknopf seines Büros drehte, stellte er fest, dass die Tür bereits geöffnet war. Das war allerdings nichts Aussergewöhnliches. Es kam schon mal vor, dass Tom am Abend zuvor vergass abzuschliessen. In seinem Büro brannte bereits Licht. Das wiederum war nun doch merkwürdig. Er streckte seinen Kopf aus der Tür und rief nach seiner Sekretärin. Katie Parker kam sofort.

»Warst du in meinem Büro?«, fragte er verwirrt.

»Nein. Warum fragst du?«, wollte sie wissen.

»Ach, einfach so. Es ist alles in Ordnung«, meinte Tom. Katie nickte und ging wieder an ihren Arbeitsplatz zurück. Da das Wetter schrecklich war, öffnete er die Fenster ausnahmsweise nicht. Nach einigen Minuten erschien Katie erneut in der Tür.

»Da ist eine Frau, die mit dir sprechen möchte«, meinte sie.

»Dann lass sie hereinkommen«, erwiderte Tom. Erneutes Nicken, erneutes Verschwinden. »Hallo, mein Liebling«, begrüsste ihn Emily. Sie trug ein schneeweisses Kleid. Vor ihrer Brust hielt sie einen kleinen Korb. Tom rieb sich die Augen. Sie stand immer noch da. Ihr Lächeln so warm wie die ersten Sonnenstrahlen des Sommers.

»Was machst du hier?«, fragte Tom.

»Du hast deine Lunchbox vergessen.« Sie machte einen Schmollmund.

»Du hast mir keine bereitgestellt«, meinte Tom und kniff sich in den Oberschenkel, um sicherzugehen, dass er nicht träumte.

»Natürlich habe ich das. Du hast sie wohl nicht gesehen«, vermutete Emily und kam auf ihn zu.

»Bleib, wo du bist«, wies er sie forsch an. Seine Stimme zitterte. Abwehrend hob er seinen Arm. »Du solltest nicht hier sein.« Sie sah ihn fragend an.

»Schätzt du es denn nicht, dass ich dir dein Mittagessen bringe?«

»Doch natürlich.« Emily kam näher. Tom war wie versteinert. Er fühlte sich wie ein Reh im Licht eines Autoscheinwerfers. Er konnte sich nicht bewegen, stattdessen liess er es zu, dass sie die Lunchbox auf den Tisch stellte.

»Warum sollte ich nicht hier sein?«, fragte Emily und lehnte sich auf seinen Tisch. Tom blickte auf seine Füsse.

»Du bist nicht real«, meinte er mit leiser Stimme.

»Was redest du denn da? Natürlich bin ich echt. Komm her, ich beweise es dir«, sagte sie. Ihrer empörten Miene konnte er nicht standhalten, also erhob er sich. Sie streckte ihm ihren Arm entgegen. Er nahm ihre Hand in die seine. Sie war eiskalt. Ohne etwas zu sagen, nahm Emily ihn in den Arm. Tom kullerte eine Träne über die Wange.

»Vergib mir«, sagte er. Sie löste sich von ihm, hielt ihn jedoch in den Armen. Sie küsste ihn. »Es ist deine Schuld«, meinte sie. Er verstand nicht.

»Was denn?«, fragte er. »Du hast dein Essen vergessen.

Das ist dein Fehler, also bist du Schuld«, gab Emily ihm zu verstehen. Er wich vor ihr zurück. Diese Situation kam ihm bekannt vor. Als hätte er das schon einmal erlebt.

»ES IST DEINE SCHULD. ES IST DEINE SCHULD«, schrie sie ihn mit schriller Stimme an.

Eiskaltes Wasser liess ihn aufschrecken. Tom atmete schwer. Nachdem er sich das Wasser aus seinen Augen gerieben hatte, stellte er fest, dass er am Schreibtisch seines Büros sass. Vor ihm stand Katie mit einem Kessel in der Hand.

»Was ist denn los?«, fragte Tom verwirrt.

»Warst du die ganze Nacht hier?«, wollte sie wissen. Sie schien besorgt zu sein.

»Muss wohl eingeschlafen sein«, meinte Tom und rieb sich den Kopf.

»Hast du etwa getrunken?«, fragte Katie und liess ihren Kopf prüfend über seinen Schreibtisch wandern.

»Nein. Ich habe am Fall Mayweather gearbeitet«, log er. Er hatte sich schon darüber Gedanken gemacht, allerdings war er mehr mit dem Alkohol beschäftigt gewesen.

»Gut, dass du's erwähnst. Melissa Mayweather würde gerne mit dir sprechen. Soll ich sie hereinholen?«, fragte Katie.

»Ja bitte.«

Sie nickte und ging. Kurze Zeit später trat Melissas zierliche Gestalt über die Türschwelle.

»Da sitzt ja der gutaussehende Mann«, sagte sie und kam auf ihn zu.

»Freut mich auch, Sie wiederzusehen«, meinte Tom und stand auf.

»Nennen Sie mich doch einfach Melissa«, bot sie an und reichte ihm die Hand.

»Tom«, sagte er kurz angebunden.

»Du bist nass!«, stellte Melissa fest, um das Offensichtliche nochmals zu unterstreichen.

»Ja. Die Tochter meines Nachbarn hat mir heute Morgen, als ich auf dem Weg zur Arbeit war, einen Ballon voller Wasser angeworfen«, log Tom. Melissa lächelte.

»Wie reizend Kinder doch sein können.«

Nachdem beide in ihren Stühlen Platz genommen hatten fragte Tom:

»Was kann ich für dich tun?«

Melissa zögerte zuerst, dann fing sie an zu sprechen.

»Ich habe hier etwas, das dir bei deinen Ermittlungen bezüglich des Todes meines Vaters nützlich sein könnte.« Sie kramte etwas aus ihrer Jackentasche. Tom sah ihr gespannt zu, wie sie ihm ein mehrfach zusammengefaltetes Stück Papier reichte.

»Was soll das sein?«

»Schau, du wirst schon sehen.« Tom glättete das Papier mit dem Handrücken. Es war ein Foto. Darauf waren vier Personen zu sehen. Ein älterer Mann, der einen Sakko und eine gleichfarbige Hose trug, eine Frau komplett in Schwarz und zwei weitere Männer, ebenfalls in Schwarz gekleidet. Tom erkannte beinahe alle Personen. Der ältere Mann war Adam Mayweather, der Mann rechts neben ihm musste Tyrone Dallaway sein, das erkannte Tom an dessen breiter Nase und seiner groben Statur, daneben stand der grinsende Mike Hallow. Wie die Frau hiess, wusste er nicht. Erst als Tom sie näher betrachtete, erkannte er, dass es sich hier um die Frau handelte, die bei der Schiesserei auf dem Times Square ums Leben gekommen war. Wie kam es aber, dass sich diese Personen alle kannten? War es ein Zufall, dass drei von vier nun tot waren?

»Woher hast du dieses Bild?«, fragte Tom.

»Ich habe es im Mülleimer gefunden«, erwiderte Melissa.

Tom glaubte ihr kein Wort. »Was haben diese Personen gemeinsam?«, fragte er weiter.

»Du hast immer so unglaublich viele Fragen.«

»Antworte mir.«

»Ich weiss es nicht.«

»Warum gibst du mir dieses Bild?«

Sie zuckte mit den Schultern. »Ich dachte wohl, ich würde der Polizei damit einen Gefallen tun. Wie mir scheint, ist man mir aber nicht wirklich dankbar.« Melissas Tonfall war gespielt beleidigt. Abrupt stand sie auf.

»Melissa, bitte setz dich wieder«, bat Tom. Sie hatte ihm bereits den Rücken gekehrt, blieb aber stehen.

»Wie kann ich mich für diesen Gefallen revanchieren?«, fragte Tom. Er fürchtete, die Antwort bereits zu kennen. Mit einem breiten Lächeln setzte sie sich wieder hin.

»Wunderbar, dass du mich fragst. Wie wäre es mit einem gemeinsamen Abendessen?«, fragte Melissa strahlend. Er hatte es gewusst.

»Einverstanden.«

»Prächtig. Na dann erwarte ich dich diesen Samstag um

achtzehn Uhr im *Clair's*. Ich habe gehört, dort soll das Essen lecker sein.«

»Wirst du mir dort mehr über dieses Bild verraten?«

»Bei dir geht es immer nur ums Geschäft, nicht wahr?«, erwiderte sie und legte den Kopf auf ihren Handrücken. Tom kam nicht umhin zu schmunzeln.

»Ja, das werde ich«, versprach Melissa, als sie sich erhob. Mit der Hand am Türrahmen drehte sie sich noch einmal um, dann sagte sie »vielleicht« und verschwand.

Wie abgemacht begab sich Tom am darauffolgenden Samstag ins *Clair's*. Melissa war noch nicht da, als er eintraf. Er liess sich vom Türsteher zum reservierten Tisch führen, dann bestellte er einen Highball. Sie traf eine halbe Stunde später ein.

»Ich hatte nicht gedacht, dass du kommen würdest«, meinte sie lächelnd.

»Dasselbe habe ich von dir gedacht«, gab er prompt zurück. Melissa kicherte. Während die beiden ein wenig Smalltalk machten, fragte sich Tom immer wieder, was er eigentlich tat. Er hatte überhaupt keine Lust, hier zu sein und sich mit dieser Frau zu unterhalten. Tom kam nicht umhin, sich von ihren Worten geschmeichelt zu fühlen, und doch kannte er solche Frauen zur Genüge. Sie gaukelten Dinge wie Interesse und Zuneigung vor, doch kaum hatte man sich in sie verliebt, brachen sie einem das Herz. Tom würde diesen Fehler nicht begehen, oh nein. Sein Herz war vom Tod seiner Geliebten in tausend Stücke zerrissen worden und konnte nie mehr zusammenwachsen.

»Ich kenne diesen Blick«, sagte sie.

»Was meinst du?«

»Du denkst an jemanden, den du vermisst, nicht wahr?«

In der Tat hatte sich Tom gerade selbst dabei erwischt, wie er an Emily dachte. Er erinnerte sich an den Moment, in dem er ihr auf der Dove Bridge seinen Heiratsantrag gemacht hatte.

»Das verstehst du nicht«, meinte Tom. Ihr trauriger Blick richtete sich zu Boden.

»Doch, das tue ich«, widersprach Melissa.

»Daran zweifle ich«, gab er zurück.

Tom empfand kein Mitgefühl. Er fühlte rein gar nichts.

»Ich weiss, wie es ist, jemanden zu verlieren, der einem wichtig war«, erzählte sie. Tom hatte vergessen, dass ihr Vater gerade erst gestorben war. Er wollte sich entschuldigen, doch die Worte kamen nicht über seine Lippen. Sie schien seine Entschuldigung zu erwarten, als jedoch nichts von ihm kam, fragte sie:

»Darf ich wissen, wie sie hiess?«

»Nein«, sagte er schroff, »ich will nicht darüber sprechen.«

»Ich verstehe«, meinte sie. Ihre Stimme klang enttäuscht. *Du verstehst rein gar nichts*, dachte Tom, sagte es aber nicht. Schliesslich wollte er sie nicht zum Weinen bringen. »Können wir das Thema wechseln, bitte?«, fragte er schon fast flehend. Sie nickte. Woher wusste sie, dass er an Emily gedacht hatte? Woher wusste sie, dass es sich um eine verstorbene Frau handelte? Diese Fragen schossen ihm auf einmal durch den Kopf. War es die Intuition einer Frau, solche Dinge zu spüren? Hatte sie etwa Kontakt zu Mike Hallow? Als Tom sie nach Mike fragte, verneinte sie. Wieder glaubte er ihr nicht.

»Woher hast du dieses Bild?«, fragte Tom erneut und zog es aus seiner Innentasche.

»Wie ich schon sagte: Es lag im Müll«, gab Melissa zur Antwort. Tom seufzte. Verbittert liess er sich in die Lehne seines Stuhls sinken. Das hier hatte doch keinen Sinn. Er hätte mehr Informationen aus einem Sack Kartoffel herausgekriegt. Tom schaute auf das Bild. Er scannte es regelrecht, dann bemerkte er plötzlich etwas. Sowohl der Sakko wie auch Adams Hemd waren geöffnet, und auf seiner Brust war ein schwarzer Mond zu sehen.

»War dein Vater tätowiert?«, fragte er Melissa. Sie nickte.

»Warum?«, erwiderte sie.

»Was hatte er für eine Tätowierung?«

»Einen schwarzer Mond.« Tom begann zu lachen. Natürlich. Er hatte diese Tätowierung bei der Untersuchung der Leiche nicht gesehen, da dem Opfer an dieser Stelle in den Brustkorb geschossen worden war. Aus diesem Grund musste auch dieses Bild verschwinden. Hier ging es nicht nur um den Täter, sondern auch darum, die Mitgliedschaft Adam Mayweathers bei der Gang *Black Night* zu vertuschen. Doch welche Funktion hatte Adam gehabt? Warum musste er aus dem Weg geräumt werden? Und dann war natürlich immer noch die Frage, wer der Täter war. Wie es schien, deutete alles auf Mike Hallow hin. Tom musste erneut mit ihm sprechen.

»Hast du gewusst, dass neben deinem Vater zwei weitere Personen auf diesem Bild bereits tot sind?«, fragte er.

»Ja. Deshalb habe ich gesagt, ich kann verstehen, warum du an jemanden denkst, den du vermisst.«

»Wen kanntest du?«

»Die Frau. Ihr Name war Caroline Collins. Sie starb vor Kurzem auf dem Times Square«, meinte Melissa. Tom nickte.

»Hast du gewusst, dass sie Mitglied der *Black Night* war?« Sie schüttelte den Kopf.

»Welche Art Geschäfte hat dein Vater betrieben?«, wollte Tom wissen.

»Er war in der Bankenbranche. Er besorgte mir auch die Stelle bei der Bank of America«, sagte sie. Tom nickte.

Nach dem Essen begaben sich Tom und Melissa in den Washington Square Park. Inzwischen leuchteten die Sterne am Himmel. Toms Laune hatte sich seit dem Essen gebessert. Er fühlte sich der Lösung des Falles erstaunlich nahe, und das machte ihn irgendwie glücklich. Melissa hatte ihm erzählt, dass sich Caroline oft in einer Bar namens *McCollins* aufgehalten hatte. Aus diesem Grund beschloss Tom, dort nach Mike Hallow zu suchen. Während Tom und Melissa über allerlei Dinge sprachen, stellte er fest, dass sie viele Gemeinsamkeiten hatten. Insbesondere glich Melissa seiner Geliebten. Als sie im Rasen lagen und den Sternenhimmel beobachteten, sagte Melissa mit verträumtem Blick: »Immerhin leuchten die Sterne noch, wenn man zu ihnen hochsieht.«

# McCollins

Es vergingen einige Tage, bis Tom Gelegenheit hatte, sich ins *McCollins* zu begeben. Bei der Arbeit hatte er weiterhin am Fall Mayweather zu tun. Langsam verbitterte ihn der Stillstand, denn es kamen keine neuen Hinweise zum Vorschein und die bisherigen waren nicht ausreichend, um einen Mörder dingfest zu machen. Melissa hatte ihm zwar ein sehr hilfreiches Foto zukommen lassen, doch er war sich nicht sicher, ob es wirklich jenes war, das am Tatort abhandengekommen war.

Da neben dem Chief und Katie nun auch John ihm ins Gewissen redete, er trinke zu viel Alkohol, beschloss Tom, seine Flasche aus dem Büro verschwinden zu lassen. Obwohl sich Tom nicht für Melissa interessierte, hatten sie dennoch vereinbart, am kommenden Freitag gemeinsam das *McCollins* aufzusuchen. Sie schien den Besitzer der Bar zu kennen. Tom fiel auf, dass Melissa seine Gesellschaft zu schätzen schien und seine Nähe und Geborgenheit suchte. Oder immerhin tat sie so. Tom war es nach wie vor egal. Er trauerte immer noch um Emily Moore. Seine Träume von ihr wurden von Mal zu Mal schlimmer. Einmal hatte er sogar davon geträumt, dass er auf ihren Befehl hin den Brand selbst gelegt hatte. Tom war schweissgebadet aufgewacht und hatte so viel Wasser getrunken, dass ihm beinahe übel geworden war.

An diesem Freitag kam er um die Abendzeit nach Hause. Nachdem er seinen Mantel aufgehängt hatte, sah er, dass Emily auf dem Sofa sass.

»Wo warst du?«, fragte sie, ohne von ihrer Zeitung aufzusehen. Sie las die Daily Times, und zwar einen Artikel über einen weiteren Hausbrand in Downtown. Tom lief es kalt den Rücken herunter. Bei ihrem Anblick wurden seine Beine weich wie Nudeln.

»Ich war bei der Arbeit«, sagte er.

»Ich verstehe«, meinte Emily. In ihrer Stimme lag nicht einmal eine Spur von Verständnis.

»Was hast du so gemacht?«, fragte Tom.

»Ich habe die Wohnung geputzt, danach ging ich aus und traf mich mit Olivia zum Kaffee«, sagte sie und blickte auf.

»Hattet ihr eine gute Zeit?«, fragte Tom weiter und ging währenddessen in die Küche. »Selbstverständlich. Hast du gewusst, dass sie sich oft mit John streitet. Sie ist wirklich nicht glücklich in ihrer Ehe«, sagte Emily. Ihr Tonfall hätte keinen beiläufigeren Klang haben können.

»Das habe ich nicht gewusst. John spricht nie über sie«, sagte Tom und schenkte sich einen Scotch ein.

»Möchtest du auch einen?« Sie schüttelte den Kopf.

»Du trinkst zu viel.«

»Das weiss ich.«

»Warum hörst du dann nicht damit auf?«, fragte sie mit einem beinahe selbstverständlichen Unterton.

»Nun, ich mag den Geschmack und es hilft mir beim Nachdenken. Warum also nicht?«

»Weil es nicht gesund ist«, sagte sie barsch. Tom antwortete nicht mehr. Was sollte er sagen? Er nahm sein Getränk und setzte sich neben sie.

»Warum verschweigst du es mir?«, fragte sie und wendete sich ihm zu.

»Was meinst du?«

»Na, diese Frau. Die Tochter von Mayweather.«

»Was soll denn mit der sein? Ich interessiere mich nicht für sie. Sie ist einfach eine Klientin.«

»Und dennoch bist du mit ihr ausgegangen«, sagte Emily und wandte sich wieder von ihm ab. »Nur, damit ich Informationen von ihr erhalte«, rechtfertigte sich Tom.

»Ist das so?«

»Aber natürlich. Schliesslich will ich immer noch herausfinden, wo sich Mike Hallow befindet, damit ich ihn zur Rechenschaft ziehen kann.«

»Warum willst du das tun? Er hat dir nichts getan.«

»Doch, das hat er. Er ist für deinen Tod verantwortlich«, sagte Tom. Er fühlte, wie er beim Gedanken an Mike Hallow in rasende Wut versetzt wurde.

»Ich bin nicht tot, du Dummerchen. Ich sitze doch hier«, meinte Emily und lächelte ihn an.

»Er hat dir und mir Unrecht getan. Er muss seiner gerechten Strafe zugeführt werden, ansonsten ist in diesem Land der perfekte Mord möglich«, sagte Tom stur.

»Oh, dem ist so«, meinte Emily.

»Was meinst du?«

»Na, den perfekten Mord zu begehen. Das ist einfach und durchaus machbar. Lasse es nur so aussehen, als wäre es ein Unfall gewesen. Erledige es so, als würdest du gar nicht in Frage kommen als Verdächtiger«, erklärte sie, als wäre ihr Vorschlag die einfachste Sache auf der Welt.

»So einfach ist es nun doch wieder nicht«, widersprach Tom.

»Wieso bist du dieser sturen Ansicht?«

»Weil, wenn es schiefgeht, bezahlst du es mit deinem Leben.«

»Ich verstehe. Dann willst du Mike also tot sehen?«

Tom hatte sich dies durchaus gewünscht.

»Ja«, sagte er kurz und knapp.

»Prima. Dann haben wir doch schon unser Opfer für den perfekten Mord«, sagte sie und klatschte in die Hände. Sie bemerkte seine Zweifel.

»Was hast du denn schon zu verlieren?«, fragte sie und versuchte, einfühlsam zu wirken. Emilys Versuch versagte kläglich. Und doch traf es zu. Was hatte er denn zu verlieren? Sein Ein und Alles war ihm schon genommen worden. Seine Arbeit war ihm egal. Die Leute um ihn herum scherten ihn keinen Deut.

»Wie sieht dein Plan aus?«, fragte er. Doch bevor Emily antworten konnte, klopfte es an der Tür.

»Hast du jemanden eingeladen? Ich habe nicht für mehrere Personen gekocht«, sagte sie erschrocken und sprang auf.

»Nein. Ich habe mich mit John verabredet. Wir gehen gemeinsam ins *McCollins*«, erklärte Tom.

»Ist das eine neue Bar?«, wollte sie wissen. Tom nickte.

»Wir haben den Tipp erhalten, dass Mike Hallow möglicherweise dort zu finden ist«, erklärte Tom.

»Ich verstehe«, sagte Emily. Als er an der Tür stand, rief sie ihm zu:

»Viel Spass Liebling, und pass auf dich auf.«

In Wahrheit war es allerdings Melissa gewesen, die an seine Tür geklopft hatte. Nachdem sie sich begrüsst hatten, fragte sie ihn, mit wem er gesprochen hatte.

»Mit niemandem. Manchmal führe ich Selbstgespräche.«

»Eigenartig«, fand Melissa. Gemeinsam verliessen sie das Gebäude und begaben sich zu Toms Auto. Nachdem sie losgefahren waren, erzählte Melissa von ihrem Tag. Tom interessierte es wenig, daher gab er nur hie und da ein »Ja« und ein »Interessant« von sich. Seine Gedanken waren beim Fall, bei Mike Hallow, beim Brand und natürlich bei Emily Moore. Nach einer Weile blickte Tom in den Innenrückspiegel und verschluckte sich beinahe. Vor lauter Schreck kollidierte er mit dem Randstein.

»Was ist denn los?«, rief Melissa erschrocken. Sie hatte eben erzählt, wie sie mit ihrer Mutter zu Tisch gewesen war und dass diese immer noch sehr um ihren Mann trauerte. Auf dem Rücksitz, direkt in der Mitte, sass Emily und warf ihm einen bösartigen Blick zu. Sie sagte nichts. Sie beäugte ihn bloss.

»Nichts. Entschuldige. Ich dachte, da wäre ein Eichhörnchen gewesen«, log Tom und fuhr weiter. Er fühlte, wie der Schweiss aus seinen Poren trat. Unbeschwert redete Melissa weiter. Er konnte sich nicht erinnern, dass Melissa bei ihrem letzten Treffen so gesprächig gewesen war. Auf einmal hörte er Emilys Stimme.

»Du sagtest doch, du hättest dich mit John verabredet.«

»Es tut mir leid«, wimmerte Tom.

Melissa verstummte.

»Wie bitte?«, wollte sie wissen.

»Glaubst du, das macht es wieder gut?«, rief Emily wütend nach vorne.

»Nein. Bitte vergib mir«, sagte Tom. Er fürchtete sich vor dem, was Emily tun würde, wenn sie komplett die Kontrolle verlieren würde.

»Wovon sprichst du eigentlich?«, fragte Melissa.

»Du hast mich angelogen. Ich wusste, dass ich dir nicht vertrauen kann. Magst du sie, sag schon?«, fragte Emily erbost. Ihre Stimme war lauter geworden und dröhnte in Toms Kopf. In seinem Schädel begann es zu wummern.

»Nein. Es ist rein geschäftlicher Natur. Ich schwöre es«, stiess er verzweifelt hervor.

»Tom, bist du in Ordnung?«, fragte Melissa. Sie sah besorgt aus.

»Rede mit mir!« Tom blickte zu ihr, dann in den Rückspiegel zu Emily.

»Na los doch. Sprich mit ihr. Sonst denkt sie noch, du wärst verrückt«, meinte Emily, verschränkte ihre Arme und blickte beleidigt aus dem Fenster. Sie sah aus wie ein schmollendes Kind. Ein tödlich Irrationales allerdings. Nur Ares Zorn war grösser als ihre Wut. Melissa fasste an Toms Unterarm. Er schrak auf und blickte zu ihr hinüber.

»Geht es dir nicht gut?«, fragte sie. Melissa sah sehr besorgt aus.

»Alles in Ordnung«, brummte Tom.

»Und dann fasst sie dich auch noch an. Geschäftlicher Natur, meine Socke«, rief Emily empört. Tom hatte Mühe zu schlucken.

»Sollen wir ins Krankenhaus fahren?«, fragte Melissa.

»Nein. Mir geht›s gut. Sind wir bald da?«, entgegnete er.

Sie war nicht der Überzeugung, dass alles in Ordnung war, dennoch sagte sie:

»Ja. Bald.«

»Gut.«

Während der restlichen Fahrt sprach niemand mehr ein Wort. Tom sah nur noch geradeaus. Er hatte nicht den Mumm, noch ein weiteres Mal in den Rückspiegel zu blicken. Melissa sass ruhig neben ihm, doch sie fühlte sich überhaupt nicht wohl. Sein Verhalten hatte sie verängstigt, und sie machte sich grosse Sorgen um ihn. Doch jedes Mal, wenn sie versuchte, mit ihm zu reden, liess er sie abblitzen. Sie fand einfach keine Möglichkeit, an ihn ranzukommen. Es war zum Verzweifeln. In seinem Leben musste etwas geschehen sein, das ihn bis ins Mark erschüttert hatte, und doch liess Tom sie nicht daran teilhaben. Melissa hätte am liebsten geweint. Sie fühlte sich alleine.

»Dort ist es«, meinte sie und zeigte auf eine kleine Bar an der Ecke zu einer Seitengasse. Tom nickte. Nachdem sie geparkt hatten, stiegen sie aus und gingen auf die Bar zu. Das Lokal sah schäbig aus. Beim Anblick des heruntergekommenen Gebäudes beschleunigte sich Toms Herzschlag.

»Willst du draussen warten?«, fragte er sie.

»Warum sollte ich?«, gab Melissa zurück.

»Vielleicht ist es drinnen gefährlich«, meinte Tom besorgt und sah zur Tür hinüber.

»Du bist wirklich süss, aber ich brauche keinen Schutz«, meinte Melissa und lächelte. Sie wurde nicht schlau aus ihm. Vorhin war er abweisend und kalt gewesen, jetzt auf einmal machte er sich Sorgen um ihr Wohlergehen.

»Selbst ist die Frau«, sagte sie und lief elegant auf die Tür zu. Er blieb zurück.

»Kommst du?«, fragte Melissa ihn mit einem Lächeln, während sie bereits einen Fuss über die Schwelle gesetzt hatte. Tom nickte. Im Innern des *McCollins* war es stickig, und Toms Augen fingen sofort an zu brennen. Der Rauch aller Zigaretten klebte an der Decke und vernebelte die Atmosphäre. Auf der linken Seite des Raumes befand sich die Bar, auf der rechten waren einige Sitzmöglichkeiten. Im Bereich ganz hinten hatte es eine Tür, die in einen weiteren Bereich des Pubs führte, allerdings waren davor zwei Bodyguards stationiert. Melissa führte ihn an die Bar.

»Was darf's sein?«, fragte der Barkeeper.

»Zwei Old Fashioned, bitte«, antwortete Melissa und zahlte umgehend.

»Was nun? Ich kann Hallow nirgends sehen«, meinte Tom. Er hatte seinen Blick durch die Bude wandern lassen, während er sich an die Bar lehnte.

»Gedulde dich ein wenig, mein Lieber. Man wird sich uns schon offenbaren«, sagte sie bestimmt. Die Zeit verging und Tom war kurz vor dem Aufgeben, da trat ein kleiner untersetzter Mann an Melissa heran.

»Guten Abend Miss Mayweather. Es ist schon eine Weile her seit Ihrem letzten Aufenthalt hier«, meinte der Mann und lächelte schmierig. Tom hätte ihn am liebsten an Ort und Stelle verhaftet.

»Ja, das tut mir schrecklich leid. Können Sie mir einen Gefallen tun, Mr. Russo?«, fragte Melissa und erwiderte das Lächeln höflich. Russo nahm ihre Hand, küsste sie und sagte: »Was auch immer Sie von mir verlangen.«

»Mein Mann sucht einen gewissen Mike Hallow. Ist er hier vorzufinden?«, fragte Melissa elegant. Russo warf Tom einen abwertenden Blick zu. Dass Melissa anscheinend vergeben war, schien ihn zu stören. Tom erwiderte den Blick, ohne auch nur eine einzige Emotion zu offenbaren.

»Lassen Sie mich kurz nachdenken«, sagte Russo und fuhr sich mit der Rechten über seinen Geissbart, »ich glaube nicht«.

Verdächtig schnell drehte sich der Mann um und wollte gehen, da packte ihn Melissa am Arm.

»Kommen Sie, Mr. Russo. Sie wollen doch einer Dame nicht ins Gesicht lügen?«

Melissas Stimme hatte nun etwas eisig Ernstes und Bedrohliches an sich. Diese Seite kannte Tom bisher nicht an ihr.

»Was wollen Sie überhaupt von ihm?«, wollte Russo argwöhnisch wissen.

»Es ist geschäftlicher Natur.«

»Geht es etwas genauer?«

»Er schuldet meinem Vater noch etwas. Wenn Sie wissen, was ich meine.«

»Warum kommt er dann nicht selbst?«

»Er ist verhindert. Deshalb schickt er nun seinen Schwiegersohn und mich.« Mr. Russo beäugte sie beide misstrauisch, dann aber lenkte er ein.

»Sie finden Hallow im Hinterzimmer. Sagen Sie den Wachen, dass Mr. Russo die Erlaubnis gegeben hat, euch durchzulassen«, sagte Russo, dann ging er, ohne sich zu verabschieden. »Wer war dieser Russo?«, wollte Tom wissen.

»Das ist der Ladeninhaber. Er ist meinem Vater unterstellt«, erklärte Melissa.

Tom war verwirrt. Sollte Russo wirklich ein Lakai der Mayweathers sein? Und warum hatte er dann nicht von Adams Tod erfahren?

»Aber *McCollins* ist ein irischer Name«, meinte Tom.

»Das stimmt. Der ursprüngliche Ladenbesitzer starb bei einer Razzia in Brooklyn. Russo ist sein Nachfolger«, fuhr Melissa fort. Die Bodyguards liessen Tom ohne Weiteres in das Hinterzimmer eintreten. Melissa musste draussen warten, da im Hinterzimmer nur Männer zugelassen waren. Sie wirkte empört, akzeptierte die Regeln allerdings. Im hinteren Teil des Lokals war es genauso stickig. In der Mitte des Raumes befand sich ein Pokertisch. Um den Tisch herum sassen verschiedene Männer, alle mit Zigarren im Mund und einigen Karten in den Händen. In der Mitte lag ein Berg Pokerchips, darum herum tummelten sich einige zusammengerollte Dollar, eine edle, goldene Taschenuhr und ein paar Silbermünzen. Tom erkannt Mike Hallow sofort. Der gutaussehende Mann mit den schütteren, blonden Haaren trug heute keinen Hut. Mike Hallow lächelte breit in seine Karten hinein. Er schien sich in einer guten Ausgangslage zu befinden. Niemand schenkte Tom Beachtung, also räusperte er sich. Die Männer blickten auf. Mikes Lachen erstarrte förmlich, als er den Ankömmling erblickte.

»Wer bist du denn?«, schnauzte einer der Männer Tom an.

»Mayweather schickt mich«, antwortete dieser knapp. Er sah, wie Mike bleich wurde. »Gehörst du zur *Black*

175

*Night?*«, fragte derselbe Mann. *Mayweather hatte also doch Kontakte zur Black Night. Ich wusste es. Meine Vermutung war zutreffend*, dachte Tom.

»Nein. Ich sollte bloss mit Mike Hallow über eine gewisse Angelegenheit sprechen«, antwortete Tom.

»Was wollen Sie?«, fragte Mike.

»Reden.«

Der gutaussehende Blondschopf zögerte, dann nickte er den anderen zu und sie verliessen den Raum. Mike deutete Tom an, sich ihm gegenüber an den runden Tisch zu setzen.

»Spielen Sie Poker?«, fragte er. Tom nickte. Mike verteilte die Chips, mischte die Karten und verteilte sie. Tom liess sich nicht anmerken, ob er gute Karten hatte. Mike tat es ihm gleich. »Warum schickt Sie Melissa?«, wollte Mike wissen. *Warum weiss er, dass ich mit Melissa hier bin? Mike ist sich Adams Tod bewusst. Er war also der Mörder. Ich brauche nur noch einen Beweis, um ihn verhaften zu lassen*, dachte Tom. Oder waren seine Gedanken voreilig?

»Es geht um den Hausbrand in Vulture Bay«, sagte Tom und legte einige Chips in die Mitte. »Ich weiss nicht, wovon Sie sprechen«, entgegnete Mike und zog mit.

»Das denke ich schon. Kommen Sie, Hallow, spielen Sie mir nicht wieder den Dummen.«

»Ich lüge Sie nicht an, mein Guter.«

Die beiden erhöhten ihre Einsätze.

»Dann erklären Sie mir, wie das hier an den Tatort gelangen konnte«, sagte Tom, zog Mikes Mütze aus seiner Jackentasche hervor und warf sie in die Tischmitte.

»Das weiss ich nicht. Sie wurde mir kurz nach unserem Treffen im Bryant Park gestohlen«, sagte Mike.

»Das soll ich Ihnen glauben?«, fragte Tom. Er erhöhte seinen Einsatz weiter, Mike folgte ihm nach.

»Sie müssen mir gar nichts. Es ist die Wahrheit.«

»Wie kommt es, dass Sie wissen, dass ich mit Melissa hier bin?«

»Ich habe ihre Stimme gehört«, meinte Mike und winkte geringschätzig mit der Hand ab. So als ob er diese Frage unter den Tisch kehren würde.

»Wer ist für den Tod von Tyrone Dallaway verantwortlich?«, fragte Tom weiter.

»Sie stellen unangenehm viele Fragen.«

»Sie geben mir keine brauchbaren Antworten.«

»Ich würde Ihnen auch gerne mal eine Frage stellen«, sagte Mike und schien ausgesprochen ernst zu werden. Er beugte sich mit beiden Ellbogen über den Tisch. Sein Gesicht rückte dabei ins Licht der über dem Pokertisch hängenden Lampe.

»Ich höre Ihnen zu«, meinte Tom in freundlichem Tonfall, obwohl er innerlich beinahe kochte.

»Warum mischen Sie sich in die Angelegenheiten der *Black Night* ein?«, fragte Mike. »Was hoffen Sie zu finden?«

»Ich will in Erfahrung bringen, wer für den Tod von Tyrone Dallaway, die Schiesserei auf dem Times Square und für den Tod meiner Frau verantwortlich ist. Die Wahrheit ist die Schatztruhe, die ich finden will«, sagte Tom und wurde nun auch ernst. Die beiden Männer warfen sich tödliche Blicke zu.

»Und ich will wissen, wer der Mörder von Adam Mayweather ist und warum er sterben musste«, fügte er hinzu.

»Sie glauben, die Antworten bei mir zu finden?«, fragte Mike mit gespieltem Interesse und schob den Rest seiner Chips in die Mitte. »All in.«

Tom schob seinen Rest ebenfalls in die Mitte. »Ich glaube nichts. Ich bin bloss davon überzeugt, dass Sie die Antworten kennen«, erwiderte Tom.

»Sie spielen hier ein gefährliches Spiel, das Sie nicht gewinnen können«, fand Mike und legte ein Full House hin.

»Das sehe ich anders. Ich gewinne immer«, antwortete Tom und spielte einen Royal Flush.


Mike verliess das Hinterzimmer mit gefalteten Händen. In einer unbeleuchteten Ecke des Vorraumes konnte er eine Gestalt ausmachen, die ihn beobachtete. Er nickte ihr zu. In wenigen Schritten trat ein schäbig aussehender Mann aus dem Dunkeln auf Mike zu. Beide beobachteten von der Tür des Hinterzimmers aus, wie Tom und Melissa das *McCollins* durch den Vordereingang verliessen.

»Du weisst, was zu tun ist!«, sagte Mike mit leiser Stimme. Der Mann nickte, dann verschwand er wieder in der Dunkelheit des Pubs.


Tom konnte kaum etwas aus Mike Hallow herausbekommen, das zu dessen Verhaftung hätte führen können. Das Einzige, was er in Erfahrung bringen konnte, war, dass sich Melissa und Mike doch kannten, und dass sie ihn diesbezüglich angelogen hatte. Sie schien ihm weiterhin Informationen vorzuenthalten. Als die beiden in seinem Auto sassen, erzählte er ihr dies jedoch nicht. Es war grundsätzlich eine merkwürdige Fahrt. Sie sprachen kein Wort miteinander. Er brachte sie nach Hause und verabschiedete sich von ihr.

Danach ging er in seine Wohnung, goss sich ein Glas Scotch ein und liess sich die Begegnung mit Mike noch einmal durch den Kopf gehen.

»Ich kann es immer noch nicht glauben, dass du mich ihretwegen angelogen hast«, murrte Emily und kam mit einem Glas Wasser aus der Küche auf ihn zu.

»Was hätte ich denn tun sollen?«, fragte Tom und zündete sich eine Zigarette an.

»Ehrlich sein. Mir die Wahrheit sagen. Die Grundwerte einer gesunden Beziehung achten«, antwortete Emily und setzte sich neben ihn. Sie sah in traurig an. Ihm begann das Herz zu schmerzen.

»Dann wärst du auch wütend geworden«, wich er aus. Sie schwieg.

»Ich liebe dich«, meinte er.

»Ist mir egal«, fuhr sie ihn an. Tom blickte zu Boden. Das hatte nun wirklich weh getan. Emily schien zu merken, dass sie ihn verletzt hatte.

»Komm her«, meinte sie und schloss ihn in seine Arme.

»Ich vermisse dich so sehr«, sagte er und begann, in ihren Pullover zu weinen. Sie sagte nichts.

»Warum hast du mich verlassen?«, fragte er.

Als Tom seine Augen wieder öffnete, war sie nicht mehr da. Seine Trauer verwandelte sich in Zorn. Obwohl das Glas noch halb voll war, warf er es quer durch das Zimmer, wo es an der Wand zerschellte.

»Verflucht seist du«, schrie er. Niemand ausser ihm hörte seine Worte. Plötzlich klingelte das Telefon. Er nahm ab, sagte aber nichts.

»Hallo? Tom, bist du da?«, fragte Melissa.

»Ja. Was ist denn?«, entgegnete Tom. Warum rief diese Frau jetzt schon wieder an? Es waren noch nicht einmal zwei Stunden vergangen, seit sie sich zuletzt gesehen hatten. *Zum Teufel mit dieser Klette*, fluchte er innerlich.

»Ich muss dich etwas fragen«, meinte sie zaghaft.

»Warum hast du nicht vorhin im Auto gefragt?«

»Ich ... bekam weiche Knie.«

»Wie kommt das?«

»Ich musste noch nie einen Mann um ein Treffen bitten. In der Regel fragen mich die Männer aus. Hast du nächsten Samstag Zeit?«, fragte Melissa. Sie hörte sich nervös an.

»Ja, sollte gehen«, meinte Tom gleichgültig.

»Ist das *Clair's* in Ordnung?«, fragte sie.

»Natürlich.«

»Ich freue mich darauf. Gute Nacht, Tom«, sagte Melissa, ihre Stimme klang nun schon wieder fröhlicher.

»Ich mich auch. Gute Nacht«, schloss er und hängte auf.

Wie von Melissa gewünscht, traf er sich eine Woche später mit ihr. Da Tom etwas verspätet eintraf, überraschte es ihn nicht, dass Melissa bereits da war. Sie schien in ein Buch vertieft zu sein. Seine Ankunft bemerkte sie erst, als er sich zu ihr setzte. Die beiden begrüssten sich.

»Was liest du denn da?«, fragte Tom interessiert.

»Ein Buch über Reinkarnation«, meinte Melissa und

drehte das Buch so, dass er auf den Buchdeckel sehen konnte.

»Glaubst du an solche Dinge?«, fragte er.

»Absoluter Humbug. Dennoch gibt es interessante Aspekte, deren Wahrheit man durchaus in Erwägung ziehen kann.«

»Die da wären?«

»Nun, einer davon spricht von der Problematik des Lebens und des Sterbens. Mir scheint, dass die Menschen sich vor dem Tod fürchten, weil er sie vor ein Rätsel stellt.«

»Was soll am Leben und am Tod so rätselhaft sein?«

»Rätselhaft ist nicht, wie das Leben zustande kommt, mein Lieber, nein das haben wir bereits herausgefunden. Die Frage nach dem Leben und wie man es am besten geniessen kann, wurde bereits in diversen Theorien behandelt. Nein, die Frage, die immer noch die meisten Individuen beschäftigt, ist die, wie es nach dem Leben weitergeht.«

»Mit dem Tod, oder etwa nicht?«, meinte Tom verwundert.

»Durchaus. Doch was ist der Tod?« Sie schien dieses Gespräch genauso zu geniessen wie Tom.

»Nun, wenn der Körper eines Menschen nicht mehr funktioniert«, sagte er.

»Richtig, doch wohin geht dann seine Seele?«

»Das weiss ich nicht.«

»Eben, genau das ist es ja. Man weiss es nicht. Genau deshalb macht es vielen Menschen Angst. Es ist die Ahnungslosigkeit.«

»Und was sagt dieses Buch dazu?«

»Nichts von Belang. Es soll nur anregen, darüber nach-zudenken.«

»Zu welchem Schluss bist du gekommen?«

»Ich würde behaupten, unsere Seele kann nicht den-ken. Sie ist wie eine biologische Maschine. Du musst nicht daran denken zu blinzeln, denn das macht dein Körper, dein Mechanismus, von selbst. Das einzige Organ, das sich an Erfahrungen erinnern kann oder daran denken muss, etwas zu erledigen, ist das Gehirn. Die Seele tut das nicht. Stirbst du also, dann muss sich dein Verstand nicht mit der für immer anhaltenden Nichtexistenz her-umschlagen, weil das keine machbare Erfahrung ist. Du wirst nicht wie ein Irrer in einen dunklen Raum gesperrt und musst das für alle Ewigkeit durchstehen. Stell dir vor, du gehst schlafen und wachst nie mehr auf«, erklärte Melissa.

»Der Tod ist also mit dem Tiefschlaf gleichzusetzen?«, fragte Tom.

»Wenn du so willst, ja. Du warst noch nie aktiv dabei, als du im Tiefschlaf gelegen hast, oder?«

Er schüttelte den Kopf.

»Siehst du. Du kannst dich auch nicht daran erinnern. Ich wette, würdest du sterben und kämest anschliessend wieder zurück, hättest du keine Ahnung, wie es war, tot zu sein,« meinte sie. Das leuchtete ihm ein. Er war beein-druckt von ihr. Sie setzten ihr Gespräch noch einige Zeit fort, bevor der Kellner es unterbrach und ihnen das Essen brachte. Später fuhr Tom seine Begleitung nach Hause.

»Gute Nacht«, meinte Tom vor ihrer Wohnungstür.

»Gute Nacht«, erwiderte sie. Als sie ihm den Rücken

zukehrte, packte Tom sie am Unterarm, drehte sie herum und küsste sie. Melissa erwiderte den Kuss.

# Eifersucht

Obwohl Melissa und Tom nie darüber sprachen, wussten beide, dass sie ein Paar waren. Melissa war seit ihrem Kuss von Glückseligkeit regelrecht erfüllt, während Tom immer noch von Gleichgültigkeit durchzogen war. Inzwischen hatte der Sommer New York erreicht, und es war endlich möglich geworden die schweren Mäntel im Kleiderschrank zu verstauen. Tom verbrachte viel Zeit mit Melissa. Sie unternahmen die verschiedensten Dinge und eine Zeit lang war Tom sogar wieder ein wenig glücklich, doch dann, als er eines Abends etwas angetrunken nach Hause kam, wartete bereits jemand auf ihn.

Tom war mit Melissa essen gegangen, danach waren sie noch in einem Klub gewesen, in dem er sich volllaufen liess. Melissa hatte dies gestört und es war sogar zu einer Diskussion gekommen.

»Warum musst du immer so viel trinken?«, fragte sie aufgebracht.

»Warum musst du mich immer bemuttern?«, lautete seine Gegenfrage.

Diese Worte beleidigten Melissa zutiefst. Sie verschränkte die Arme vor der Brust. »Bemuttern? Das tue ich also?«, sagte sie.

»Ja, das tust du. Immer wenn ich auch nur ein bisschen Spass habe, fängst du an herumzunörgeln und mich auszubremsen«, rief er aus. Einer der Türsteher war inzwischen zu ihnen getreten.

»Bitte führen Sie Ihre Diskussion draussen weiter«, bat

der Mann und wies auf die Tür. Melissa und Tom waren so laut geworden, dass inzwischen alle Gäste im Vorraum ihr Gespräch mitverfolgten.

»Mischen Sie sich hier nicht ein«, fuhr Tom ihn an.

»Darf ich Sie erneut darum bitten, hinauszugehen«, bat der Mann höflich.

»Haben Sie mir nicht zugehört?«, rief Tom und tippte ihm auf die Brust. Der Türsteher packte Tom nun am Kragen.

»Machen Sie, dass Sie rauskommen«, sagte der Mann nun sehr ernst.

»Lass uns gehen«, meinte Melissa und zog an Toms Ärmel.

»Finger weg«, erwiderte Tom und schlug ihr auf die Hand. Der Mann bemerkte dies, hob Tom mit Leichtigkeit vom Boden und warf ihn zur Tür hinaus. Draussen hatte es leicht zu nieseln begonnen. Tom landete unsanft auf Randstein und Strasse. Er blieb liegen. Nach wenigen Minuten kam Melissa hinaus. Sie blickte auf ihn herab. In ihren Augen konnte Tom Mitleid, Liebe sowie Abscheu sehen. Die beiden blickten sich an. Eine Ewigkeit schien zu vergehen, während der sie nicht ein einziges Wort wechselten. Auf einmal kniete sie sich neben ihn.

»Bist du verletzt?«, fragte sie mit sanfter Stimme.

»Nein.« Von der Hüfte abwärts schmerzte ihn alles, doch sagen wollte er ihr das nicht. »Ich gehe nach Hause«, meinte sie.

»Tu das«, gab Tom zur Antwort.

Er spuckte die Worte beinahe wie Feuerbälle aus. Er konnte sie im Moment nicht ausstehen. Schon wie sie ihn gerade ansah, brachte ihn beinahe zum Erbrechen. Immer ihr gespieltes Mitgefühl. Melissa erhob sich und drehte sich von ihm ab. Nachdem sie einige Schritte gegangen war, blieb sie stehen und blickte über die Schulter zurück. Eine Träne kullerte über ihre Wange. Sie wünschte sich in diesem Moment nichts mehr, als dass Tom gesagt hätte: *Bleib. Melissa, ich brauche dich.* Doch er schwieg. Also ging sie und liess ihn dort im Regen zurück.

Während Tom unbequem dalag, kam ihm plötzlich der Gedanke, dass er sich möglicherweise durch den Sturz eine schlimmere Verletzung zugezogen haben könnte. Er hatte schon von einigen Freunden gehört, die nach einem Unfall nicht mehr gehen konnten. Er griff nach seinem Oberschenkel und kniff ihn. Immerhin spürte er das Kneifen. Ein Stein fiel ihm vom Herzen. Er hatte noch Gefühl in den Beinen. Das musste also heissen, dass er nur zu betrunken war, um aufzustehen. Tom konnte sich nicht mehr erinnern wie er es nach Hause geschafft hatte, doch als er dort ankam und mühsam die Schuhe ausgezogen hatte, stand Emily in der Mitte des Raumes.

»Nicht du auch noch«, murrte Tom. Sie überging seine Bemerkung.

»Warum hast du's mir nicht erzählt?«

»Weil es dir egal sein kann. Meine Güte, kannst du mich denn nicht endlich mal in Ruhe lassen?«

»Was habe ich dir denn getan?«, fragte Emily empört. Seine Worte schienen sie verletzt zu haben. Er antwortete nicht, warf ihr einen wütenden Blick zu und ging zu Bett. Die Schlafzimmertür schloss er hinter sich ab. Emiliy hämmerte an seine Tür und bat ihn, sie hereinzulassen.

»Tom. Bitte lass mich herein. Tom? Tom? Bitte. Wir können doch darüber reden«, rief Emily ihm zu. Sein Kopf drehte sich so sehr, dass er von ihr beinahe nichts mehr mitbekam.

»THOMAS«, schrie sie.

Er reagierte nicht. Zum Hämmern von Emilys Fäusten nickte er ein. Einige unruhige Stunden später wachte er auf und übergab sich aus dem Bett heraus auf den Boden. Es hatte ihm nicht mehr bis zur Toilette gereicht.

»Ist ja grässlich«, meinte Emily mit gerümpfter Nase. Sie hatte es irgendwie fertiggebracht, ins Schlafzimmer zu kommen und sass auf dem Sessel, der sich in einer Ecke des Raums befand. Ihre Arme waren verschränkt, ein Bein hatte sie über das andere gelegt. Tom antwortete nicht.

»Du hast mir nicht erzählt, dass du nun mit dieser Mayweather zusammen bist«, sagte sie. »Sind wir auch nicht«, entgegnete Tom. Er hatte unglaubliche Magenbeschwerden.

»Das soll ich dir glauben?«

»Ist mir egal, ob du's tust.«

»Warum bist du so abweisend zu mir?«

»Verschwinde! «

»Habe ich dir etwas getan?«

»Ich will einfach meine Ruhe haben.«

»Lass mich dir helfen«, bat Emily und kniete sich neben ihn.

»Wie willst du das anstellen?«, fragte Tom, während er seinen Blick auf die Decke richtete. Er lag inzwischen auf dem Rücken.

»Ich helfe dir, deine Probleme loszuwerden«, meinte Emily und lächelte. Tom brach in Lachen aus.

»Wie willst du das tun?«, wollte er wissen.

»Ich habe da schon diverse Ideen«, antworte sie, während ihr Lächeln immer breiter wurde.

Es verging eine ganze Woche, bis Tom wieder etwas von Melissa hörte. Obwohl er sich wegen seines Verhaltens nicht schlecht fühlte, fand er es angebracht, sich bei ihr zu entschuldigen. Sie hatte vermutlich dasselbe gedacht, als sie eines Morgens in seinem Büro auftauchte. Er sprach gerade mit dem Chief über seine Gesundheit. Wie anscheinend andere auch, machte sich der Chief langsam Sorgen über Toms Wohlergehen. Tom verstand das überhaupt nicht. Es ging ihm gut. Als Melissa an seinen Türrahmen klopfte, verabschiedete sich der Chief mit einem Nicken, während Tom in seinen Sessel zurückfiel. Sie kam auf ihn zu und blieb dann vor seinem Schreibtisch stehen.

»Ich bin gekommen, um mit dir zu reden«, eröffnete sie das Gespräch.

»Das sehe ich«, gab Tom zurück.

Bei ihrem Anblick wurde er von einer regelrechten Flutwelle von Emotionen erfasst. Gerade eben war er noch gelassen gewesen, jetzt raste er innerlich.

»Ich habe dir nichts zu sagen«, meinte er trocken. Warum war er so? Er wollte ihr doch vergeben. Es war sein Fehler gewesen. Warum konnte er es nicht?

»Ich habe dir aber etwas zu sagen«, meinte Melissa.

»Na dann, lass hören.«

»Was du neulich zu mir gesagt hast, hat mich sehr verletzt. Und eigentlich will ich wütend auf dich sein, doch ich kann es nicht. Jedes Mal, wenn ich an dich denke, erwärmt sich mein Herz und mein Puls fängt an, schneller zu schlagen. Ich kann dir nicht böse sein, selbst wenn ich es wollte«, sagte Melissa. In ihren Augen sah Tom Zuneigung glänzen. Er schwieg. Sie bemerkte, dass er nicht beabsichtigte, das Wort zu ergreifen, also fuhr sie weiter.

»Nachdem wir neulich aus dem Klub geworfen wurden und ich dich im Regen am Boden liegend zurückgelassen hatte, ging ich nach Hause. Kaum dort angekommen, kehrte ich zurück, um mich nach deinem Wohlergehen zu erkundigen, doch du warst bereits fort. Das ist auch der Grund, warum ich hier bin.«

»Mir geht's gut.«

»Es gibt noch einen weiteren Grund für meine Anwesenheit«, fuhr Melissa fort, schluckte und sagte dann: »Ich liebe dich, Tom.«

Tom war wie vom Blitz getroffen. Ihm fehlten die Worte. All seine Emotionen waren verschwunden. Er fühlte sich leer wie ein unbeschriebenes Blatt. Er öffnete seinen Mund, um etwas zu antworten, doch es kam nichts heraus.

»Ich weiss nicht, ob du mich auch liebst, und ich fühle mich öfters, als könnte ich nicht bis ganz zu dir durchdringen. Ich weiss nicht, warum du versuchst, dich von der Welt abzuschotten. Ich sorge mich um dich, und ich will für dich da sein, und doch schubst du mich jedes Mal wieder den Berg hinunter, kaum bin ich einmal zu dir hochgekrabbelt. Ich liebe dich von ganzem Herzen, und ich wollte dir das sagen, da es mich schon so lange beschäftigt und ich es dich einfach wissen lassen wollte«, sagte sie.

Tom sah, wie Tränen in Melissas Augen glänzten. Er war wie paralysiert. Dass sie ihm ihre Liebe so offen gestehen würde, hatte ihn aus dem Konzept gebracht. Sie hatte ihre Hände vor ihrer Taille verschränkt und sah ihn hoffnungsvoll an. Wäre sie ihm nicht so egal gewesen, hätte es ihm das Herz gebrochen, ihr mitzuteilen, dass er nicht die gleichen Gefühle für sie hegte. Seine Fähigkeit, Liebe für einen anderen Menschen zu empfinden, war mit Emily gestorben. Und doch konnte er ihr nicht sagen, wie er wirklich fühlte. Stattdessen sah er sie mit grossen Augen an.

»Ich kann das jetzt nicht«, brachte Tom endlich hervor. Seine Kehle war wie zugeschnürt. Tränen rannen über Melissas Wangen.

»Ich verstehe«, sagte sie mit leiser, schwacher Stimme, dann machte sie auf der Stelle kehrt und hastete aus dem Büro. Tom liess den Kopf in seine Hände fallen. Er hatte mit ihr Schluss machen wollen, doch warum fühlte er sich nun so miserabel? Tom fühlte sich, als wäre er einen Marathon gelaufen und anschliessend verprügelt worden. War dies nun das Ende ihrer Beziehung? Nein, das konnte nicht sein. Er wollte gerade aufstehen und ihr hinterher laufen, da kam der Chief erneut herein und erteilte ihm einen Auftrag.

Noch am gleichen Abend, nachdem er seine Arbeit erledigt hatte, fuhr Tom zu Melissa. Er klopfte an ihre Tür. Einmal, zweimal, dreimal, dann machte er eine Pause.

Niemand öffnete, also versuchte er es erneut. Wieder öffnete niemand. Tom wollte aufgeben und nach Hause fahren, da öffnete Melissa plötzlich die Tür. Sie hatte gerötete Augen und ihre Wangen schienen immer noch feucht zu sein.

»Kann ich reinkommen?«, fragte Tom schüchtern.

»Warum sollte ich dich hereinlassen? Damit du mir erneut das Herz brechen kannst?«, fragte sie forsch.

»Nein. Ich möchte bloss mit dir reden«, sagte Tom. Sie zögerte.

»Bitte, lass mich eintreten«, flehte Tom.

»Also gut«, meinte sie und trat zur Seite.

»Danke.«

Gemeinsam setzten sie sich auf das Sofa. Einen kurzen Moment lang schwiegen beide, dann begann Tom zu sprechen.

»Es tut mir leid, wie ich mich heute Morgen verhalten habe. Ich möchte mich dafür entschuldigen. Es kam nur alles so überraschend schnell und unerwartet. Was du zu mir gesagt hast, hat mich sehr bewegt, und ich wollte dir sagen, dass –«, die Worte sprudelten rasch aus ihm heraus und überschlugen sich beinahe.

»Was denn?«, fragte Melissa aufhorchend.

»Ich liebe dich«, meinte Tom und lächelte scheu. Melissa begann ebenfalls zu lächeln, dann stand sie unerwartet auf und sagte über die Schulter zu ihm blickend:

»Ich wusste, dass du mir nicht widerstehen kannst.«

Tom war verwirrt.

»Wie meinst du das?«

»Na, ich wusste doch, dass du zu mir kommst, sobald

du von mir hörst, dass ich dich liebe. Das machen alle Männer so«, meinte sie triumphierend.

»Aber ist es denn überhaupt wahr, dass du mich liebst?«, wollte Tom ungehalten wissen.

»Natürlich ist es das«, sagte Melissa und wirkte beinahe beleidigt. Tom liess sich in ihr Sofa zurückfallen. Er konnte es nicht glauben, sie hatte ihn hereingelegt. Sie hatte den Käse in der Mausefalle platziert und er war direkt, ohne darüber nachzudenken, hineingerannt. Böse war er ihr allerdings nicht, schliesslich hatte auch sie sich entschuldigt, obwohl sie nichts falsch gemacht hatte. Als sie ihm einen Highball reichte, fragte er:

»Was hältst du davon, mit John und mir bei *Clair's* essen zu gehen?«

»Jetzt?«

»Nein, diesen Samstag.«

»Das würde mich freuen«, meinte Melissa und lächelte ihn an.

»Wenn wir schon dabei sind, Abmachungen zu treffen, können wir am Dienstag gemeinsam einkaufen gehen?«, fragte Melissa.

»Was brauchst du denn?«, fragte Tom.

»Meine Mutter und ich müssen am Freitag zum Notar wegen des Erbvertrages. Mir fehlt allerdings noch ein passendes Kleid und ich wäre froh, wenn du mir dabei behilflich sein könntest«, meinte sie und nahm einen Schluck von ihrem Drink.

»Einverstanden«, antwortete Tom.

John sass in seinem Büro, als Katie Parker, Thomas Hilberts Sekretärin, an seine Tür klopfte.

»Hallo, John. Hast du kurz Zeit für mich?«, fragte sie freundlich.

»Selbstverständlich. Bitte, setz dich«, erwiderte John und wies auf den gegenüberliegenden Stuhl. Katie nahm Platz und begann sofort zu erzählen:

»Du erinnerst dich bestimmt noch an den Brand in Vulture Bay?«

»Derjenige, bei dem Emily Moore ums Leben gekommen ist?«

»Genau der. Hör zu, ich bräuchte jemanden, der dort ein paar Untersuchungen anstellt.«

»Wieso denn das? Soviel ich weiss, war es ein herkömmlicher Hausbrand. Keine Brandstiftung.«

»Das glaubte ich auch. Bis ich mit der Sanierungsunternehmung sprach. Die haben mir versichert, sie hätten das ganze Gebäude kurz vor dem Brand auf Vordermann gebracht. Es sei unmöglich, dass es aufgrund verrosteter Rohre zum Brand gekommen sei.«

»Was soll ich deiner Meinung nach tun?«

Katie legte ihm den Untersuchungsbericht auf den Tisch.

»Lies das hier. Du wirst schon wissen, was zu tun ist.«

»Wie du möchtest.«

Katie stand auf und ging wieder. John las den Bericht und machte sich anschliessend auf den Weg nach Vulture Bay. Der einstige Gebäudekomplex bestand nur noch aus einem eingebrochenen, verbrannten Haufen von Überresten. Er hatte sich hier mit der Hausbesitzerin, Martha

Brown, verabredet. Es war ein sehr spontanes Treffen. Martha Brown war eine kleine, alte Frau. Sie ging am Stock. Ihre langen, grauen Haare hingen ihr ins Gesicht, wenn sie aufblickte. Die Farbe ihrer Augen war dieselbe wie jene ihres Haars. John fragte sich, ob sie überhaupt noch etwas sehen konnte.

»Martha Brown, sehr erfreut, Sie kennenzulernen, junger Mann«, sagte die alte Dame, als sie John die Hand reichte.

»Die Freude ist ganz meinerseits. Vielen Dank, dass Sie sich so kurzfristig Zeit nehmen konnten.«

»Nicht der Rede wert. Wissen Sie, in meinem Alter hat man nicht mehr allzu viel zu tun. Da sind solch spontane Verabredungen eine willkommene Abwechslung. Wie kann ich Ihnen behilflich sein?«


Wie vereinbart trafen sich Melissa und Tom am Dienstag an der 5th Avenue. Da es inzwischen ausgesprochen warm geworden war, hatte sich Tom entschieden, ein weisses Kurzarmhemd und eine passende schwarze Hose zu tragen. Melissa hatte sich ein reizendes Kleid angezogen. Gemeinsam flanierten sie die Strasse hoch und runter. Hier und dort blickten sie in die Schaufenster. An einem Laden für Hüte blieb Melissa stehen.

»Der sieht ja toll aus«, meinte sie und zeigte auf einen dunkelblauen Glockenhut.

»Möchtest du ihn?«, fragte Tom lächelnd. Melissa nickte. Also betraten sie den Laden und kamen fünf Minuten später mit dem begehrten Kopfschmuck wieder heraus. Selbstverständlich hatte Tom sich dazu bereiterklärt, für diese Ausgabe aufzukommen. Es dauerte noch eine gute Stunde, bevor das Pärchen endlich vor *Berkley's* stand. Eingehakt betraten sie den Laden. *Berkley's* war gefüllt mit Kleidern für jeden Anlass. Soweit das Auge reichte, hingen sie dicht gedrängt an mehreren Stangen, die quer im Raum verteilt waren. Es gab viele Pärchen, die das breite Angebot durchkämmten. Hie und da konnte Tom beobachten, wie eine der Verkäuferinnen ins Lager huschte. Eine etwas dickere Dame trat auf die beiden zu.

»Guten Tag. Willkommen bei *Berkley's*. Wie kann ich Ihnen behilflich sein?«, fragte sie mit strahlendem Lächeln.

»Guten Tag. Ich suche ein Kleid für meinen Besuch beim Notar«, meinte Melissa und erwiderte das Lächeln.

»Da habe ich das Passende für Sie. Wenn Sie mir bitte folgen würden?«, bat die Dame und führte die beiden in den Bereich des Ladens, der direkt neben der breiten Fensterfront lag. In einem schrankähnlichen Regal hingen auf drei Stangen verteilt mehrere dutzende Kleider.

Während Melissa sich ein passendes Kleid aussuchte, liess Tom seinen Blick erneut über die Leute schweifen. Er sah, wie sich mehrheitlich Frauen – sie verhielten sich ähnlich wie Wildkatzen, die ihre nächste Beute attackierten – auf die Kleider stürzten, während die Männer danebenstanden und bei Geschmacksfragen brav mit dem Kopf nickten. Tom fand es immer eine langweilige Sache, Kleider einzukaufen. Er verstand daher die langen Gesichter der anderen Männer gut.

»Wie findest du dieses hier?«, fragte Melissa. Während sie ihn ansah, hielt sie sich das Kleid an ihren Körper.

»Ja, wie findest du's?«, hörte er Emily in sein Ohr flüstern. Sein Fluch war ihm also gefolgt. Tom hob die Hand, um sie wie eine lästige Fliege zu vertreiben.

»Nicht gut?«, fragte Melissa, die seine Geste als abschlägige Reaktion gedeutet hatte.

»Nein, nein. Ich finde das Kleid reizend. Da war eine Fliege auf meiner Schulter«, sagte Tom beschwichtigend.

»Na, wenn das so ist. Ich lege das mal auf die Seite«, meinte Melissa und übergab das Kleid der Verkäuferin.

»Eine Fliege?«, zischte Emily mit gespielter Empörung.

»Lass das!«, flüsterte Tom und ruckte mit den Kopf nach rechts. Melissa schien es nicht bemerkt zu haben. Eifrig wuchtete sie ein Kleid nach dem anderen zur Seite.

»Wen haben wir denn da?«, fragte eine Stimme in höhnischem Tonfall.

»Ich sagte, du sollst das lassen«, fuhr Tom herum, nur um festzustellen, dass es nicht Emily war, die da gesprochen hatte. Statt ihrer stand Mr. Russo vor ihm.

»Wie war das eben?«, fragte Mr. Russo. Seiner Miene nach zu urteilen fand er Toms Verhalten auffällig.

»Mr. Russo. Schön, Sie zu sehen«, sagte Tom mit gespielter Höflichkeit.

»Finde ich nicht«, entgegnete Russo. Melissa hatte sich inzwischen von ihren Kleidern abgewandt, um zu sehen, mit wem sich ihr Freund unterhielt.

»Ah, Mister Russo. Guten Tag«, sagte sie. »Ms Mayweather, welch reizendes Vergnügen«, antwortete Mr. Russo, »Suchen Sie sich bereits ein Kleid für das Begräbnis ihres Mannes aus?«

»Ich verstehe nicht ganz was Sie meinen, Mr. Russo«, sagte Melissa kalt.

Tom konnte nicht sagen, was in Melissa vorging. Sie schien absolut gelassen zu sein.

»Als Sie und Mr. –«

»Hilbert«, sagte Tom.

»Verstehe. Als Sie und Mr. Hilbert neulich ins *McCollins* kamen, machten Sie sich nicht viele Freunde«, meinte Mr. Russo und schloss den Arm um seine Frau, die eben neben ihn getreten war. Sie hatte sich im hinteren Bereich nach Kleidern umgesehen. Tom erkannte sie sofort. Sie war eine der Kellnerinnen, die im *McCollin*s hinter dem Tresen gestanden waren. Eine abstossende Gestalt mit hängenden Schultern und einer überdimensionierten Hakennase.

»Ich brauche keine Freunde«, entgegnete Tom und trat ganz nah an Mr. Russo heran. Tom war ungefähr einen Kopf grösser als sein Gegenüber. Aus den Augenwinkeln beobachte er, wie ein schwarzes Auto vor dem Laden vorfuhr. Sofort hatte er das gleiche Gefühl wie damals auf dem Times Square.

»Doch, das tun Sie. Besonders in dieser Stadt. Hören Sie, ich bin nicht hier, um zu streiten«, begann Mr. Russo, doch er konnte den Satz nicht zu Ende sprechen. Inzwischen waren die Fenster des vorgefahrenen Wagens offen und die Mündungen mehrerer Waffen auf den Laden gerichtet. Im Bruchteil einer Sekunde rief Tom:

»RUNTER!«, bevor er Melissa am Arm packte und sie mit sich zu Boden riss. Schüsse knallten in Toms Ohren, die Schaufenster des *Berkley's* zersprangen in tausend Stücke und fielen klirrend auf den Boden. Schreie waren zu vernehmen, leblose Körper donnerten zu Boden, Kleider wurden zerrissen und die Wucht der Kugeln liess vereinzelte Gestelle umfallen. Tom hatte sich schützend über Melissa gelegt und hielt ihren Kopf. Er presste seine Augen zusammen und betete, dass ihn keine Kugel treffen würde. Als er hörte, wie der Wagen mit quietschenden Reifen davonfuhr, hob er vorsichtig den Kopf, dann kam er auf seine Knie und blickte Melissa an.

»Bist du verletzt?«, fragte er sie besorgt und checkte sie mit seinen Augen von Kopf bis Fuss. Sie hatte sich auf den Rücken gedreht. Zwei Schüsse hatten ihren Oberarm zerschmettert, der heftig blutete. Sie schnappte nach Luft.

»Ich ... kann ... nicht ... atmen«, röchelte sie.

»Bleib ganz ruhig. Alles wird gut«, sagte Tom und fuhr ihr besänftigend durch das Haar. Sie lächelte ihn an.

»Ich bin gleich wieder da. Ich sehe nach den Anderen«, versprach Tom und erhob sich. Mr. Russo lag über einem umgefallenen Gestell und bewegte sich nicht. Die Kleider um ihn herum hatten sich bereits rot verfärbt. Tom kniete sich neben ihn und legte ihm einen Finger an den Hals. Er wollte sich gerade erheben, da packte ihn Mr. Russo am Kittel.

»Das waren Leute der *Black Night*. Davor hatte ich Sie warnen wollen. Mike Hallow, er wird Sie finden und töten«, keuchte Mr. Russo. Das Leben entwich aus dem Körper, der bereits schlaff war, als Tom etwas antworten wollte. Er stand auf. Mr. Russos Frau hatte auch eine volle Ladung kassiert. Sie lag bäuchlings auf dem Boden, ihr Rücken war gelöchert wie ein Emmentaler Käse. Auch die reizende Dame, die sich als Beratung angeboten hatte, musste an diesem Tag ihr Leben lassen. Ihr waren Teile der linken Schädelhälfte weggeschossen worden. Die anderen Verkäuferinnen hatten nicht mehr Glück gehabt. Einzig ein weiteres Pärchen hatte den Angriff überlebt. Tom half den beiden auf die Beine.

»Bleiben Sie hier, ich rufe einen Krankenwagen«, versicherte Tom und eilte aus dem Geschäft. Er begab sich zum nächstgelegenen Telefon und rief den Notfall an. Ihm wurde versichert, ein Krankenwagen sei in wenigen Minuten bei ihnen. Tom rannte zurück zum Laden, um sich um Melissa zu kümmern. Er hatte das Gefühl, der Krankenwagen und die Polizei würden nie kommen. Sein Herz raste wie verrückt.

»Du hast mir das Leben gerettet«, sagte Melissa und fasste ihn an der Hand.

»Ich habe aus Instinkt gehandelt«, meinte Tom.

»Sei nicht so bescheiden. Wärst du nicht gewesen, wäre ich jetzt wohl tot«, sagte Melissa und blickte ihn ernst an.

»Wäre ich nicht, wärst du nicht in diesen Schlamassel reingezogen worden«, entgegnete Tom. »Wovon sprichst du? Das hier gehört zum Leben einer Mayweather«, meinte Melissa. Ihre Lippen verzogen sich zu einem schiefen Lächeln. Tom fand das nicht komisch. Sie musste wohl unter Schock stehen. Er hatte sich inzwischen wieder beruhigt. Im Krieg war ihm das oft passiert. Diese Hinterhalte konnten immer und überall passieren, und ein Soldat musste stets einen ruhigen Kopf bewahren. Viele seiner Kameraden waren diesem psychischen Druck allerdings nicht gewachsen gewesen. Einige drehten durch. Andere nahmen sich das Leben.

Nachdem der Krankenwagen eingetroffen und die Verletzten eingeladen worden waren, sprach Tom mit einem der Polizisten.

»Sorgen Sie dafür, dass der Ladeninhaber von dieser Sache so bald als möglich erfährt. Sofern er nicht unter den Toten ist. Weisen Sie bitte die Männer an, die Leichen wegzutransportieren und mögliche Familienmitglieder zu informieren«, wies Tom den Polizisten an.

»Jawohl, Sir.«

Tom begab sich zu Melissa, die im Krankenwagen sass. Er wollte sie ins Spital begleiten. Eine äusserst freundliche Ärztin versorgte Melissas Wunde in der Notaufnahme. Sie müsse einen Tag bleiben, meinte die Ärztin. Erschöpft fuhr Tom nach Hause. Dort gönnte er sich zuerst ein Glas Scotch.

»Was für ein Tag«, meinte Emily, setzte sich zu ihm und legte die Füsse auf den Glastisch. »Ich hatte mir den Tag auch etwas ruhiger vorgestellt«, fand Tom.

»Nimm die Füsse vom Tisch!«, fuhr er sie an. Emily sah ihn an.

»Ich hatte wirklich Glück, dass mich keine Kugel getroffen hat«, meinte sie und überging seine Aufforderung prompt.

»Das gilt auch für mich. Mr. Russo hatte da weniger Glück«, erwiderte Tom. Irgendwie tat ihm der Mann leid, auch wenn er ihm unsympathisch gewesen war. Das Leben so zu verlieren verdiente niemand.

»Ich mache uns was zu essen.« Emily stand auf.

»In Ordnung.«

Unerwartet klopfte es an der Tür.

»Würdest du dich darum kümmern?«, bat Emily. Tom

nickte, öffnete und stutze. Vor ihm stand Zoey, die Nach-barstochter.

»Hallo«, sagte sie. Ihre Stimme war fein und leise.

»Hallo, meine Kleine.«

»Kann ich reinkommen?«

»Schätze schon.«

Wie immer hatte die Kleine ihren Teddybären vor die Brust geschnallt. Mit einem Schmunzeln ging sie an ihm vorbei. Tom erwiderte ihr Lächeln, schloss die Tür und betrat das Wohnzimmer.

»Möchtest du was trinken?«, fragte er das Mädchen.

»Ja«, lautete ihre Antwort.

»Was hättest du denn gerne?«

»Was haben Sie?«

»Wasser und Orangensaft.«

»Dann nehme ich Orangensaft.« Tom nickte.

»Ich bin übrigens Tom,«

»Emily, könntest du ein Glas Orangensaft bringen?«, rief Tom in die Küche. Keine Antwort. »Bist du ein Magier?«, fragte Zoey.

»Nein, warum?«

»Wie soll sich denn das Glas mit Orangensaft füllen und hierherkommen, wenn du's nicht selbst holst?«

»Meine Frau wird es dir bringen«, meinte Tom und zeigte mit dem Daumen in Richtung Küche. Das Mäd-chen sah ihn fragend an.

»Du hast doch gar keine Frau«, stellte Zoey fest.

»Doch, das habe ich. Emily, würdest du bitte mal raus-kommen? Wir haben Besuch«, rief Tom in die Küche. Zoey schüttelte den Kopf, hüpfte vom Stuhl runter und ging in die Küche. »Siehst du? Da ist niemand«, meinte sie. Dabei beschrieb ihr Arm einen grosszügigen Halbkreis, der die ganze Küche einschloss. Tom stockte. Emily war gerade noch hier gewesen. Verwirrt nahm er ein Glas zur Hand, füllte es mit Saft und überreichte es Zoey. Sie nahm es mit beiden Händen entgegen, trank einen Schluck und ging zurück an den Tisch. Tom setzte sich ihr gegenüber. Sie schwiegen sich an, während Zoey den Orangensaft austrank.

»Warum redest du mit dir selbst?«, fragte Zoey und sah ihn an.

»Wie ich schon sagte, ich spreche mit meiner Frau«, antwortete Tom abweisend.

»Das ist nicht normal«, entgegnete das Mädchen und überging dabei seine Behauptung. »Warum bist du hier, Zoey?«, fragte er die Kleine. Es klang härter als beabsichtigt.

»Ich habe schon öfter gehört, dass du im Flur Selbstgespräche führst. Ich dachte, du wärst wohl etwas einsam, also habe ich beschlossen, vorbeizukommen und dir ein wenig Gesellschaft zu leisten«, erklärte Zoey. »Damit du nicht mehr so alleine bist.«

Tom war gerührt.

»Das ist wirklich nett von dir«, meinte er mit einem milden Lächeln. »Aber ich bin nicht alleine.«

Zoey blickte sich um.

»Warum räumst du nicht auf? Mama würde Azrael und mich tadeln, hätten wir in unserem Zimmer solch eine Unordnung«, meinte Zoey.

Tom blickte schräg an ihr vorbei.

»Ist doch alles in Ordnung«, fand er. Sie wandte sich ihm wieder zu.

»Musst du fortgehen?«, fragte Zoey.

»Nein. Sollte ich?«

»Ja.«

»Warum?«

»Mama hat gesagt: Leute, die spinnen, werden ins Heim geschickt.«

»Ich spinne aber nicht. Ich denke, es ist an der Zeit, dass du gehst.«

»Versprich mir, dass du bei mir bleibst«, sagte Zoey und sah Tom hoffnungsvoll an, als die beiden vor der Wohnungstür standen. Es war der Blick eines Kindes, das um Schokolade bat, sich aber nicht sicher war, welche Antwort es erhalten würde.

»Das werde ich, versprochen, meine Kleine«, sagte Tom schmunzelnd. Sie erwiderte das Lächeln nicht, schloss ihn in die Arme und verliess seine Wohnung.

Der Samstag kam schneller, als Tom gedacht hatte. Ehe er sich's versah, stand er erneut vor Melissas Wohnungstür und wurde eingelassen. Von ihrem Gesicht ging eine strahlende Wärme aus. Ihr Anblick war reizend und hätte alles Eis dieser Welt schmelzen können. Sie trug ein rotes Kleid, dessen Ärmel die Schusswunden verdeckten. Wie es den Anschein hatte, schien sie sich gut davon zu erholen. Den Lippenstift hatte sie passend zum Kleid aufgetragen. Es war Toms Lieblingslippenstift. Beim Küssen hinterliess er jedes Mal diesen angenehmen Geschmack von Erdbeeren. Während sich Melissa noch rasch fertigmachte, sass Tom geduldig auf dem Sofa. Nach einigen Minuten kam sie zurück, danach zogen beide ihre Jacken an und verliessen die Wohnung. Während der Fahrt ins *Clair's* sprachen sie nicht viel. Die Kluft, die durch ihren letzten Streit entstanden war, schien immer noch nicht ganz überwunden zu sein, trotz der gerade erst erlebten Tragödie im *Berkley‹s*. Tom machte sich aber nicht allzu viele Gedanken. Das würde schon wieder in Ordnung kommen.

John sass bereits am Tisch, als Tom und Melissa das Lokal betraten. Die beiden Freunde gaben sich die Hand, dann stellte Tom seine Begleitung vor.

»Wir haben uns bereits kennengelernt«, meinte John und lächelte. »Sie sind Adam Mayweathers Tochter, nicht wahr?«

»Das ist richtig«, antwortete Melissa. Sie schien sich geschmeichelt zu fühlen. Sie hatte nicht erwartet, dass sich John an sie erinnern würde. Melissa hatte Johns gutaussehendes Gesicht natürlich nicht vergessen. Während des Essens schienen sich Melissa und John sehr gut zu verstehen. Dies machte Tom äusserst eifersüchtig. Er fühlte, dass es zwischen den beiden knisterte.

»Wie läuft es so mit Olivia?«, fragte Tom und lächelte seinen Freund an. John schien diese Frage zu nerven, was Tom ihm ansah. Vermutlich hätte John dieses Thema gar nicht erst aufbringen wollen, um die Tatsache zu verstecken, dass er eigentlich vergeben war.

»Ziemlich gut. Vielen Dank der Nachfrage«, antwortete John mit kühler Höflichkeit.

»Sie sind verheiratet?«, fragte Melissa.

»So ist es.«

»Zu schade.«

Tom fühlte sich wie im falschen Film. Was sollte das? Warum flirtete Melissa so mit John? Wollte sie ihn wütend machen? Schliesslich waren Melissa und Tom zusammen. Sich in seiner Anwesenheit so an seinen besten Freund ranzumachen, fand er unverschämt. Empörend. Wollte sie ihn zur Weissglut treiben? Am liebsten hätte er sie an Ort und Stelle zurechtgerügt, doch wollte er keinen Aufruhr machen. Stillschweigend liess er dieses Treffen über sich ergehen, während Eifersucht seinen Körper innerlich auffrass. Um Mitternacht verliessen die drei das *Clair's* und John verabschiedete sich von Melissa. Sie sass bereits im Auto, als sich die beiden Männer die Hände reichten.

»Sie ist eine reizende Frau«, meinte John und lugte zu ihr in den Wagen. Toms Augen bohrten sich in die seines Freundes.

»Was du nicht sagst«, antwortete Tom.

»Nun denn, eine gute Nacht wünsche ich«, sagte John, lächelte, liess Toms Hand los und machte sich auf den Weg zu seinem Auto.

»Das wünsche ich dir auch, du verdammter Teufel«, murmelte Tom, doch da war John bereits davongebraust. Tom stieg in seinen Wagen.

»Was hat dich so lange aufgehalten?«, fragte Melissa und sah ihn an.

»John und ich hatten noch etwas wegen unserer Fälle zu besprechen«, log Tom.

»Dieses Gespräch hätte ich gerne mitgehört«, meinte Melissa und lächelte.

»Warum?«, fragte Tom. Er war verwirrt.

»Vielleicht ging es ja um meinen Vater«, erwiderte sie. Ihr Lächeln war verschwunden.

»Wir wissen immer noch nicht, wer es war. Wäre es um deinen Vater gegangen, hätte ich es dich natürlich wissen lassen«, meinte Tom brüsk. Während die beiden gemeinsam den Broadway hochfuhren, sprachen sie über die Mahlzeit, die sie im *Clair's* konsumiert hatten. In Melissas Wohnung gönnte sich Tom einen Highball. Dorothy Mayweather war mittlerweile aus der Wohnung ausgezogen, da sie nicht über den Verlust ihres Ehemannes hinwegkam und sich in der Psychatrie einschreiben liess. Er trat hinaus auf den Balkon. Es war eine warme Nacht. Ihm fiel auf, dass Melissa die kaputte Scheibe des Geländers immer noch nicht ersetzt hatte. Warum hätte sie auch sollen, schliesslich war sie handwerklich untalentiert. Während Tom in der einen Hand seinen Highball und in der anderen eine Zigarette hielt, sich verträumt ans Geländer lehnte und die Stadt bei Nacht überblickte, fühlte er plötzlich eine leichte Schwingung in der Luft, als ob jemand hinter ihm stünde, was ihm gar nicht gefiel. Wie in Zeitlupe liess er seinen Kopf nach rechts wandern und erblickte Emily. Sie lehnte neben ihm und schien in die Ferne zu blicken.

»Ist es nicht hinreissend?«, fragte sie, ohne ihn anzusehen.

»Was denn?«, fragte Tom.

»Das Panorama, das man von hier aus hat.« Trotz ihrer natürlichen Mattheit schienen Emilys smaragdgrünen Augen zu funkeln. Sie schien wahrlich hingerissen zu sein.

»Ja, es ist wirklich atemberaubend.«

»Dies ist wohl mein zweitliebster Ort.«

»Die Dove Bridge findest du also immer noch schöner?«

»Ja, so ist es«, sagte sie, »es gibt aber noch einen weiteren Ort, den ich sehr mag und vermisse. Leider ist es mir nicht mehr gestattet, dort zu sein.«

»Wo denn?«

»In deinen Armen«, meinte Emily und richtete ihren Blick auf ihn. In ihren Augenwinkel konnte Tom die tosenden Wellen der Trauer beobachten.

»Du kannst immer in meine Arme kommen«, sagte Tom.

»Nein, kann ich nicht. Dieses Scheusal hat meinen Platz eingenommen«, sagte Emily mit klagender Stimme.

»Kannst du sie nicht endlich verlassen?«, bat sie.

»Nein, das kann ich nicht.« Tom blickte zu Boden.

»Wieso nicht?«, wollte Emily wissen. Sie nahm ihn an der Hand.

»Sie ist dir sehr ähnlich«, sagte Tom. Diese Aussage schien ihr gar nicht zu gefallen. Abrupt liess sie seine Hand los und trat von ihm zurück.

»Nein, das ist sie überhaupt nicht!«, rief sie empört.

In diesem Moment trat Melissa auf den Balkon hinaus.

»Mit wem redest du?«, fragte sie mit sanftem Lächeln.

»Da, siehst du's?«, fragte Tom, zeigte mit dem Finger auf Melissas Gesicht und blickte zu Emily.

»Sie hat das gleiche Lächeln wie du«, sagte er mit absoluter Überzeugung.

Melissa sah ihn verwirrt an.

»So lächle ich doch gar nicht«, fand Emily, verschränkte ihre Arme vor der Brust und machte einen Schmollmund.

»Nein, nicht mehr. Das hattest du mal«, fuhr Tom sie an.

»Also ist es jetzt meine Schuld, dass du in letzter Zeit so schlecht drauf bist und alles um dich herum miserabel machst?«, rief Emily.

»Tom, geht es dir gut?«, fragte Melissa und nahm seine Hand. Er war so überrascht, dass er Melissa verwirrt ansah.

»Es geht mir gut«, meinte er und versuchte, ruhig zu wirken.

»Würdest du mir endlich verraten, mit wem du die ganze Zeit sprichst?«, fragte Melissa bittend.

»Ich führe Selbstgespräche«, log Tom.

»Warum? Ich bin doch hier. Wenn du über etwas sprechen möchtest, kannst du doch mit mir reden«, meinte sie fürsorglich.

»Es gibt Dinge, die man nur mit sich selbst besprechen kann«, sagte Tom.

»Das ist nicht wahr«, fand Melissa.

»Ja, rede nur mit ihr. Ignorier mich ruhig«, fuhr Emily dazwischen.

»Was soll ich denn tun? Ich kann nicht mit zwei Personen gleichzeitig sprechen«, rief Tom empört und blickte nun zu Emily.

»Dann werde sie endlich los!«, fuhr Emily ihn an. Melissa löste ihren Blick von Tom und schaute angestrengt dorthin, wo Emily stand. Doch sie konnte niemanden erkennen. War er bereits so betrunken, oder war er wirklich ein Verrückter?

»Vielleicht solltest du mit jemandem über deine Sorgen sprechen?«, meinte Melissa.

»Nein. Ich brauche keine Hilfe. Ein Psychiater würde mich nicht verstehen«, meinte Tom erzürnt.

»Wenn du jetzt lieber etwas alleine sein möchtest, dann gehe ich wieder hinein«, bot Melissa an.

»Ja, das wäre nett. Ich muss nur meinen Kopf etwas frei kriegen, dann komme ich wieder zu dir und werde dir Gesellschaft leisten«, versprach Tom.

»Das klingt gut. Soll ich einen Snack vorbereiten?«, fragte Melissa.

»Gerne«, antwortete Tom dankbar.

Sie lächelte ihn anmutig an, gab ihm einen Kuss auf die Backe und ging wieder hinein. Tom sah ihr hinterher, dann wandte er sich wieder der Aussicht zu. Vielleicht, wenn er Emily einfach ignorierte, würde sie verschwinden. Die Zeit schien nicht zu vergehen und er zwang sich, geradeaus zu sehen. Er stellte fest, dass er Emily aus seinen Augenwinkeln immer noch mit verschränkten Armen da stehen sah.

»Glaubst du wirklich, wenn du ins Leere hinausblickst, würdest du mich loswerden?«, fragte sie spöttisch.

»Möglich wäre es jedenfalls«, gab Tom trocken zurück. Sie schnaubte.

»Willst du mich denn loswerden?«, wollte Emily wissen und kam wieder auf ihn zu.

»Nein, aber ich will, dass du mich nicht mehr dauernd überallhin begleitest. Melissa glaubt langsam, ich sei verrückt«, erklärte Tom und sah sie an. Ihre Tränen hatten zu einer Rötung der Wangen geführt. Sie hatte geweint.

»Ich verstehe. Mir scheint, du müsstest wohl eine Entscheidung treffen«, sagte Emily. Tom schwieg sie an, doch gab er ihr innerlich recht.

»Denk darüber nach, dann teile mir mit, wie du dich entschieden hast. In Ordnung, mein Liebling?«

Tom nickte. Anschliessend ging er hinein, während Emily sich wieder der Stadt zuwandte. Drinnen empfing ihn der Geruch von frischen Brötchen. Melissa hatte kleine, belegte Brötchen vorbereitet. Nachdem er sich auf das Sofa gesetzt hatte, brachte sie ihm das Servierbrett herüber.

»Bitte sehr«, meinte sie, setzte sich neben ihn und lehnte ihren Kopf an seine Schulter. Tom kostete eine der Speisen und war entzückt über den Geschmack, der sich auf seiner Zunge entfaltete.

»Magst du sie?«, fragte Melissa.

»Sehr«, meinte Tom mit vollem Mund. Sie assen gemeinsam. Als sich Tom endlich zu entspannen schien, tauchte Emily wieder auf. Sie stand hinter dem Glastisch.

»Hast du dich entschieden?«, wollte sie argwöhnisch wissen.

»Nein. Du musst mir schon mehr Zeit geben. Das waren jetzt vielleicht fünf Minuten«, antwortete Tom.

»Das sollte doch reichen.«

»Nein, tut es nicht«, widersprach Tom und setzte sich ruckartig auf. Melissa sah ihn verwirrt an.

»Sag mir, wie du dich entschieden hast«, verlangte Emily zu wissen.

»Ich bin noch nicht so weit«, verteidigte sich Tom. »Lass mich in Ruhe.«

»JETZT ENTSCHEIDE DICH ENDLICH.«, schrie Emily.

»DU SOLLST MICH IN RUHE LASSEN!«, schrie Tom zurück und warf in blinder Wut das Servierbrett nach ihr. Er verfehlte sie allerdings, und so klatschten die letzten beiden Brötchen auf den Boden.

»Was tust du denn da?«, rief Melissa entsetzt. Tom ignorierte sie und sah sich nach Emily um. Sie war nirgends zu sehen.

»Ich habe genug von deinem Verhalten«, sagte Melissa wütend und zog sich in ihr Schlafzimmer zurück

»Wo ist sie hin?«, rief Tom und sah sich wie ein wild gewordener Stier um. Emily hatte sich in Luft aufgelöst. Tom liess sich erschöpft in die Lehne des Sofas fallen. Er fühlte sich, als hätte man ihn beinahe ertrinken lassen. Melissa kam nicht mehr aus ihrem Zimmer heraus. Vermutlich war sie zu Bett gegangen. Da er sich jedoch nicht sicher war, blickte er in ihr Schlafzimmer hinein und sah sie dort liegen. Sie hatte sich von ihm abgewandt. Er konnte nicht sehen, ob sie schlief oder nicht, daher ging er um das Bett herum und sah, wie sie ihn anblickte.

»Kann ich mich zu dir legen?«, fragte er schüchtern.

Sie nickte. Ihre Augen blieben an ihm haften, während er sich auszog und sich anschliessend zu ihr legte. Zuerst schien sie etwas zaghaft zu sein, dann kuschelte sie sich an ihn heran. Sie küssten sich. Während er mit seinen Händen über ihren sanften Rücken fuhr, glitten ihre Lippen küssend an seinem Leib herunter. Nachdem die beiden Liebe gemacht hatten, schliefen sie Arm in Arm ein.

# Streit

Die Wochen vergingen nur schleppend, Melissa und Tom hatten immer heftigere Auseinandersetzungen. Inzwischen wurde Tom von Emily überall hin verfolgt. Er war zwischen der Liebe zu ihr und jener zu Melissa hin und her gerissen. Auf der Arbeit machte er seit längerer Zeit keine Fortschritte mehr. In keinem seiner Fälle ging es voran. Im letzten Monat hatte dann seine Sekretärin, Katie Parker, geheiratet und kurz darauf ihre Kündigung eingereicht. Als hätte Tom nicht bereits genug zu tun, musste er sich nun auch noch um die Anstellung einer neuen Sekretärin kümmern. Evan, sein Chief, war ihm dabei keine wirkliche Hilfe. Als Tom ihn deswegen kritisierte, meinte Evan, dass Toms Anstellung auf wackligen Füssen stehe und er nicht wisse, ob es überhaupt nötig sei, eine Sekretärin anzustellen. Gepeinigt und der Motivation beraubt, pendelte Tom wie in Trance zwischen Arbeit, Zuhause und Melissa hin und her. Ihm war alles gleichgültig. Nichts hatte mehr Wert in dieser trostlosen Welt. Er fühlte nichts mehr. Keine Emotion konnte ihn mehr erreichen. Nicht einmal ein spätsommerlicher Sonnenuntergang konnte sein Herz noch mit irgendwelcher Wärme erfüllen. Und doch war er nicht gewillt, sich das Leben zu nehmen. Er hätte dies als Charakterschwäche gesehen. Er würde sich nicht für den einfachen Weg entscheiden. Schliesslich hatte jeder im Leben mal Höhen und Tiefen. Bei seinem Freund John Butcher schien es auch nicht viel besser zu laufen. Auch er hatte Mühe, im

Berufsleben überhaupt irgendwelche Fortschritte zu machen. Wie es schien, hatte er fortlaufend Streit mit Olivia. Es ging sogar so weit, dass John an einem Dienstagabend bei Tom an die Wohnungstür klopfte.

»Hallo John«, sagte Tom, der beim Anblick seines Besuchers sichtlich überrascht war.

»Hallo Tom. Kann ich reinkommen?«, fragte John, der bedrückt wirkte.

»Ich schätze schon«, meinte Tom und öffnete die Tür gerade weit genug, um John hereinzulassen.

»Wie kann ich dir helfen?«, fragte Tom, nachdem er John einen Scotch serviert hatte.

»Ich habe mich mit Olivia gestritten«, erklärte John knapp.

»Nicht schon wieder. Warum bist du dann nicht bei ihr?«, wollte Tom wissen. Eigentlich hätten ihn die Sorgen seines Freundes interessieren sollen, doch irgendwie langweilten sie ihn. Mit Olivia und John war es immer dasselbe. Während er sich eine Zigarette anzündete, erzählte John von seiner hitzigen Diskussion mit seiner Ehefrau. Sie schienen in Geldnot zu stecken.

»Warum geht Olivia dann nicht arbeiten?«, fragte Tom.

»Sie ist schwanger. Sie will das Kind schonen«, meinte John und zündete sich nun auch eine Zigarre an. Diese Aussage überraschte Tom. John hatte nie erwähnt, dass Olivia schwanger sei.

»Warum sollte sie es denn bitte schonen wollen? Schwangerschaft ist doch keine Krankheit. Büroarbeit kann man auch während der Schwangerschaft erledigen«, fand Tom.

»Das habe ich ihr auch gesagt, doch sie wollte nichts davon wissen. Weisst du, sie ist nicht nur stur, sondern auch arbeitsscheu. Sie musste noch nie in ihrem Leben einen Finger krümmen, und nun erwartet sie von mir, mehr Geld zu machen, doch in der momentanen Krise, die ich durchlebe, kann ich nichts tun. Der Chief ist auch nicht gewillt, mich einer anderen Stelle zuzuweisen. Ich habe gehört, in Downtown sei momentan die Hölle los«, erzählte John. »Wie soll ich denn bitte ein Kind ernähren, wenn nicht einmal genug Geld für Olivia und mich übrig ist? Ich stecke fest, alter Freund.« John wirkte bedrückt.

Tom hätte ihm gern geholfen, doch auch er hatte momentan ein kleines finanzielles Problem. Die Preise waren in letzter Zeit stark gestiegen, und die ausbleibende Lohnerhöhung des Chiefs machte Toms Leben nicht gerade zum Zuckerschlecken.

»Ich verstehe immer noch nicht ganz, wie ich nun ins Spiel kommen soll. Warum bist du hier?«, meinte Tom und kratzte sich am Hinterkopf. John wirkte etwas zaghaft. Es schien ihm unangenehm, seine nächste Frage zu stellen.

»Wäre es möglich, dass ich für ein paar Tage bei dir unterkommen könnte?«

»Selbstverständlich. Du kannst gerne meine Couch beziehen, wenn du willst«, meinte Tom achselzuckend. Er sah, wie Emily, die auf dem Sofa sass, ihm empört den Kopf zuwandte.

»Olivia will alleine sein?«, schlussfolgerte Tom. Nachdem John geschluckt hatte, erwiderte er: »Nein. Sie ist vorübergehend zu ihren Eltern gezogen. Ich bin alleine in der Wohnung.«

»Nichts für ungut, aber warum bleibst du dann nicht dort?«

»Ich kann nicht. Ich halte es dort nicht aus. Sobald ich dort bin, plagen mich die Gedanken wegen Olivia«, meinte John verbittert.

»Das kann ich nur allzu gut verstehen«, sagte Tom. Doch eigentlich verstand er nichts.

So kam es also, dass John vorübergehend bei ihm einzog. Emily musste sich kurzerhand auf dem Boden von Toms Schlafzimmer einrichten. Sie hatte sich noch am gleichen Abend, als John nach Hause fuhr, um ein paar Kleinigkeiten zu holen, deswegen lauthals bei Tom beschwert.

»Warum lässt du ihn hier schlafen?«, rief sie empört.

»Er steckt in einer ehebedingten Krise. Warum also nicht?«

»Weil dich das nicht zu stören hat.«

»Du warst es, die mir geraten hat, ich solle mich mehr um meine Freunde kümmern. Kannst du dich noch daran erinnern?«, fragte Tom. Emily schwieg, sie konnte sich erinnern. Tom ging in die Küche, nahm sich ein Stück Brot und meinte dann mit vollem Mund:

»Ausserdem, wenn er sich hier einquartiert, können wir die Wohnkosten aufteilen. Das käme auch uns gelegen, schliesslich schwimmen wir nicht mehr im Geld.«

»Du hast recht«, gab Emily klein bei, »fürs Erste«.

Tom verstand ihr Verhalten überhaupt nicht. Sie hatte John doch immer als einen ihrer Kollegen betrachtet, oder etwa nicht? Es vergingen einige Wochen, in denen John, Tom und Melissa viel gemeinsam unternahmen. John hatte sich über die Einsamkeit bei ihm beschwert, also hatte Tom eingewilligt, ihn zu seinen Treffen mit Melissa mitzunehmen, wenn auch mit Unbehagen. John und Melissa schienen sich ausserordentlich gut zu verstehen. Besser noch als damals bei *Clair's*. An einem wolkenverhängten Sonntag Mitte August beschloss John schliesslich, wieder in seine eigene Wohnung zu ziehen. Tom störte dies überhaupt nicht. Im Gegenteil, er war froh darüber. So musste er Emiliys Beschwerden endlich nicht mehr ertragen. Noch am gleichen Abend fuhr Tom zu Melissa. Sie hatten sich verabredet, um gemeinsam essen zu gehen. Die Speisen im Café waren durchaus passabel gewesen. Nach einem kleinen Spaziergang in einem nahegelegenen Park schlenderte das Pärchen zu Toms Wohnung. Dort tranken die beiden noch ein Glas.

»Ist John nicht da?«, fragte Melissa und sah aufgeregt um sich, wie ein kleines Mädchen, das ungeduldig auf den Eis-Wagen wartete. Toms Laune sank sofort in den Keller.

»Nein. Warum?«, fragte er mürrisch.

»Nur so«, meinte sie und richtete ihren Blick auf den Tisch. Es gab sehr wohl einen Grund, doch sie schien nicht darüber reden zu wollen. »Glaubst du, dass es mir nicht aufgefallen ist? Mein Gott, mach es doch noch offensichtlicher«, fuhr Tom sie an. Er war wütend.

»Was meinst du?«, fragte Melissa verwirrt.

»Du hast an John Gefallen gefunden, nicht wahr? Du gibst dir nicht einmal Mühe, es zu verstecken, wenn ich da bin. Glaubst du, ich würde es nicht merken, oder bin ich dir schon so egal?«

»Tom, was redest du denn da? Ich finde John nur eine unterhaltsame Persönlichkeit«, verteidigte sich Melissa, »im Gegensatz zu dir«.

»Oh ja, ich bin mir sicher, dass es nur das ist«, meinte Tom zynisch. Wütend verschränkte er die Arme vor der Brust.

»Was willst du denn von mir hören?«, fragte Melissa und wurde nun auch wütend, denn sein plötzliches Aufbrausen verletzte sie. Es war immer das Gleiche mit ihm. Kaum hatte man einen angenehmen Moment zusammen erlebt, wurde Tom wieder wütend.

»Die Wahrheit«, meinte er knapp und nahm einen grossen Schluck von seinem Highball.

»Die Wahrheit? Die Wahrheit ist, dass ich selbst nicht mehr weiss, was ich will. Ich liebe dich und das weisst du, dennoch bin ich nie glücklich, wenn ich mit dir zusammen bin. Ich bin es leid, mich dauernd mit dir zu streiten. Ich will einfach mal wieder einen schönen Moment mit dir geniessen«, rief Melissa erzürnt.

»Da dachtest du, es wäre bestimmt förderlich für einen schönen Moment, wenn du Johns Namen einbringen würdest«, sagte Tom verärgert.

»Nein, aber im Vergleich zu dir bringt er gute Laune mit «, verteidigte sich Melissa weiter. »Dann bin ich dir also lästig?«, fragte Tom empört und erhob sich.

»Nein. Aber deine andauernde Schwarzmalerei und dein Pessimismus treiben mich in den Wahnsinn. Ich glaubte, vergessen zu haben, wie man lacht, bis John auftauchte. Wenn wir zu dritt waren, war immer alles besser. Die ganze Welt schien wieder in Ordnung zu sein«, sagte Melissa, die sich inzwischen erhoben hatte.

»Also bin ich an der Misere schuld? Glaubst du im Ernst, mit dir könne man glücklich werden? Du legst andauernd ein scheinheiliges Mitgefühl an den Tag und tust so, als ob es dich interessieren würde, wie es mir geht. Du tust, als ob etwas Nichtexistentes mein Leben in Unordnung stürzen würde, doch in Wahrheit bist DU der Grund, warum es mir schlecht geht«, rief Tom.

Melissa traf diese Aussage wie eine Faust ins Gesicht. Sie begann zu weinen.

»Oh, sieh mal, wer wieder weint, kaum fange ich mal an, Fakten auf den Tisch zu legen. Du willst mit offenen Karten spielen, schön, dann lass uns das tun«, fuhr Tom fort.

Melissa sah ihn mit geröteten Augen an, dann schlug sie ihm ins Gesicht. In diesem Moment verlor Tom die Beherrschung. Ruckartig erhob er sich, zog auf und schlug ihr mit der geballten Faust ins Gesicht. Von der Wucht nach hinten gerissen, stürzte Melissa zu Boden. Dort blieb sie einen kurzen Moment liegen. Sie fürchtete einen möglichen Tritt, während sie versuchte, wieder einen klaren Kopf zu kriegen. Sie blickte zu ihm hoch und sah Mephistopheles persönlich vor sich stehen. Seine Augen glühten vor Groll und Wut, seine Miene war von Zorn verzerrt. Melissa kroch rückwärts von ihm fort. Sie zitterte, ihre Arme waren schwer wie Blei, ihre Lungen schienen ihren Dienst zu versagen. Ihr Herz schlug ihr beinahe aus der Brust. Jeder Herzschlag hämmerte ihr schmerzhaft durch den Körper. Ihre Kehle wurde von einer ungeheuerlichen

Furcht vor ihrem Liebsten zugeschnürt. Tom blieb, wo er war, versteinert, dann sagte er: »Verschwinde aus meiner Wohnung!«

# *Unfall*

Seit ihrer letzten Auseinandersetzung, bei der Tom die Kontrolle verloren hatte, herrschte Funkstille zwischen Tom und Melissa. Wie die Herbstblätter an den Bäumen schien auch ihre Beziehung zu sterben. Tom war innerlich zerrissen, doch liess er sich nichts anmerken. Wie gewohnt ging er zur Arbeit, und wenn er nach Melissa gefragt wurde, sagte er einfach, es sei alles in Ordnung. An einem regnerischen Freitagabend im Dezember sass Tom zu Hause an seinem Esstisch und trank ein Glas Rum. Er hatte die Flasche am vorherigen Wochenende gekauft. Ein hervorragender Jahrgang. Der Rum hatte ein süssliches Aroma und lag leicht auf der Zunge. Toms Idylle wurde jedoch jäh durch ein heftiges Klopfen an der Tür unterbrochen. Genervt erhob er sich. Das Klopfen wurde allmählich zu einem Hämmern.

»Was ist denn los?«, rief er wütend, als er die Tür aufriss. Er konnte seine Überraschung nicht verhehlen, als Olivia vor ihm stand, vom Regen komplett durchnässt. Sie sah ihn an, dann sagte sie: »Störe ich dich gerade«?

Tom schüttelte den Kopf. Nach einer kurzen, aber unangenehmen Pause fragte sie:

»Kann ich reinkommen?«

Tom blickte über seine Schulter und sah zu Emily, die gemütlich auf dem Sofa lag. Sie nickte. Tom blickte wieder zu Olivia, die wegen seines Verhaltens einigermassen verwirrt war, sich jedoch nichts anmerken liess.

»Selbstverständlich.«

Er liess sie eintreten, nahm ihr, wie es sich gehörte, die Jacke ab und begleitete sie zum Esstisch.

»Möchtest du ebenfalls ein Glas Rum? Habe ich gerade erst gekauft. Wirklich vorzüglich, dieser Barbados«, meinte Tom und lächelte sie an.

Aus dem Augenwinkel sah er, wie Emily sich erhob und sich ebenfalls an den Tisch setzte. »Ja, ich nehme gerne ein Glas. Das tut mir bestimmt gut«, meinte Olivia mit niedergeschlagener Stimme. Nachdem er ihr eingeschenkt hatte, nahm er neben ihr Platz. Es war das erste Mal, dass sie bei ihm war.

»Was ist denn los?«, fragte Tom und versuchte, Interesse vorzuspielen. Emily musterte Olivia mit unverholener Neugier. Sie schien über Olivias Anwesenheit erfreut zu sein. Tom fiel auf einmal ein, dass die beiden beste Freundinnen waren. Er liess seinen Blick vom Kopf seines Gegenübers nach unten schweifen und sah, dass Olivias Schwangerschaft nicht mehr zu übersehen war.

»Ich habe etwas gesehen«, meinte Olivia zögerlich.

»Nun, das ist der Lauf der Dinge, wenn man nicht blind ist«, meinte Tom sarkastisch.

»Nein, du verstehst nicht«, antwortete Olivia aufgebracht. Sie schien beinahe hysterisch zu sein.

»Entschuldige«, sagte Tom, »was hast du gesehen?«

Olivia schien zu zögern. Es wirkte, als würde sie nicht die richtigen Worte finden. Er konnte ihren inneren Kampf sehen, doch wusste er nicht, was er sagen sollte. Ihm schwante nichts Gutes.

»Ich wohne seit einer Weile wieder mit John zusammen. Da der gute Herr neuerdings nicht mehr auswärts isst, habe ich heute eingekauft. Nachdem ich damit fertig war, fuhr ich nach Hause. Als ich die Tür zur Wohnung öffnete, hörte ich merkwürdige Geräusche«, begann Olivia zu erzählen. Sie versuchte mit aller Kraft, einen Schluchzer zu unterdrücken. Ihre Brust fing heftig an zu beben. Tom wurde nervös.

»Was ist vorgefallen?«

»Ich legte die eingekauften Waren auf den Tisch und rief nach John, so wie ich es immer tue. Auf einmal hörten die Geräusche auf, doch John erwiderte kein Wort. Ich fragte, wo er sei, doch er antwortete nicht, und so fing ich an, nach ihm zu suchen«, fuhr Olivia fort.

»Ist ihm wieder etwas zu zugestossen?«

»Ja. Aber nicht das, was du denkst«, meinte Olivia.

»Ich öffnete die Tür zum Badezimmer, doch dort war er nicht, also ging ich ins Schlafzimmer und ... und –«

Sie zitterte, während Tom an ihren Lippen hing.

»Nun sprich endlich«, meinte er, um sie unter Druck zu setzen.

»Ich erwischte John im Bett mit einer anderen Frau«, stiess sie endlich unter Tränen hervor. Toms Miene blieb regungslos. *Das war doch gar nicht so schlimm*, schien ihm. Er hatte schon gedacht, John sei gestorben. Olivia sah ihm an, dass ihn die Nachricht nicht so zu stören schien, wie sie erwartet hatte, also fügte sie an: »Du verstehst nicht. Die Frau war Melissa«!

Wären Toms Gefühle eine Glaskugel gewesen, dann wäre diese in diesem Moment in tausend Stücke zersprungen. Am Esstisch wurde es auf einmal still. Tom wurde von blindem Zorn erfasst. Er war so wütend, er bemerkte nicht einmal, dass er das Glas in seiner Hand zerbrochen hatte. Blut floss auf den Tisch und vermischte sich mit dem Alkohol.

»Bist du dir sicher?«, fragte er.

Olivia nickte.

»Diese Hure!«, rief Emily und schlug mit den Fäusten auf den Tisch.

»Wie kann sie es wagen?«, fragte Tom und schäumte beinahe vor Wut. Er wischte die Scherben seines Glases zu Boden und erhob sich. Wie Agamemnon nach Helenas Flucht mit dem schönen Paris in Rage geraten war, fing auch er an, in seiner Wohnung herumzutigern. Olivia sah ihm vom Esstisch aus zu. Weitere Tränen liefen ihr über die Wangen. Abrupt blieb er vor ihr stehen und fragte erneut, ob sie sich wirklich absolut sicher sei. Als sie bejahte, begann er wieder, im Zimmer auf und ab zu marschieren.

»Was werden wir tun?«, fragte Olivia unsicher.

»Wir? Oh, WIR tun gar nichts. ICH werde das in die Hände nehmen, mach dir da keine Sorgen«, sagte Tom wütend und zeigte erbost mit dem Finger auf Olivia.

»Lass mich deine Wunde versorgen«, meinte sie und erhob sich.

»Setz dich wieder hin«, zischte Tom. Er sah so wütend aus, er schien ihr beinahe verrückt geworden zu sein. An seinem Hals sah Olivia mehrere Adern pulsieren. Sie fürchtete sich in diesem Moment noch mehr vor ihm als vor John, also folgte sie seiner Aufforderung. Auch Emily hatte sich erhoben, doch sie sagte nichts. Sie tat nur eins: Mit ihrem Zeigefinger zeigte sie auf die Wohnungstür. Tom wusste, was dies bedeutete. Nach ein paar weiteren

Minuten des Hin- und Hergehens in der Wohnung setzte sich Tom wieder hin. Olivia erhob sich erneut und fing an, nach Verbandsmaterial zu suchen. In Gedanken versunken, wollte er ihr dabei nicht helfen. Sämtliche Erinnerungen an das Glück, das er mit Melissa geteilt hatte, schienen fort zu sein. Sie hatten sich in Luft aufgelöst. Die Erinnerung an ihr Lächeln sickerte wie eine ätzende Flüssigkeit durch sein Herz und vergiftete seinen Körper. Sein Schädel hämmerte. Er sah nur noch alles Schlechte. Sie hatte ihm sogar noch versprochen, keine Gefühle für John zu hegen. Sie seien nur Freunde, das hatte sie gesagt. Wie konnte sie nur? Was hatte er ihr jemals getan, dass er so etwas verdiente? Tom blickte zu Emily, die immer noch stumm auf die Tür zeigte. Er dachte über ihren Plan nach, und er war sich nun endlich sicher, wie er mit Melissa Schluss machen würde. Er würde es ihr einfach sagen. Schliesslich hatte sie mit ihrem Betrug die Beziehung schon beendet. Er musste es nur noch offiziell machen. Tom sah, wie Olivia die Wohnung immer noch nach Verbandsmaterial absuchte und sagte ihr, sie solle in der Küche nachschauen. Olivia fand, was sie suchte, und kam zu ihm. Sie kniete sich vor ihm hin und desinfizierte seine Wunde. Danach legte sie ein Pflaster auf die Schnittwunde in seiner Handfläche und legte einen Verband an. Sie zog die Binde so stark an, dass Tom nach einer Weile seine Finger nicht mehr spürte, doch das war ihm gleichgültig.

»Hör zu, Olivia. Wenn du möchtest, kannst du ein paar Tage hierbleiben, um von John wegzukommen«, meinte Tom.

»Ich danke dir für dein Angebot. Gerne bleibe ich eine Weile hier«, erwiderte sie mit gezwungenem Lächeln. Toms Miene blieb versteinert. Er hatte vergessen, wie man lächelt. Das Lächeln war mit den Gefühlen für Melissa gestorben. Die Begriffe Freude und Zuneigung waren in seinem Wortschatz ab sofort nicht mehr vorhanden. Er hatte diese Gefühle nicht nur verbannt, sie waren tot. Er stand ruckartig auf. Ohne etwas zu sagen, ging er auf die Tür zu.

»Wo gehst du hin?«, rief ihm Olivia hinterher, doch sie würde die Antwort nie erfahren. Emily folgte ihm. Tom wusste, wo er hin musste.

Melissa fühlte sich unwohl. Sie fühlte sich beschämt. Nicht nur hatte sie ihren Freund Tom betrogen, sie war dabei auch noch von Olivia, der Frau ihres Liebhabers, erwischt worden. *Das werde ich mein Leben lang bereuen*, dachte sie, als sie im Taxi sass, um nach Hause zu fahren. Doch was hätte sie tun sollen? John war immer so charmant gewesen und hatte ihr jedes Mal ein Gefühl von Geborgenheit gegeben. In seiner Nähe war sie immer glücklich gewesen. Etwas, nach dem sie sich schon so lange gesehnt hatte. Etwas, das sie bei Tom nie hatte. Im Gegenteil: Als sie ihn das letzte Mal gesehen hatte, hatte er sie geschlagen. Sie fürchtete sich vor ihm, vor seinen Launen und vor dem, was er ihr zu verschweigen hatte. Sie war betrübt, dass es ihm immer noch nicht gelungen war, herauszufinden, wer für den Tod ihres Vaters verantwortlich war. Tom war ein Versager, der sich in seiner eigenen Welt verloren hatte. Dennoch, sie liebte ihn.

»Aphrodite hat mein Leben verflucht. Sie sorgt dafür, dass ich nie die Liebe erfahren werde, die mir gebührt«, flüsterte sie. Der Taxifahrer schien ihr Selbstgespräch nicht zu bemerken. Das Taxi hielt vor dem Gebäude, in dem ihre Wohnung lag. Sie zahlte den Fahrer, stieg aus und hastete zur Tür des Appartementkomplexes. Schliesslich regnete es in Strömen und sie wollte nicht klatschnass werden. Als sie die Hand an ihre Tür legte, fühlte sie sich auf einmal beobachtet. Verwirrt sah sie um sich. Es war niemand zu sehen. Sie zuckte die Schultern, öffnete die Tür und verschwand dahinter. In ihrem Appartement warf sie die Tasche zu Boden und eilte ins Bad. Dort nahm sie ein Tuch zur Hand und trocknete sich die Haare. Nachdem sie sich auf ihr Sofa gesetzt hatte, fühlte sie sich merkwürdig einsam. Melissa fühlte sich, als hätte sie etwas verloren. Etwas, das sie nicht beschreiben konnte. An der Bar nahm sie ein Weinglas und schenkte sich Rotwein ein. Doch auch der leichte Alkoholrausch schien das Gefühl des Verlustes nicht verdrängen zu können. Als sie auf ihr Weinglas blickte, fielen ihr die Spuren ihres Lippenstiftes auf. Es war der Rote, den Tom am liebsten mochte. Sie fragte sich, ob er wirklich eine Lippenstiftpräferenz hatte oder ob er sie diesbezüglich angelogen hatte. Leise kullerte ihr eine Träne über die Wange. Sie war einmal ein glücklicher Mensch gewesen. Sie hatte als Kind daran geglaubt, einmal einen gut aussehenden, reichen Mann zu heiraten, in einem grossen Anwesen zu wohnen und dann dort Kinder aufzuziehen. Natürlich sah Tom gut aus und er hatte auch die finanziellen Mittel, um ihre materiellen Bedürfnisse zu befriedigen, doch seine Gunst hatte sie mit der Affäre mit John verspielt. In Johns Gunst war sie erst gar nie gestanden. Er hatte seine Zuneigung nur gespielt und sie war so blöd gewesen, ihm zu glauben.

»Tom hat dich nicht verdient. Schau nur, wie er dich behandelt. Das würde ich nie tun.«

Das waren Johns Worte gewesen. Wie naiv sie doch war, auch er würde sie nicht gebührend behandeln, schliesslich war er verheiratet. Und bestimmt würde sie keinen Typ zum Mann nehmen, der seiner Frau nicht treu war. In der Liebe schien sie wahrlich eine Versagerin zu sein. *Ich werde mit Tom sprechen müssen. Ich hoffe, er weiss noch nichts, damit ich ihm alles erklären kann. Ich werde ihm einfach sagen, dass John mich dazu gezwungen hat. Natürlich wird er wieder wütend werden, doch ich bin mir sicher, er wird vielmehr mir glauben als John*, dachte Melissa und nahm einen Schluck von ihrem Wein. Sie war sich nicht sicher, wann sie Tom treffen würde. Sie wusste nicht einmal, wie es ihm ging. Sie hatten sich seit einiger Zeit nicht mehr gesehen. Sie würde ihn in ein paar Tagen besuchen. Sie war sicher, dass ihn das freuen würde. *Es wird ihn freuen. Ganz bestimmt. Schliesslich liebt er mich und er wird mir auch meinen Fehltritt verzeihen, da bin ich mir sicher. Immerhin habe ich ihm seine unzähligen Fehltritte auch vergeben.* Ihre Gedanken wurden von einem unerwarteten Klopfen an der Wohnungstür unterbrochen. Melissa stellte ihr Glas auf die Theke und begab sich zur Tür. Dort öffnete sie und lächelte.

»Ach, du bist es.«

Tom eilte die Strasse hinunter. Innerlicht kochte er vor Wut. Noch nie war er von einer solchen Emotion derart erfüllt gewesen. In Gedanken versunken, bemerkte er nicht einmal, dass er inzwischen vom Regen komplett durchnässt war. Als ihn ein vorbeifahrender Wagen von der Seite her anspritzte, schrak er auf und fing an, mit seiner Faust zu fuchteln.

»Mistkerl«, rief er dem Wagen hinterher. Tom schaute sich um und bemerkte, dass Emily nicht bei ihm war. Sie hatten gemeinsam die Wohnung verlassen. Vielleicht war sie zurückgegangen. Tom verübelte es ihr nicht. Sie hatte den Regen nie sonderlich gemocht. Sie war immer viel stärker angetan gewesen von Schnee, was ihn nun, da er darüber nachdachte, verwirrte. Schliesslich waren Schneeflocken nichts anderes als gefrorene Regentropfen. Tom ging weiter. Er bog ab und betrat eine kleinere Gasse. Es war eine Abkürzung, um an seine Destination zu gelangen. Nach einigen Minuten gelangte er wieder auf eine grössere Strasse. Dort wandte er sich nach links und ging hastig weiter. Es regnete und windete inzwischen so heftig, dass Tom meinte, er würde durch einen Sturm laufen. Plötzlich hielt er inne. Etwas war merkwürdig. Er schaute nach rechts und links. Nichts. Tom drehte den Kopf über seine Schulter – und da sah er sie. Emily stand in einem weissen Kleid einige Meter von ihm entfernt. Ihr Kleid leuchtete in der Dunkelheit. Die Regentropfen schienen ihre nackte Haut gar nicht zu berühren. Nein, sie prallten ab. Es wirkte, als würde sie unter einer durchsichtigen Kuppel stehen. Emily sah magisch aus.

»Was machst du denn da?«, rief Tom ihr zu. Keine Antwort. Er wiederholte seine Frage, doch sie schien ihn zu ignorieren. Was war hier los? Träumte er? Tom rieb sich die Augen, doch sie stand immer noch da.

»Emily?«, rief er ihr fragend entgegen. Langsam kam sie auf ihn zu. Sie kam näher und näher, ohne Halt zu machen. Tom streckte einen Arm nach ihr aus. Als er ihr in die Augen sehen konnte, bemerkte er, dass sie nicht ihn ansah. Stattdessen waren ihre Augen geradeaus gerichtet und schienen durch ihn hindurchzublicken. Auf einmal blieb sie stehen. Ohne auch nur ein einziges Wort zu verlieren, drehte sie nach rechts und lief auf die Strasse hinaus. In der Mitte hielt sie erneut an und blickte zu ihm. Er sah ihr verwirrt nach. Auf ihn wirkte sie wie ein Geist. Obwohl Tom durch den Regen nicht sehr weit sehen konnte, war er sich sicher, dass sie ihn nun direkt anblickte. Er war in seiner Annahme bestätigt, als sie ihm zuwinkte. Auf einmal überkam ihn das Bedürfnis, sie anzufassen. Sie glitzerte so hinreissend. Langsam ging er auf sie zu. Sie winkte ihm weiterhin zu. Er beschleunigte seinen Schritt. Toms Blick war auf sie gerichtet, als ob er durch einen Tunnel auf sie zueilen würde. Er nahm seine Umgebung nicht mehr war. Alles war auf Emily und ihre Präsenz ausgerichtet. Die Welt um ihn herum war verstummt. Nicht einmal den Regen spürte er. Tom nahm auch nicht das kontinuierliche Plätschern des Regens wahr und das Gurgeln der kleinen Bäche, die in die Kanalisation flossen. Alles war still. Als er die Mitte der Strasse beinahe erreicht hatte, zeigte Emily nach links. Er sah hin. Das Letzte, was Tom gerade noch ausmachen konnte, war der Umriss eines Busses und das Geräusch einer Hupe, bevor ihn helles Licht erfasste.

# Teil III

# Der Geruch des Todes

Tom verbrachte zwei Tage, den Silvesterabend wie auch den Neujahrstag, im Krankenhaus. Die Kollision mit dem Bus hatte sein linkes Bein verkrüppelt. Fortan konnte Tom sich nur noch hinkend fortbewegen. Abgesehen von seinem Bein war er allerdings körperlich heil davon gekommen. Ausserdem hatte er einen merkwürdigen Tick entwickelt: Mit seinem Mittelfinger trommelte er ständig auf eine Unterlage. Seine Ärztin, Mrs. Clintwood, hatte dieses Verhalten auf seinen Alkoholentzug zurückgeführt. Aufgrund der Medizin, die er einnehmen musste, war es für Tom unmöglich geworden, Alkohol zu trinken.

»Sie riskieren sonst ihr Leben ein weiteres Mal«, hatte Mrs. Clintwood gemeint. Bei seiner Entlassung schenkte man ihm einen aus Palisanderholz geschnitzten Gehstock. Obwohl man ihm versicherte, dass es ein gut aussehendes Accessoire sei, fühlte sich Tom wie ein alter Mann. Zu schwach, um ohne Hilfsmittel unbeschwert gehen zu können. Aufgrund seiner neuen Behinderung konnte Tom nicht mehr Auto fahren und musste sich von nun an wieder per Taxi an seinen Wunschort chauffieren lassen. Da er seines Wagens überflüssig geworden war, beschloss er, diesen irgendwann zu verkaufen. Als jedoch Toms Vater von der Verkaufsabsicht seines Sohnes erfuhr, bot er ihm an, den Wagen für einen kleineren Betrag zu übernehmen. Tom fand das keine schlechte Idee. Dennoch fühlte er sich nicht wohl dabei, Geld von seinem Vater entgegenzunehmen, daher schenkte er ihm den Wagen.

Zu Hause angekommen, empfing ihn Olivia. Sie wohnte nun bereits seit einem Monat bei ihm, und langsam glaubte er, sie würde nicht mehr fortgehen. Aus reiner Gastfreundschaft – und auch ein bisschen, weil Emily sich darüber freute – hatte er ihr angeboten, bei ihm zu wohnen. Wäre es nicht für Emily gewesen, hätte er sie vermutlich längst wieder zu John zurückgeschickt. Die Beziehung zwischen Olivia und John schien ziemlich prekär zu sein. Sie hatte ihn seit ihrem Streit nicht ein einziges Mal erwähnt. Grundsätzlich schien sie während seines unfallbedingten Fortbleibens ein ganz anderer Mensch geworden zu sein. Sie war glücklich, lachte viel und erzählte allerhand Dinge. Sie war ein richtiges Plappermaul, obschon sie gut zuhören konnte und Tom mit Tipps bei seinen Detektivfällen unterstützte. Allerdings gab es weder im Fall Mayweather noch im Fall Dallaway oder bezüglich der Schiesserei auf dem Times Square Fortschritte. Zwar hatte Tom Olivia als glücklichen Menschen bei ihrer Hochzeit mit John kennengelernt, doch gelangte er wenig später zum Schluss, dass sie wohl etwas nahe am Wasser gebaut war. Sie schien immer zu weinen, wenn er sie sah. Dass dies möglicherweise auf John zurückzuführen war, war ihm gar nie in den Sinn gekommen. Tom fand auch eigenartig, dass sich John nicht ein einziges Mal bei ihm erkundigte, wo Olivia war oder wie es ihr ging. Ihre Abwesenheit musste ihm doch aufgefallen sei. War sie ihm wirklich so egal? Tom wollte dieses Thema auch nicht mit Olivia besprechen. Ihre zufriedene Haltung ihm gegenüber wollte er keinesfalls beeinträchtigen. Nach seiner Rückkehr aus dem Krankenhaus hatte Olivia ihm Pasta mit selbstgemachter Pesto-Sosse gekocht. Sie konnte dieses Menu vorzüglich zubereiten. Es schmeckte noch besser als im *Clair's*. Beide schwiegen, während sie ihre Pasta assen. Tom hatte gutes Essen vermisst. Die Kost im Spital war grauenhaft gewesen.

»Das ist ja grässlich!«, hatte sein Zimmergenosse Alfred, ein beinahe zahnloser Greis, am ersten Abend nach seiner Ankunft gemeint, nachdem man ihm sein Abendessen hingestellt hatte.

»Gewöhn dich dran. Es wird nicht besser«, hatte Tom mürrisch kommentiert.

»Ich werde morgen John aufsuchen, um mit ihm zu sprechen«, meinte Olivia beiläufig. Tom war überrascht, dass sie dieses Thema plötzlich ansprach.

»Verstehe. Ich finde das eine gute Idee.«

»Findest du? Ich habe mir lange überlegt, ob ich es wirklich tun soll.«

»Was willst du denn sonst tun?«

»Einfach weggehen.«

»Wohin würdest du gehen wollen?«

»Zu meinem Vater. Ich habe ihn schon lange nicht mehr gesehen und vermisse ihn seit Längerem. Ausserdem könnte ich mein Kind dort aufziehen.«

»Du könntest auch hierbleiben«, bot Tom an. Er bereute sofort, diese Aussage gemacht zu haben, denn der Blick, den Emily ihm zuwarf, verhiess nichts Gutes.

»Nein, ich will dir nicht länger zur Last fallen«, sagte Olivia und lächelte. *Zur Last fallen? Von wegen. Seit du hier bist, herrscht endlich ein bisschen Ordnung in dieser Wohnung. Seit du hier bist, muss ich mich nicht mehr von Suppe und diversen Dosenprodukten ernähren,* dachte Tom. Die beiden diskutierten noch ein wenig weiter und Tom brachte Olivia so weit, dass sie es sich überlegen würde, bei ihm zu bleiben, sollte das Treffen am folgenden Tag mit John nicht gut enden.

Während Olivia sich am nächsten Tag auf ihr Treffen mit John vorbereitete, ging Tom zur Arbeit. Kaum eingetroffen, kam ihm Evan mit einem neuen Auftrag entgegen.

»Die Leiche einer jungen Frau wurde gefunden«, sagte er mit erhobener Stimme.

»Auch dir einen guten Morgen, Chief«, murrte Tom, während er sich eine Tasse Kaffee einschenkte. Seit man ihm sämtlichen Alkohol auf der Arbeit verboten hatte, hatte er zu Kaffee gewechselt.

»Die Tote heisst Melissa Mayweather«, sagte Evan und sah Tom eindringlich an. »Du kanntest sie doch, oder?«

Tom schluckte leer. Nach einer Weile sagte er: »Ja, ziemlich gut sogar. Wie konnte das passieren? Wann hat man sie gefunden?«, fragte Tom, nachdem er sich gesetzt hatte. Die Nachricht traf ihn wie eine Faust ins Gesicht.

»Heute Morgen fand man sie in ihrer Wohnung. Wie und wann sie getötet wurde, wissen wir zum jetzigen Zeitpunkt noch nicht. Deshalb will ich John und dich dorthin schicken, damit ihr das abklären könnt«, meinte Evan.

»Ich kann nicht.«

»Warum nicht?«

»Sie war meine Geliebte. Ich kann ihre Leiche nicht

sehen, ihre Todesursache und den Zeitpunkt des Todes bestimmen, ohne die Fassung zu verlieren.«

»Das verstehe ich. Dennoch bist du der beste Mann, den ich habe. Ich brauche dich jetzt«, sagte Evan, kam auf ihn zu und legte ihm väterlich eine Hand auf die Schulter.

»Na gut. Ich werde hinfahren«, lenkte Tom ein.

»Sehr gut. John wird dich dort erwarten«, meinte Evan. Die Fahrt zu Melissas Wohnung schien eine Ewigkeit zu dauern. Bei seiner Ankunft erwartete John ihn bereits vor der Wohnungstür.

»Hallo, alter Junge«, begrüsste ihn John.

»Hallo«, meinte Tom und ergriff zögerlich die Hand, die John ihm zur Begrüssung entgegenstreckte. John sah ihn besorgt an.

»Bist du sicher, dass du dort rein willst?«, fragte John vorsichtig.

»Ich will nicht. Ich muss«, antwortete Tom. John schwieg.

»Es sieht ziemlich brutal aus. Ich verstehe, wenn du dich dagegen entscheidest und gehen willst.«

Tom fand Johns gespielte Fürsorge lächerlich. Sie widerte ihn richtiggehend an. Glaubte er, dass Tom nichts wusste von der Affäre zwischen Melissa und ihm? Dass John noch die Frechheit besass, ihn hier wie einen alten Kameraden zu empfangen, fand er die Höhe. Es drehte ihm den Magen um, wie falsch John war. War er schon immer so gewesen? Hatte er, Tom, dies nie bemerkt, oder waren die Ereignisse der vergangenen Jahre daran schuld? Tom schlug sich nicht zu lange mit diesen Gedanken herum.

»Ich komme schon klar. Schau selbst, dass du zurecht-kommst«, sagte Tom. Er warf seinem Gegenüber einen eiskalten Blick zu und betrat die Wohnung. Sofort schlug ihm der Geruch des Todes entgegen. Dem Gestank nach zu urteilen musste die Leiche schon mehrere Tage hier gelegen haben. Im Appartement herrschte das nackte Chaos. Die Barstühle waren umgeworfen worden. Das Thekenglas der Bar war auf der rechten Seite eingeschlagen. Das Ledersofa war in Fetzen gerissen und überall lagen Knäuel von Füllmaterial herum. Auf den ersten Blick konnte Tom die Leiche nicht ausfindig machen. Es sah aus, als hätte eine tollwütige Bulldogge hier einen An-fall gehabt. Tom hinkte zur Theke und untersuchte das Glas. Seiner Meinung nach war es eingeschlagen worden, nachdem ein schweres Objekt draufgeknallt war. Mög-licherweise ein Hammer oder ein anderes Werkzeug. Er untersuchte die Barutensilien, doch fand er keine Spu-ren von Blut. Als er die Wohnung durchquerte, blieb er plötzlich abrupt stehen. Melissas Leiche lag zwischen den beiden Sofas auf den Scherben des Glastisches. Ihre Arme lagen merkwürdig verdreht neben ihrem Körper, als ob sie nicht zu ihr gehörten. Tom konnte ihr Gesicht nicht erkennen, da sie auf dem Bauch lag. Während Tom auf die Leiche zuging, stellte John fest, dass seinem Kol-legen keine Emotionen anzusehen waren. Keine Tränen, kein kurzes Blinzeln des Schockes, nichts. Er fand dieses Verhalten äusserst merkwürdig. Ihm war schon bewusst, dass Tom über die Situation am Tatort informiert worden war, und dass er ihn vor der grotesken Situation gewarnt hatte, und dennoch: Hätte Tom nicht doch irgendein Gefühl zeigen müssen? Auf John wirkte es, als hätte er keinerlei Emotionen mehr, als wäre er eine Maschine. Hatte er für Melissa überhaupt jemals mehr empfunden als für den Bäcker an der Ecke der Vierundzwanzigsten, wo er jeden Tag sein Brot kaufte? Tom versuchte, sich neben der Leiche hinzuknien. Es fiel ihm äusserst schwer. Einer der Polizisten kam ihm zu Hilfe, und nach einigen schwierigen Sekunden konnte Tom die Leiche untersuchen. Er stellte fest, dass die Ellbogen so verdreht waren, weil sie gebrochen worden waren. Da Tom kein lizenzierter Gerichtsmediziner war, konnte er nicht sagen, ob die Verletzung von Hand oder durch ein schweres Objekt zugefügt worden war. Er fühlte die gebrochenen Stellen und stellte fest, dass die Verbindung zwischen dem Ober- und dem Unterarm komplett zertrümmert zu sein schien. War es überhaupt möglich, so etwas von Hand zu bewerkstelligen? An Melissas Rücken stellte Tom Kratzspuren fest. Unterhalb ihres Nackens fand er kleinere Glasreste. Vermutlich war sie mit einer Vase oder etwas Ähnlichem auf den Hinterkopf geschlagen worden und dann bewusstlos auf den Glastisch gefallen. Jedenfalls könnte dies die vorliegenden Situation erklären. Tom widmete seine Aufmerksamkeit auch Melissas Beinen, doch dort fand er keine Auffälligkeiten. Vorsichtig versuchte er, den Leichnam zu wenden. Beim Anfassen stellte er fest, dass ihr Köper bereits steif war. Tom erkannte sofort die Todesursache, als er mit seinen Händen über ihren Schädel fuhr. Die ganze linke Seite war eingeschlagen worden. Ihr linkes Auge war gänzlich zu Brei geschlagen. Als er ihren Mund öffnete, fiel ihm auf, dass ihre Backenzähne fehlten. Sie waren vermutlich bei der Attacke kaputt gegangen. Anschliessend musste das Opfer sie wohl ausgespuckt haben. Es war der grausamste Mord, den Tom je gesehen hatte. Er hatte Mühe, sein Essen bei sich zu behalten. Seinen Kollegen schien es ähnlich zu ergehen. Einer war sogar auf die Toilette gerannt, um eine Katastrophe zu verhindern. Melissas Bluse war zerrissen worden und der Büstenhalter sowie ein Teil der Brust lugten hervor. Nach dem Tod des Opfers hatte sich der Täter wohl am Leichnam vergriffen. Um Melissas Würde zu respektieren, schob Tom die herausschauende Brust wieder in den BH zurück. Zwischen Hals und Busen konnte er ebenfalls Kratzspuren entdecken. Am Unterkörper stellte er keine weiteren Anomalitäten fest. Als Tom seinen Blick von der Leiche abwandte, sah er etwas in den Scherben liegen. Es war ein Briefumschlag. Vorsichtig zog er diesen hervor. Auf der Vorderseite des Briefes stand in gekringelter Schrift: »*Mordkommission der New Yorker Polizei*«: Mühsam erhob sich Tom wieder und ging auf den Esstisch zu. Dort liess er sich einen Stuhl bringen, dann öffnete er vorsichtig den Umschlag. Darin fand Tom einen Brief, an dem mit einer Büroklammer eine Fotografie befestigt war. Darauf waren zwei Männer abgebildet. Tom erkannte die beiden sofort. Der ältere Herr auf der rechten Seite war Adam Mayweather, der jüngere neben ihm unverkennbar Mike Hallow. Es musste das entwendete Bild sein, das in Adam Mayweathers Wohnung verschwunden war. Melissa hatte ihm damals also doch das falsche Bild gegeben. Tom legte das Foto in den Umschlag, dann widmete er sich dem Brief.

*Sehr geehrte Damen und Herren der Mordkommission*

*Sollten Sie in der Lage sein, diesen Brief zu lesen, haben Sie vermutlich auch die Leiche von Melissa Mayweather gefunden. Im folgenden Brief möchte ich gerne eine Stellungnahme zu den Geschehnissen der vergangenen Jahre abgeben, insbesondere zum Fall Adam Mayweather.*

*Damit Sie, werte Leserinnen und Leser, die Ereignisse und dieses Schreiben richtig interpretieren können, sollte ich wohl am Anfang beginnen. Dieser hat einen Namen: Black Night. Die Black Night ist eine Organisation, die sich insbesonders im Rauschmittelgeschäft und bei der finanziellen Erleichterung der oberen Gesellschaftsschicht in New York betätigt. Vermutlich sind diverse Ihrer Mitarbeiter während ihrer Dienstzeit mit der Black Night in der einen oder anderen Form in Kontakt gekommen. Besonders die Herren Thomas Hilbert und John Butcher. Sie waren nicht nur bei einem, sondern gleich bei vier Morden zur Stelle. Ich gedenke daher, diesen Brief an diese beiden Gentlemen zu richten, da sie wohl mit unserer Gang am vertrautesten sind.*

*Nun, die erste Begebenheit haben Sie bestimmt noch klar vor Augen. Es war die Ermordung von Tyrone Dallaway. Seine Tötung wurde von der Black Night beauftragt. Um genauer zu sein, kam der Auftrag von Storm persönlich. Der Mord an Tyrone wurde von Mike Hallow begangen. Dieser Gentleman hatte sich nach dem Mord am Tatort selbst verletzt, um nicht als Verdächtiger ins Visier der Polizei zu gelangen. Seine Tarnung funktionierte jedoch nicht sonderlich gut, da ihm Tho-*

mas Hilbert sofort auf die Schliche kam und ihn zeitweise verfolgte. Tyrone Dallaway musste getötet werden, da er der Black Night zu lange ein Dorn im Auge war. Nicht nur hatte er diverse weibliche Mitglieder sexuell belästigt, nein, er hatte auch noch Drogen, die zur Auslieferung geplant waren, abgezweigt. Die Frau, die Sie am Tatort vorgefunden hatten, war ebenfalls ein Opfer seiner sexuellen Übergriffe gewesen. Dass diese Frau nun auch noch eine Nichte Storms war, machte die Situation nicht gerade besser. Leider verstarb sie später bei einer Schiesserei auf dem Times Square, doch darauf werde ich noch zu sprechen kommen. Ich werde Ihnen ebenfalls noch erläutern, wer Storm und Hitman sind. Nun, wer Dale war, konnten Sie bestimmt bereits erraten. Dale war der Deckname von Tyrone Dallaway.

Wie Sie bereits erfahren haben, starb die Nichte unseres Anführers, Storm, während einer bewaffneten Auseinandersetzung auf dem Times Square. Sie war ebenfalls eine gute Freundin von Melissa Mayweather. Dennoch empfinde ich es als unnötig, ihren Namen hier zu nennen. Die Schiesserei selbst wurde durch eine ausfällige Bemerkung eines unserer Mitglieder, Headshot, ausgelöst. Wie es der Zufall wollte, waren auch die Herren Hilbert und Butcher vor Ort. Sie sollten also mit diesem Ereignis vertraut sein. Sie fanden dort einen Brief, der von Storm an Headshot gerichtet war. Wie es schien, wollte der Anführer der Black Night auch mich aus dem Weg geräumt haben. Die Gründe dafür sind aus meiner Sicht nicht erwähnenswert. Glücklicherweise wurde Headshot während der Schiesserei getötet und war daher keine Gefahr mehr für mich. Dass man mich töten wollte, ging mir natürlich gegen den Strich, also *habe ich die Dinge in die eigenen Hände genommen. Ich werde im Folgenden etwas dazu sagen.*

*Nachdem ich erfahren hatte, dass man auch mir nach dem Leben trachtete, musste ich etwas unternehmen. Was war also besser, als den Kopf dieser Hydra selbst abzuschlagen? Sie haben es erraten, der nächste Mord, den Sie miterlebt haben, ist jener an Storm. Adam Mayweather höchstpersönlich war der Kopf der Black Night. An dem Abend, als sich Dorothy und ihre Tochter gemeinsam in einem Restaurant die Zeit vertrieben, traf ich mich mit Adam bei ihm in der Wohnung. Nach einer kurzen Auseinandersetzung beendete ich sein Leben mit einer Schrotflinte.*

*Wie nach jedem Todesfall haben mich die Herren Hilbert und Butcher gesucht und versuchten, mich zur Rede zu stellen. Sie, meine Herren, waren nicht komplett falsch mit Ihren Schlussfolgerungen, doch Sie verstanden nicht das ganze Bild. Nun, da Melissa Mayweather auch aus dem Leben geschieden ist, halte ich es für angemessen, Sie über die gesamte Thematik aufzuklären. Das bedeutet auch, dass ich Ihnen erkläre, warum die Eltern von John Butcher sterben mussten. Vor einigen Jahren beging die Black Night einen Raubüberfall auf die Bank of America. Das Ehepaar Butcher hatte unsere Organisation mit nützlichen Informationen versorgt, wollte dann aber mit der Beute alleine verschwinden. Die Black Night versuchte seit geraumer Zeit, die beiden ausfindig zu machen. Nachdem wir sie lokalisiert hatten, wurde getan, was getan werden musste. Auge um Auge, Zahn um Zahn, wie man so schön sagt. Für den Selbstmord des jüngeren Bruders sind wir jedoch nicht verantwortlich. Wir können nichts für schwache Psychen.*

*Bestimmt haben Sie sich gefragt, warum ich Ihnen nun diesen Brief mit all den Erläuterungen schreibe. Nun, der Grund ist, dass ich befürchte, dass man mir erneut nach dem Leben trachtet. Allerdings weiss ich dieses Mal nicht, wer dahinter steckt. Daher bin ich gezwungen zu fliehen. Ich betrachte diesen Brief als eine Art Lösung Ihrer Fälle und hoffe, dass Sie diese damit abschliessen können.*

*Freundlichst grüsst,*
*Mike Hallow aka Hitman*

Tom las den Brief mehrere Male durch, dann liess er ihn prompt in seiner Jackentasche verschwinden, bevor John die Möglichkeit hatte, ihn zu lesen. Den Grund für die Ermordung seiner Eltern wollte er John nicht mitteilen. Er fürchtete nämlich, John könnte womöglich einen psychischen Rückfall erleiden.

»Tom, sieh mal!«, rief John, der hinter der Bar stand.

Tom ging rüber zu seinem Kollegen, der auf einen Wandkalender zeigte.

»Sieh dir das an!«

Der zweiundzwanzigste Juni war mit einem grossen »T« übermalt worden. Wie es schien, war dafür roter Lippenstift benutzt worden. Der Buchstabe schien sehr hastig hingemalt worden sein.

»Na und?«, fragte Tom. Er war verwirrt.

»Ich habe vorhin die Leiche untersucht. Es ist der gleiche Lippenstift, den sie aufgetragen hatte«, meinte John mit leuchtenden Augen.

»Ich kann dir nicht folgen.«

»Warum sollte Melissa mit Lippenstift einen T in ihren Kalender malen? Sie hätte doch einen Bleistift benutzen können. Ist es nicht ein merkwürdiger Zufall, dass es genau der gleiche Lippenstift ist, den sie aufgetragen hatte?«, fragte John forschend. »Aus meiner Sicht hat sie versucht, uns einen Hinweis auf den Täter zu hinterlassen.«

Tom nickte. »Ja, du hast recht. Jetzt sehe ich es auch. Da hast du gut aufgepasst, alter Junge.« Tom lächelte John an.

»Der Name unseres Täters fängt also mit einem T an und steht irgendwie in Zusammenhang mit dem zweiundzwanzigsten Juni«, fasste John zusammen. *Du könntest es gewesen sein, Tom. Du hast schliesslich an diesem Tag Geburtstag,* dachte John. Doch wie sollte er es beweisen? Schliesslich war Tom zum Zeitpunkt des Mordes im Krankenhaus gewesen. Er würde dem wohl nachgehen müssen. Melissas Wohnung wurde nach der Tatwaffe abgesucht, allerdings ohne Erfolg, und so verliess die Polizei den Tatort nach einigen Stunden.


Noch am selben Abend sass Tom an seinem Schreibtisch und las den Brief von Mike erneut durch. Da Olivia heute Abend nicht da war, hatte er genügend Zeit, in Ruhe über alles nachzudenken. Dieser Brief war die Lösung für alles. Er bestätigte, dass Mike Emilys Tod zu verantworten hatte. Er sprach von vier Morden, erläuterte aber nur drei in seinem Brief. Tom war überzeugt, dass Mike für folgende Morde verantwortlich war; Emily Moore, Tyrone Dallaway, die Schiesserei auf dem Times Square und Adam Mayweather. Dass er den fünften Mord, jenen an Melissa, nicht erwähnen würde, war für Tom sonnenklar. Er kam zum Schluss, dass er diesen Brief John zeigen musste, allerdings wollte er nicht, dass John den Grund für den Tod seiner Eltern erfuhr, also nahm er ein Blatt Papier und einen Stift zur Hand, schrieb den ganzen Brief ab und liess gezielt den unerwünschten Teil aus. Danach legte er den Brief in den Originalumschlag zurück und verstaute diesen in seiner Jackentasche, damit er ihm den Brief am nächsten Tag vorweisen konnte. Etwas später kam eine glückliche Olivia nach Hause, die berichtete, sie habe sich mit John versöhnt und werde übermorgen wieder zu ihm ziehen. Diese Nachricht freute Tom sehr, auch wenn er ihre Kochkünste vermissen würde.

Am nächsten Tag erfuhr Tom etwas, das ihn sehr überraschte. Während des Frühstücks las er für gewöhnlich die Zeitung. Auf der Titelseite wurde von einem Flugzeugunglück berichtet. Interessiert las Tom den Bericht über ein Passagierflugzeug, das über Arizona mit hundertfünfzig Passagieren abgestürzt war. Der Grund für das Unglück war noch unklar. Etwas weiter unten wurden sämtliche Toten namentlich erwähnt, und Tom musste ein Lächeln unterdrücken, als er dort folgenden Namen las: Mike Hallow.

# Ad acta

Welch bittere Ironie es doch war, dass Mike Hallow sein Leben auf der Flucht verloren hatte, weil er geglaubt hatte, jemand würde ihm hier in New York nach dem Leben trachten. Hätte er dieses Flugzeug nie bestiegen, wäre er geblieben, dann würde er jetzt möglicherweise noch unter den Lebenden weilen. Tom kam nicht umhin, sich zu fragen, ob der Flieger womöglich sabotiert worden war. Es war eine makabre Vorstellung, doch Tom traute der *Black Night* alles zu. Zumindest dem Teil, der noch übrig war.

Es war ihm erst aufgefallen, als er Mike Hallows Brief gelesen hatte: Die *Black Night* hatte seit längerer Zeit nicht mehr für Schlagzeilen gesorgt. Im Gegenteil, sie schien sich beinahe aufgelöst zu haben. Was doch ein Bandenführer und dessen Tod für Auswirkungen auf die Gangmitglieder haben konnte? Menschen wie Adam Mayweather waren für den Zusammenhalt einer solchen Organisation von grösster Wichtigkeit. Sie fungierten als Brückenkopf zwischen Planung und Ausführung. Viele Mitglieder der *Black Night* mussten wohl auch einfach Mitläufer oder Feiglinge gewesen sein, die sich der Gang nur aus egoistischem Eigennutzen angeschlossen hatten, oder aber zum Mitmachen gezwungen wurden. Beim kleinsten Anzeichen einer Schwäche würden sie sofort das Weite suchen. Es war beinahe wie ein niemals endender Teufelskreis. Mit dem hastigen Austreten von Mitgliedern verliert eine Gruppierung an Stärke. Das Schwinden von Stärke führt dazu, dass auch schwächere oder verängstigte Gangmitglieder versuchen, sich abzusetzen, wodurch die ganze Gemeinschaft noch mehr Stärke verliert. Dieser Kreislauf setzt sich fort, bis es zum unumgänglichen bitteren Ende kommt, was im Falle der *Black Night* deren Zerfall sein würde. Mit diesen Gedanken sass Tom auf dem Rücksitz eines Taxis, das ihn zur Arbeit fuhr. Dort angekommen zahlte er, dann betrat er sein Büro. Wie seit eh und je öffnete er die Bürotür und die Fenster, da er es im Zimmer immer viel zu stickig fand. Es vergingen einige Stunden, in denen Tom sich durch dicke Stapel von Papier arbeitete. Dann betrat John sein Büro.

»Na, alter Junge? Wie geht es dir heute?«, wollte John wissen.

»So, wie es einem Trauernden nun mal geht«, antwortete Tom.

Das war eine Lüge. Er hatte bisher noch keinen einzigen Gedanken an Melissa verloren, und er wollte es auch dabei belassen. Tom fürchtete sich vor dem, was passieren würde, wenn er sich im Klaren würde über ihr Ableben. Ausserdem hielt ihn Emily andauernd auf Trab. Als sie von Melissas Tod erfahren hatte, war sie beinahe aus dem Häuschen geraten. Die herzlose Frau hatte Freudensprünge gemacht. Tom hatte sie zuletzt bei ihrer Verlobung so glücklich gesehen. Emily war das Böse in Menschengestalt geworden. John schwieg. Ihm war aufgefallen, dass Tom in Gedanken verloren war.

»Tom, bist du noch da?«

»Ich habe etwas für dich. Nach meinem Ermessen könnte es dich interessieren«, meinte Tom und hielt ihm den Brief hin.

»Was ist das?«

»Ein Brief, was denn sonst?«, gab Tom zurück, ohne John anzuschauen. Er war gerade dabei, etwas zu einem anderen Fall zu notieren.

»Von wem ist der?«

»Hör mal«, sagte Tom und blickte in Johns Gesicht, »nimm das verdammte Stück Papier und sieh selbst nach.«

Toms barsche Haltung überraschte John. Er wollte aber nicht weiter darauf eingehen, also öffnete er den Briefumschlag, zog das Schreiben heraus und begann zu lesen. Tom beobachtete seine Gesichtszüge aus dem Augenwinkel. Er sah, wie sich Johns Augen weiteten, wie sein Mund sich öffnete und wieder schloss und wie sein Gehirn die Informationen zu verarbeiten schien.

»Wo hast du diesen Brief gefunden?«, fragte John und schüttelte das Papier.

»Lag in meiner Post.«

»Das ergibt keinen Sinn.«

»Warum nicht?«

»Wieso sollte er diesen Brief schreiben? Warum jetzt? Und warum sollte er ihn unbedingt dir geben?«

Die Fragen sprudelten aus Johns Mund wie Wasser aus einem Springbrunnen.

»Woher soll ich das wissen? Ich vermute, er hat mir den Brief gegeben, weil ich am meisten mit ihm zu tun hatte«, meinte Tom achselzuckend.

»Also, lass uns gehen und ihn verhaften«, meinte John energiegeladen.

»Ist nicht nötig. Ich habe heute Morgen von einem Flugzeugabsturz gelesen und eine der dabei verunglückten

Personen ist unser Mike Hallow«, erklärte Tom und lächelte triumphierend. John sah ihn eine Weile an und meinte dann:

»Na, gut. Er macht es uns leicht.«

»So ist es. Und mit diesem Brief bestätigt er uns die Morde. Er gesteht sie alle«, fuhr Tom fort.

»Somit ist auch Melissas Fall geklärt?«

»Richtig. Im Brief steht, dass wir ihre Leiche gefunden hätten, falls wir in der Lage sein sollten, seinen Brief zu lesen. Mike muss den Brief geschrieben haben, nachdem er sie getötet hatte. Somit gibt er die Tat zu«, erläuterte Tom, als würde er einem Erstklässler das Alphabet beibringen.

»Ich verstehe. Also legen wir den Fall Melissa Mayweather ad acta?«, fragte John.

In seiner Stimme schwangen Zweifel und Trauer mit.

»Ja. Und ebenso die Fälle Tyrone Dallaway und Adam Mayweather. Aber lass das mal meine Sorge sein. Ich werde den Papierkram erledigen«, versprach Tom in gutmütigem Tonfall.

»In Ordnung«, lenkte John ein. Toms Gelassenheit verunsicherte ihn aufs Äusserste. Sie sprachen noch eine Weile über allerlei Dinge, danach kehrte John in sein Büro zurück.


Zur Feier des Tages hatte sich Tom in seiner Wohnung ein paar Drinks gegönnt. Er hatte nicht nur einen, sondern gleich vier Fälle auf einmal am gleichen Tag zu den Akten legen können. Der Mord an Tyrone Dallaway, Emily Moore, Adam Mayweather und an dessen Tochter Melissa. Das war in seiner Karriere als Detektiv bisher noch nie passiert. Mit der Schiesserei auf dem Times Square hatte er schon lange abgeschlossen. Immerhin kam dies oft vor und eine Prosekution hatte keinen Zweck. Doch seine Glückseligkeit würde nicht lange anhalten.

Tom und Emily waren gerade dabei, eine paar Zigarren anzuzünden, da klingelte das Telefon. Genervt erhob sich Tom, und während er zum Telefon stampfte, dachte er: *Ich werde dieses Teil demnächst entsorgen. Auf dass mich niemals wieder jemand zu solch unchristlicher Zeit erreichen kann.*

»Ja bitte?«, sprach er ungehalten in den Hörer. Am anderen Ende konnte er nur ein Schniefen und Schluchzen hören.

»Wer ist da?«, fragte Tom.

»Hier ist Olivia.« Ihre Stimme drang erst nach einer beinahe unsäglich langen Zeit aus dem Hörer.

»Warum weinst du?«

Seine Worte klangen härter als gewollt.

»John und ich hatten Streit«, erklärte Olivia kurz und knapp.

*Schon wieder? Ihr seid doch gerade erst wieder zusammengezogen. Diese Ehe funktioniert nicht*, dachte er sich.

»Wo bist du jetzt?«, fragte Tom mit gespielter Fürsorge.

»Ich bin zu Hause. Er ist verschwunden. Vermutlich ist er etwas trinken gegangen. Ich werde aber nicht bleiben, um es herauszufinden. Ich habe meinen Koffer gepackt und werde zu meinen Eltern ziehen. Ich will John nie mehr sehen in meinem Leben. Er bringt mir nur Unglück.«

»Ich verstehe. Warum rufst du mich dann an? Ich kann dich nicht zu deinen Eltern fahren. Ich habe kein Auto.«

»Das weiss ich, und das musst du auch nicht. Ich wollte dich bloss informieren, damit du weisst, wo ich bin, und dass wir in nächster Zeit wohl nichts voneinander hören werden.«

»Das ist eine reizende Geste von dir«, bedankte sich Tom. Er konnte nichts hören, doch er war sich sicher, dass Olivia bestätigend nickte.

»Thomas ... vielen Dank für alles. Mach's gut«, sagte Olivia und hängte auf.

Tom hatte nicht einmal Zeit etwas zu antworten. Er hatte ein merkwürdiges Gefühl. Dieses ganze soeben geführte Gespräch schien gezwungen zu sein. Es hinterliess den Eindruck, absichtlich geführt worden zu sein, was Tom in keinerlei Hinsicht gefiel.

»Hör zu, Emily. Ich glaube, bei Olivia stimmt etwas nicht. Ich sollte besser einmal bei ihr vorbeischauen«, fand Tom. Das Telefonat hatte ihn sichtlich alarmiert. Er liess eine schmollende Emily in der Wohnung zurück und hastete zum nächstbesten Taxi. Er drängte den Fahrer darauf, so schnell wie möglich zu fahren. Bei John und Olivias Wohnung angekommen, trat er beinahe die Türe ein, ehe er bemerkte, dass sie einen Spalt breit geöffnet war.

»Ist jemand zu Hause?«, rief Tom in die Wohnung und trat ein. Er hatte ein komisches Gefühl bei der Sache. Es fühlte sich an wie ein Déjà Vue. Instinktiv hastete er zur Toilette, doch sie war leer. Die ganze Wohnung war leer. Im Schlafzimmer des Paares fehlten sämtliche Kleider von Olivia. Sie war also wirklich ausgezogen. Auch von John fehlte jede Spur. Allerdings waren seine Sachen noch vor Ort. Tom war beruhigt. Er fand es dennoch eigenartig, dass Olivia die Tür offen gelassen hatte. War sie wirklich so hastig von hier verschwunden, dass sie vergass, die Tür abzuschliessen? Er fand schon, dass Olivia aufgelöst gewirkt hatte. Tom verliess die Wohnung, zog die Tür hinter sich und trat auf die Strasse. Dort begab er sich zum nächsten Telefon und verlangte von der Auskunftsdame die Adresse von Olivias Eltern. Zu Hause angekommen, schrieb er Olivia einen Brief an die genannte Adresse und bat darum, sie möge ihm schreiben, sobald sie sicher angekommen sei. Nachdem er, aus seiner Sicht, eine gute Tat begangen hatte, setzte sich Tom zu Emily an den Esstisch und rauchte eine seiner Zigarren.

# Lippenstift

»Warum bist du so glücklich?«, wollte Tom wissen.

»Ich bin nur zufrieden, dass Melissa aus unserem Leben verschwunden ist«, meinte Emily mit einem Lächeln im Gesicht. Tom war nur milde schockiert.

»Dein Plan ist aufgegangen. Ich fühle nichts, nun, da sie gestorben ist«, meinte Tom.

»Obwohl Mike in seinem Brief erklärt hat, warum er all diese Leute getötet hat, frage ich mich dennoch, ob man nicht auch eine andere Lösung hätte finden können«, fragte er sich laut. »Wie meinst du das?«, wollte sie wissen und beugte sich interessiert über den Tisch.

»Er hätte ja schon viel früher aus der Stadt fliehen können oder sonst untertauchen«, erklärte Tom.

»Was hätte das gebracht? Die *Black Night* hätte ihn dennoch gefunden und dann kaltgemacht.« Nach einer kurzen Pause fügte sie an: »Er hat dir und auch der Polizei einen grossen Gefallen gemacht mit dem, was er getan hat.«

Tom wurde aus ihrer Aussage nicht schlau. »Wie denn?«

»Ist dir nie aufgefallen, dass man von der *Black Night* seit dem Tod von Adam Mayweather nichts mehr gehört hat? Die Gang existiert praktisch nicht mehr. Das entlastet die ganze Polizei von New York«, erläuterte Emily ihre Aussage.

Tom blieb einen Augenblick stumm, bevor er antwortete: »Ich schätze du hast recht, und mit dem Flugzeugabsturz macht er auch noch den Juristen eine Freude, denn die müssen seinetwegen keinen Prozess mehr auf die Beine stellen. Sein Schicksal ist bereits besiegelt.«

Er nahm einen Schluck Whisky. Emily lächelte ihn triumphierend an, dann nahm sie einen Zug von ihrer Zigarette.

»Glaubst du, dass man jemandem die Schuld dafür geben kann, wenn er oder sie zum Mörder wird?«, fragte sie nach einer Weile.

»Ja, das kann man.«

»Wen kann man denn beschuldigen?«

»Die Gesellschaft. Stell dir das Leben wie einen Pfad vor. Alle beginnen bei der Geburt am gleichen Ort, mit den gleichen natürlichen Grundlagen. Jeder Mensch ist fähig zu lieben, jeder Mensch ist in der Lage, Neid, Gier und Sucht zu empfinden, und so ist auch jeder Mensch in der Lage, einen anderen zu töten. Es benötigt dafür nur die passenden Voraussetzungen. Jeder Mensch begegnet in seiner Zeit auf Erden positiven wie auch negativen Dingen und wird von allerlei Geschehnissen beeinflusst. Es kommt allerdings darauf an, wie man damit umgeht und wie sich nach dem Erlebten der Pfad des Lebens verändert. Es kann schon sein, dass jemand von Natur aus ein gutmütiger Mensch ist, wird er jedoch von zu vielen negativen und gravierenden Einflüssen traumatisiert, kann es vorkommen, dass er zum Mörder wird. Die Gesellschaft ist aus diesem Grunde verschuldet, weil alle sozialen Erlebnisse aus ihr heraus entstehen. Sollte also jemand zur Rechenschaft gezogen werden, dann ist es unsere Gesellschaft«, erklärte Tom. Emily schwieg. Er konnte ihr ansehen, dass sie über seine Aussage nachdachte.

»Ich habe an deiner Theorie nichts auszusetzen«, fand Emily und nahm den letzten Zug von ihrer Zigarette.

Tom erwachte am nächsten Morgen mit einem schweren Kopf. Er musste wohl gestern mit seiner Geliebten einen über den Durst getrunken haben. Er erhob sich.

»Meine Güte«, keuchte er vor sich hin. Langsam blickte er über seine Schulter, doch Emily lag nicht neben ihm. Sie war vermutlich schon aufgestanden. Tom blieb am Bettrand sitzen. Ihm war äusserst unwohl. Schon die kleinste Bewegung schien ihm eine schier unüberwindbare Strapaze zu sein. Um ein Unglück zu vermeiden, begab er sich sofort ins Bad, nur für den Fall der Fälle. Als er dort in den Spiegel blickte, erkannte er sich beinahe selbst nicht wieder. Er hatte Augenringe, die so dunkel waren wie das Federkleid eines Raben. Obwohl er noch nicht einmal dreissig Jahre alt war, hatte er Haare verloren. Jene, die ihm noch geblieben waren, standen in komischer Weise von seinem Kopf ab. Seine Gesichtsbehaarung war ungepflegt, und hätte er es nicht besser gewusst, hätte er gedacht, ein Obdachloser stehe vor ihm. Tom verbrachte noch eine Weile damit, sich schockiert im Spiegel anzustarren. Hastig nahm er ein Medikament gegen die Kopfschmerzen, danach ging er in die Küche, um sich Frühstück zu machen. Um Emily eine Freude zu bereiten, kochte er ihr Lieblingsfrühstück. Speck mit Spiegelei und Toastbrot. Gerade als er beide Teller, beladen mit der köstlichen Speise, auf den Tisch stellte, betrat Emily die Wohnung.

»Ich habe Frühstück gemacht«, sagte er mit einem milden Lächeln und wies auf die Teller. »Vielen Dank«, meinte Emily und setzte sich zu Tisch. Schweigend assen sie.

»Wo warst du?«, wollte er wissen.

»Als ich erwachte, stellte ich fest, dass du noch im Tiefschlaf bist, also ging ich hinaus, um frisches Brot zu kaufen.«

»Ich verstehe.«

»Freust du dich darauf, John wieder mal im privaten Rahmen zu treffen?«

Tom zuckte die Achseln. Er hatte komplett vergessen, dass er sich am Abend mit John verabredet hatte.

»Ich habe beim NYPD angerufen und gesagt, dass du heute nicht zur Arbeit kommst, da du krank seist«, sagte Emily beiläufig.

Tom nickte. Es störte ihn nicht, er hatte sowieso nichts zu tun im Moment. Sein Gedankenfluss wurde von einem schwachen Klopfen an seiner Wohnungstür unterbrochen. »Eigenartig, wer könnte das denn sein?«, fragte er Emily. Sie zuckte die Achseln. Er öffnete die Tür und sah Zoey vor sich stehen.

»Hallo«, begrüsste ihn die Kleine.

»Hallo, Zoey«, antwortete er und liess sie eintreten. Während Zoey direkt auf den Esstisch zusteuerte, wackelten die Beine ihres Teddybären im Gleichtakt zu ihrem Gang vor ihrem Oberkörper hin und her. Sie setzte sich hin. Tom sah ihr verwundert nach.

»Fühl dich frei, schätz ich mal«, sagte er achselzuckend und nahm wieder hinter seinem Teller Platz.

»Sieht lecker aus, darf ich einen Bissen haben?«, fragte Zoey, als sie auf den Teller vor sich blickte.

»Greif zu«, meinte Tom, »nimm, so viel du willst.« Das liess sich das kleine Mädchen nicht ein zweites Mal sagen. Prompt nahm sie Gabel und Messer zu Hand und fing an zu essen. »Kochst du immer für zwei Personen?«, fragte sie mit vollem Mund.

»Zuerst schlucken, dann sprechen«, ermahnte er sie lächelnd.

»Entschuldigung«, meinte Zoey, nachdem sie geschluckt hatte.

»Ich koche für mich und meine Frau, ja.«

»Deine nicht existierende Frau?«

»Hör mal, meine Frau existiert sehr wohl.«

»Ich bin hier, um dir Gesellschaft zu leisten.«

»Wie letztes Mal?«

»Ja. Weisst du, es macht mich traurig zu sehen, wie alleine du immer bist«, fuhr Zoey fort. Er schwieg, nahm einen Bissen seines Toastbrots. Das Mädchen ass auf, dann räumte Tom den Tisch ab.

»Willst du spielen, Zoey? Ich habe heute frei. Du kannst also so lange bleiben, wie du willst«, meinte Tom, als er aus der Küche kam.

»Ja, gerne. Dann musst du dich nicht dauernd mit deiner Halluzination herumschlagen«, fand sie, sprang vom Stuhl herunter und begab sich zum Sofa.

»Wie war das?«, fragte er.

Das kleine Mädchen sah ihn fragend an.

»Womit soll ich mich herumschlagen?«, formulierte Tom seine Frage etwas deutlicher.

Zoey scharrte mit den Füssen, dann meinte sie:

»Mama sagte, du hättest nicht mehr alle Tassen im

Schrank. Aber ich weiss nicht, was das heissen soll. Ich habe ihr gesagt, du seist einfach ein Spinner«, erklärte Zoey.

Tom sah sie erzürnt an. Wie konnte sie es wagen, ihn als Spinner zu bezeichnen? Was war daran verkehrt, mit seiner Frau zu sprechen?

»Bist du jetzt wütend auf mich?«, fragte Zoey. Sie sah ihn verängstigt an. Er schwieg. Zoey legte ihren Teddybären hin und kletterte aufs Sofa. »Ich habe Mama gesagt, dass ich viel mit dir spielen will, damit du deine Halluzinationen vergisst. Ich helfe dir wieder, normal zu werden«, sagte sie lächelnd. Es war das süsseste Lächeln, das Tom in seinem Leben je gesehen hatte. Ihr Lächeln hätte Gletscher schmelzen können. Sogar das reinste Wasser schien im Vergleich dazu trüb zu sein. Trotzdem hatte sie ihn wütend gemacht. Er würde es sich nicht gefallen lassen, dass sie in SEINE Wohnung kam und SEINE Speisen ass, nur um ihn dann als Spinner zu bezeichnen. Das schrie nach einer Bestrafung.

»Ich mag dich, weisst du«, sagte Zoey.

Tom ging ohne ein Wort zu verlieren an ihr vorbei, griff sich den Teddybären und trat ans Fenster. Sie trabte ihm hinterher.

»He, was hast du mit Skipper vor?«, fragte sie besorgt.

Mit einer eleganten Bewegung wurde Skipper aus dem Fenster geworfen. Zoey rannte ans Fenster und lehnte sich über den Fenstersims, doch konnte sie nur noch zusehen, wie ihr geliebtes Plüschtier von einem vorbeifahrenden Automobil in tausend Stücke zerrissen wurde. Eine Träne kullerte über ihre Wange.

Am Abend begab sich Thomas schlecht gelaunt ins *Clair's*. Die Begegnung mit Zoey hatte ihm für den Rest des Tages keine Ruhe mehr gelassen. Nachdem er ihren Teddybären aus dem Fenster geworfen hatte, war sie aus seiner Wohnung gestürmt. Seit sie sein Appartement verlassen hatte, fühlte er sich erbärmlich. Er hatte wirklich ihr Plüschtier zerstört, nur weil sie ihm ihre Meinung kundgetan hatte. Tom schwor sich, ihr einen neuen, besseren Teddybären zu kaufen.

John war noch nicht da, als er eintraf. Tom setzte sich an einen der Tische, bestellte ein Glas Wasser und lauschte der Musik. Die Zeit schien im Nu zu vergehen. Ehe er sich's versah, stand John neben ihm.

»Guten Abend, Tom«, grüsste er.

»Hallo John. Setz dich«, bat Tom und wies auf einen der Stühle. Er lächelte. John fand das mehr als nur merkwürdig. Mit Tom stimmte etwas nicht. Melissas Tod hatte wohl die letzten Tassen in seinem Schrank zertrümmert. John hatte Mitleid mit ihm. Tom war eine arme Seele, wenn es ums Liebesleben ging. Innerhalb von zwei Jahren hatte er beide Geliebten verloren. John hatte zwar mit Olivia auch seine Schwierigkeiten, doch immerhin lebte sie noch. Vorerst. Zwischen den beiden herrschte eine angespannte Atmosphäre. Tom hatte sich wieder von John abgewandt und wippte im Takt der Musik. Auf einmal und mit einem seltsamen Rucken sagte er zu John:

»Ich muss mich bei dir entschuldigen. Emily ist heute unpässlich. Sie lässt dich jedoch grüssen.«

»Emily?«, fragte John verwirrt.

»Ja. Sie ist zu Hause. Musste was erledigen«, meinte Tom und wandte sich wieder ab.

»Tom, Emily ist seit über einem Jahr tot«, erwiderte John beunruhigt.

»Nein, das ist sie nicht. Sie ist zu Hause«, versicherte Tom. John nickte, ihm war nicht mehr wohl. Tom verhielt sich merkwürdig. Doch was konnte er tun? Plötzlich wandte sich ihm Tom wieder zu.

»Ich mochte Melissas Lippenstift«, meinte er.

»Welchen denn?«

»Den, mit dem sie das T in den Kalender gemalt hat.«

»Das war dein liebster?«

Tom wandte sich erneut lächelnd von John ab.

»Ja«, lautete seine Antwort.

»Tom, hast du etwas mit ihrem Tod zu tun?«, fragte John mit drängender Stimme. Sein Herzschlag wurde schneller.

»Natürlich nicht«, sagte Tom schockiert, »es war alles Emilys Idee. Es war ihr Plan. Sie hatte ihn entworfen. Aber schon in Ordnung, ich bin Melissa eh überdrüssig geworden.«

John traf ein Geistesblitz. Nun ergab alles Sinn. Aus diesem Grund war Tom damals emotional unbelastet gewesen, als sie den Tatort untersucht hatten. Deshalb hatte Melissa den T in ihren Kalender gemalt, und zwar im Monat Juni, obwohl es erst Januar war. Tom hatte sich mit ihr getroffen und sie kaltblütig ermordet. Mit dem T wollte sie der Polizei einen Hinweis hinterlassen. T stand für Thomas. Thomas Cole Hilbert, der im Juni geboren wurde. Bei der Tatortuntersuchung hatte er nur so getan, als würde er etwas untersuchen. Tom wusste bereits alles. John war das Verhalten seines Kompagnons schon damals eigenartig vorgekommen, doch dass er wirklich jemanden töten würde, hatte er dieser armen Seele niemals zugetraut. Jetzt musste John nur noch ein Geständnis haben, dann konnte er Tom einbuchten.

»Hast du sie getötet?«, fragte er erneut.

»Wie ich bereits gesagt habe: Es war Emily«, wiederholte Tom lächelnd, dann auf einmal wandte er sich John zu. Sein Blick war kalt, sein Lächeln hatte sich in Luft aufgelöst. In seinen Augen leuchtete der Wahnsinn.

»Als Nächstes holt sie sich dich, denn glaubst du wirklich, du könntest mit Melissa fremdgehen und einfach so ungestraft davonkommen?«, flüsterte Tom drohend. Seine Stimme hätte Eis durchbrechen können. John sagte nichts. Ihm lief der kalte Schweiss den Rücken hinunter. Tom begann, laut zu lachen. So schnell, wie es gekommen war, so schnell verstummte das Lachen wieder, und Tom war erneut ernst.

»Ich weiss es schon lange. Olivia hat es mir damals am Telefon erzählt. Aber soll ich dir was verraten?«

John schwieg weiterhin. Er hatte keine Stimme mehr. Sie schien ihm abhandengekommen zu sein.

»Du bist mir noch viel lästiger als diese Mayweather! Aber es gibt noch mehr, das ich dir verraten sollte. Deine Eltern sind der *Black Night* zum Opfer gefallen. Sie hätten wohl besser nicht mit all dem Geld verschwinden sollen. Niemand entkommt der *Black Night*«, flüsterte Tom.

»Was redest du denn da?«, stiess John hervor.

»Es stand im Brief von Mike Hallow. Im Originalbrief, den ich abgeschrieben habe. Er erklärte darin, warum deine Eltern sterben mussten«, fuhr Tom mit einem Lächeln im Gesicht fort. »Sie haben zusammen mit der *Black Night* die Bank of America ausgeraubt und sind dann mit dem Zaster abgehauen. Doch Adam und seine Crew haben sie ausfindig gemacht und kaltgestellt.«

»Das soll ich dir glauben?«

»Solltest du. Wenn du dich versichern willst: Ich habe den Brief an deine Adresse gesendet. Er sollte in naher Zukunft bei dir ankommen. Du wirst es schon sehen«, versicherte Tom und lehnte sich selbstsicher in seinen Stuhl zurück, als hätte er soeben eine Partie Schach gewonnen. John fehlten die Worte. Er sass mit dem Mörder von Melissa Mayweather am Tisch. Konnte es sein, dass er auch Emily getötet hatte? Tom hatte sich wieder von ihm abgewandt.

»Genug der Rede. Ich werde nun gehen«, meinte er, erhob sich und zog seinen Sakko zurecht.

»Du gehst nirgendwohin!«, befahl John forsch und erhob sich ebenfalls.

»Ach ja? Wer sollte mich daran hindern?«

»Du bist der Mörder von Melissa. Wenn du irgendwo hingehst, dann mit mir zusammen zum Polizeiposten.«

»Das werde ich nicht. Ich habe mich mit Emily auf der Dove Bridge verabredet. Es ist unser Lieblingsort, weisst du«, erklärte Tom. Ein kindlicher Tonfall lag in seiner Stimme. Er machte kehrt und wollte gehen, da packte John ihn über den Tisch weg am Oberarm. Blitzschnell fuhr Tom herum und schlug John ins Gesicht, sodass dieser rückwärts fiel.

»Du fasst mich nie mehr an!«, warnte Tom, dann ging er.

John schnellte hoch und zückte seine Waffe.

»Stehen bleiben!«, schrie er.

Eine Dame, die einige Tische entfernt sass, schrie beim Anblick der Waffe auf. Der Barkeeper duckte sich schlagartig hinter der Bar. Tom ging weiter. John gab einen Warnschuss ab. Er verfehlte sein Ziel um Haaresbreite. Tom blieb stehen, wirbelte herum und warf ein Messer nach seinem Kontrahenten. Er hatte es beim Aufstehen in seinem Jackenärmel verschwinden lassen. Das Messer verfiel sein Ziel nicht. Es traf John zwischen Schulter und Brust. Schockiert liess John seine Waffe fallen. Hastig hob er sie auf, doch da war es bereits zu spät. Tom war verschwunden.

# Verfolgungsjagd

John eilte in die NYPD hinein. Er musste unbedingt mit dem Chief sprechen. Letzte Nacht hatte er kein Auge zu getan. Die Auseinandersetzung mit Tom Hilbert hatte ihn zutiefst erschüttert. Als John verschwitzt in Evans Büro stürzte, war dieser gerade dabei, sich eine Zigarre anzuzünden.

»Ah, mein Junge. Welch ein Zufall, ich wollte gerade nach Ihnen rufen lassen«, meinte der Chief mit einem breiten Lächeln.

»Es war Tom.«

Der Chief verstand nicht.

»Was hat der gute Mann denn getan?«, fragte Evan. Und fuhr sofort fort: »Bitte sezten Sie sich doch.« Er wies mit seiner fleischigen Hand auf den Stuhl, der ihm gegenüber stand.

»Bitte entschuldigen Sie, Chief, aber jetzt ist nicht die Zeit, um sich hinzusetzen.«

»Warum denn nicht?«

»Der Tod von Melissa Mayweather.«

»Sie reden in Rätseln, mein Junge. Setzen Sie sich, kommen Sie zu Atem, danach erzählen Sie mir, was geschehen ist«, empfahl der Chief und wies erneut auf den Stuhl. John murrte, setzte sich dann aber doch hin.

»Wir gingen davon aus, dass Mike Hallow für den Tod von Melissa Mayweather verantwortlich war, nicht wahr?«, fragte er.

»So ist es.«

»Nun, wir lagen falsch. Hallow hatte in seinem Brief durchaus von vier Morden gesprochen. Allerdings hatte er damit nicht Melissa gemeint. Der erste Mord war der an Tyrone Dallaway, der zweite war jener an Adam Mayweather, der dritte war die Schiesserei, der vierte aber war nicht Melissa, sondern der Mord an Melissas Freundin, die während der Schiesserei auf dem Times Square ums Leben kam. Verstehen Sie, Chief? Wir sind einfach davon ausgegangen, dass Hallow eine Schiesserei nicht als Mord ansehen würde, doch da lagen wir falsch.«

»Er zählte die Schiesserei doppelt?«

»So ist es. Ich würde sogar so weit gehen und behaupten, dass Hallow mit dieser Frau, die in seinen Augen ermordet wurde, eine intime Beziehung hatte. Der Fall Melissa Mayweather blieb somit ungelöst«, erklärte John weiter und wirkte beinahe fanatisch.

»Ihr Tod hängt also nicht mit den anderen zusammen?«, schlussfolgerte der Chief.

»So ist es. Hallow wollte Melissa vermutlich besuchen und fand ihre Leiche vor. Da der Mann in dieser Situation in Panik geriet, weil er glaubte, jemand trachte ihm wieder nach dem Leben, beschloss er, einen Brief zu hinterlassen und sich anschliessend nach Los Angeles abzusetzen. Was ja prima funktioniert hat«, fuhr John etwas zynisch fort.

Evan schlug mit der Faust auf den Schreibtisch.

»So ein Mist. Dann müssen wir schleunigst die Akten von Melissa Mayweather wieder aus dem Archiv holen.« Während er sprach, quoll ihm der Rauch aus dem Mund wie aus dem Schornstein einer Metallfabrik.

»Das ist nicht nötig, denn ich weiss bereits, wer der Täter ist«, sagte John und lächelte triumphierend. »Diesem Herrn verdanke ich eine Wunde an der Schulter.«

»Wenn das so ist – Wer ist es?«

»Jener Mitarbeiter des NYPD, der seit mehreren Wochen nicht mehr zur Arbeit erschienen ist: Thomas Hilbert.«

»Sind Sie sich da sicher, mein Junge? Das sind schwerwiegende Anschuldigungen«, meinte Evan und wirkte schockiert.

»Keine Anschuldigen, Chief. Ich hatte mich gestern Abend mit ihm zum Essen verabredet. Tom wirkte beinahe geistesgestört. Er hat es mir geradeheraus ins Gesicht gesagt. Mit Stolz verkündete er, dass er der Mörder sei. Er meinte auch, dass er nun mir nach dem Leben trachte. Ich sei sein nächstes Opfer, sagte er«, erklärte John.

»Ich verstehe. Nun, mir war schon bewusst, dass es ihm nicht so gut ging. Dass er aber bereits so tief gesunken ist, dessen war ich mir nicht bewusst«, brummte Evan. Diese Erkenntnis belastete ihn ganz offensichtlich.

»Wir müssen Tom sobald als möglich verhaften«, drängte John.

»Das sehe ich genauso. Auf geht's, fahren wir zu seiner Wohnung«, meinte der Chief und erhob sich.

Es regnete in Strömen, als John und Evan in einem Polizeiauto den Broadway hinaufrasten. Für John gab es nur zwei Orte, an denen sich Tom seiner Meinung nach aufhalten konnte: in seiner Wohnung oder im *Clair's*. Da der

Chief am Steuer sass, hatte John Zeit, seinen Gedanken nachzuhängen. Wie hatte es soweit kommen können? Er hatte Tom als seinen besten Freund angesehen, und nun trachtete ihm dieser nach dem Leben. Und warum? Wegen einer Frau, die er nicht einmal geliebt hatte. Manchmal erwachte John nachts schweissgebadet, weil er Melissas Jammern zu hören glaubte. In manchen Träumen kam sie sogar in seine Wohnung und warf ihm vor, für ihren Tod verantwortlich zu sein. John wurde es schon übel, wenn er daran dachte. Denn die Gestalt, die ihm in seinen Albträumen begegnete, hatte nichts mit der Melissa Mayweather zu tun, die er gekannt hatte. Sie war nur ein verzerrtes Abbild von ihr, oftmals in ein weisses, blutbespritztes Gewand gekleidet. Ihre langen Haare waren durchnässt und ihr Gesicht konnte er nicht erkennen, so sehr er es auch versuchte. Das Schlimmste an der Sache war allerdings, dass er mit niemandem darüber sprechen konnte. John war alleine. Olivia, die Liebe seines Lebens, hatte ihn verlassen, und ihre Ehe schien dieses Mal endgültig vor dem Aus zu stehen. Dem Chief wollte er sich nicht anvertrauen, und Tom, einst sein bester Freund, machte Jagd auf ihn. Sein Leben war eine Misere. In letzter Zeit hatte sich John öfters dabei ertappt, wie er mit dem Gedanken spielte, dass es besser gewesen wäre, wenn er im Krieg gefallen wäre.

»Kommen Sie, mein Junge?«, fragte der Chief und riss John aus seinen Gedanken. Ihm war nicht aufgefallen, dass sie bereits vor Toms Appartementkomplex angekommen waren. John rüttelte sich wach.

»Natürlich«, meinte er und stieg aus dem Wagen. Innert weniger Sekunden war seine Kleidung vom Regen durchnässt. Gemeinsam betraten sie das Gebäude. Sie nahmen den Aufzug, um zu Toms Wohnung zu gelangen. Es waren die unangenehmsten Minuten, die John jemals erlebt hatte.

»Sind Sie in Ordnung?«, fragte Evan und blickte ihn aus dem Augenwinkel an. John nickte. »Sie nehmen am besten Ihre Waffe mit«, schlug Evan vor und zückte seinen Revolver. John tat es ihm gleich. Als sie in den Korridor hinaustraten, erblickte John ein kleines Mädchen. Sie schwieg, doch als sie die beiden bewaffneten Männer sah, lief sie davon. Vor Toms Wohnungstür hielten sie inne. Der Chief wollte gerade etwas sagen, da legte ihm John einen Finger auf den Mund.

»Hören Sie«, flüsterte John und deutete an, ein Ohr an die Tür zu legen.

»Ich muss ihn finden.«

Es war Toms Stimme.

»Nein, ich habe dir doch gesagt, dass ich das nicht weiss«, rief er erzürnt.

»Mit wem spricht Tom da drin?«, flüsterte John dem Chief fragend zu. Dieser zuckte die Achseln. John horchte, doch er konnte keine zweite Stimme ausmachen.

»Er spricht mit sich selbst«, schlussfolgerte John.

»Der Mann ist wirklich von allen guten Geistern verlassen.«

»Wir müssen da rein, und zwar jetzt sofort!«

»Wir treten die Tür ein«, beschloss der Chief und wies John an, zurückzutreten. Dieser gehorchte und entfernte sich von der Tür. Evan hob seine Waffe auf Brusthöhe, machte einige Schritte zurück und trat dann die Wohnungstür ein, was mit einem lauten Knall einherging. Die Tür bretterte zu Boden und die beiden stürmten mit gezückten Waffen hinein. Ein Schuss fiel. Es ging alles sehr schnell. John sah nur noch, wie der Chief zu Boden stürzte, dann musste er selbst hinter den Türrahmen hechten, um sein Leben zu schützen. Zwei weitere Schüsse fielen. Tom musste den Chief und ihn wohl vor der Tür gehört haben, denn er hatte den Esstisch umgeworfen, um vor Johns Schüssen in Deckung gehen zu können. Von dort aus schoss Tom nun auf die beiden. John lugte von der Appartementtür her zum Chief hinüber. Dieser lag zusammengesackt auf der eingetretenen Tür, umgeben von einer grossen Blutlache. Ein weiterer Schuss verfehlte John um Haaresbreite. Er konnte nicht ausmachen, ob Evan noch lebte oder nicht. Er würde sich später um ihn kümmern müssen. John schoss einige Male ohne Erfolg auf den umgeworfenen Tisch. Tom erwiderte das Feuer. Von einem plötzlichen Anschwall von Mut gepackt, warf sich John nach vorne und feuerte mehrere Schüsse auf den Tisch ab. Alle durchbohrten die Tischoberfläche, allerdings konnte er nicht sagen, ob sie ihr Ziel getroffen hatten oder nicht.

»Gib auf, Tom. Es ist bereits Verstärkung auf dem Weg«, hörte sich John selbst rufen.

»Er lügt. Er ist alleine«, schrie Emily, »töte ihn, jetzt. Das ist die Gelegenheit.« Tom vertraute auf ihr Wort, erhob sich blitzschnell, und während er ins Schlafzimmer hechtete, um Munition zu holen, schoss er auf seinen Gegner. Da ihn Emily vor dieser Situation in der Vergangenheit mehrmals gewarnt hatte, hatte er sich eine grosse Ladung Munition beiseite gelegt. Tom stürzte beim Versuch, zum Nachttisch zu gelangen. Eine der Kugeln hatte ihn in die Wade getroffen. Glücklicherweise hatte John sein schlechtes Bein erwischt. Es machte ihm daher nicht allzu viel aus, da sein Bein mittlerweile fast unbrauchbar geworden war. Hastig nahm er sämtliche Munition an sich, erhob sich und stellte sich hinter die Schlafzimmertür. In der einen Hand hielt er seine Waffe, während er sich mit seiner anderen auf den Gehstock stützte. John ging währenddessen vorsichtig zum Wohnungseingang zurück. Neben dem Chief ging er auf die Knie und berührte dessen Hauptschlagader. Er konnte ein schwaches Herzklopfen ausmachen. Evan röchelte leise. Der Chief benötigte sofort medizinische Unterstützung.

»Tom, wenn du dich jetzt ergibst, verspreche ich, dass dir nichts geschehen wird«, rief John. Er wusste, dass Tom ihn hören konnte, auch wenn er nicht antwortete. Vorsichtig blickte John zuerst in die Küche und dann hinter den Esstisch.

»Warum tust du das?«, fragte John laut. Während er sich mit gezückter Waffe auf das Schlafzimmer zubewegte, fragte er:

»Was haben wir dir getan?«

Keine Antwort. Rein gar nichts. In der Wohnung herrschte Totenstille. John hörte, wie sich die Vorhänge im Wind bewegten. Er betrat das Schlafzimmer und ging in Richtung des Bades, da er glaubte, Tom würde sich dort drin verstecken. Er irrte sich gewaltig. Noch bevor er reagieren konnte, schlug Tom ihm seine Waffe über den Kopf und flüchtete aus der Wohnung. John stürzte. Wäre der Schlag noch härter gewesen, hätte er vermutlich das Bewusstsein verloren. Sein Schädel begann heftig zu brummen. Er raffte sich sofort wieder auf, denn er durfte Tom auf keinen Fall verlieren. John stürzte aus der Wohnung auf den Flur, wo er mit einem der Nachbarn zusammenstiess.

»Rufen Sie einen Krankenwagen«, wies John den Mann an. Dieser schien zuerst nicht zu begreifen. Als er dann den verwundeten Körper des Chiefs erblickte, war ihm alles klar.

John erhaschte einen Blick von Tom, als dieser gerade versuchte, in eines der vor dem Appartementblock parkenden Taxis zu steigen. Während John in der Eingangstür stand, blickte ihn Tom an. Ohne zu zögern hoben beide zeitgleich ihre Waffen und schossen. Toms Schuss verfehlte und liess die linke Scheibe des Eingangs zersplittern. John hielt sich in geduckter Stellung die Hände über den Kopf, während er vom Glasregen berieselt wurde. Johns Schuss hatte in Toms Gehstock eingeschlagen und diesen in zwei Teile zerbrochen. Während sich John vor den Scherben schützte, knickte Tom ein und musste sich am Kofferraum des Wagens halten. Mühsam hievte er sich auf den Rücksitz des Taxis und gab den Befehl zur Flucht. John stürmte zum nächsten Taxi, warf sich auf den Rücksitz und wies den Fahrer an, Toms Wagen zu verfolgen. Der Fahrer nickte und drückte aufs Gaspedal. Der Regen war so stark, dass eine Verfolgungsjagd einem Selbstmordkommando gleichzukommen schien. Die beiden Wagen rasten durch die Strassen. Auf einmal bog Toms Taxi scharf rechts ab. Der Fahrer von Johns Wagen hatte Mühe, die Kurve zu kriegen. Kurz darauf kam schon die nächste gefährliche Situation, als Johns Fahrer aufgrund des heftigen Regens beinahe die Kontrolle über sein Fahrzeug verlor. Der Fahrer konnte den Wagen in letzter Sekunde wieder in die Mitte der Gasse bringen, beinahe wäre er rechterhand mit einem Müllcontainer und ein paar Kartonkisten kollidiert.

Während sein Fahrer weiterhin Toms Wagen nachsetzte, versuchte John herauszufinden, wo sein Kontrahent hinwollte. Seine Gedanken schienen in einem riesigen Irrgarten gefangen zu sein. Plötzlich stoppten Schüsse seine herumirrenden Gedanken. John lugte nach vorne und konnte ausmachen, wie Tom sich aus dem Wagen lehnte und auf ihn schoss.

»Versuchen Sie sich zu schützen, aber lassen Sie nicht nach«, wies John den Fahrer an. Als der Wagen des Verfolgten plötzlich auf die 6th Avenue einbog und der Central Park in Sicht kam, ging John ein Licht auf. Nachdem das Taxi beim Eingang des Parks zum Stehen gekommen war, stürzte Tom aus dem Wagen und humpelte in den Park hinein. Damit wurde Johns Vermutung bestätigt.

»Lassen Sie mich hier raus«, wies er den Fahrer an. Dieser gehorchte, hielt und John stürmte aus dem Wagen. Der Regen war so stark, dass er nur Toms Umrisse ausmachen konnte. Dennoch feuerte John einen Schuss ab, um Toms Flucht zu erschweren. Auch der Flüchtende schoss immer wieder in Johns Richtung. Er traf nie.

Tom stand bereits in der Mitte der Dove Bridge und hatte seinen Revolver mit zitternder Hand auf John gerichtet, als dieser zu ihm aufschloss.

»Gib auf Tom. Hier ist das Ende«, rief John drohend.

»Willst du wissen, warum ich sie getötet habe?«

John schwieg.

»Unser Land ist verflucht, John. Unsere Gesellschaft befindet sich auf der Kante zur Anarchie. Hier kann ein Mann einen anderen töten und nichts geschieht«, rief Tom und wedelte mit seiner Waffe im Kreis. John gab kein Wort von sich. Er wusste, von wem sein ehemals bester Freund sprach.

»Melissa hat mir nie irgendetwas bedeutet. Ich habe sie nie so geliebt, wie ich Emily liebte. Doch Mike hat sie mir genommen und die Polizei konnte ihn nicht einmal seiner gerechten Strafe zuführen. Die Polizei ist ein Haufen Taugenichtse. In unserem Land ist es möglich, den perfekten Mord zu begehen, John. Und genau das wollte ich beweisen«, sagte Tom mit lauter Stimme.

»Du liegst falsch Tom«, meinte John und kam einen Schritt auf Tom zu. Dieser richtete seinen Revolver sofort auf ihn. Seine Hand zitterte. Toms Schusswunde am Bein blutete stark. Er benötigte umgehende medizinische Versorgung, sonst würde er verbluten.

»Mike Hallow sprach in seinem Brief von vier Morden. Damit waren Tyrone Dallaway, Adam Mayweather, Melissas Freundin, die bei der Schiesserei auf dem Times Square umkam und die Schiesserei selbst gemeint. Er hatte mit dem Tod von Emily Moore nichts zu tun«, erklärte John und versuchte, ruhig zu bleiben. Tom konnte

sich bei diesen Worten an die Frau mit der goldenen Halskette erinnern, die Caroline hiess.

»Woher willst du das wissen?«, fragte er herausfordernd.
John hörte die Unsicherheit in Toms Stimme.

»Ich habe mit der Hausbesitzerin gesprochen. Ihr Mann
war Alkoholiker und Spieler. Er hatte grosse Schulden,
die er nicht mehr bezahlen konnte. Der Mann hatte im
Keller ein Feuer gelegt, um Geld von der Versicherung
einzukassieren. Allerdings fiel ihm nicht auf, dass die
Gasleitung im Keller ein Leck hatte. Als der Hausbesit-
zer dann sein Feuerzeug entfachte, explodierte der ganze
untere Stock«, erklärte John und senkte seine Waffe. Tom
schwieg. Er dachte über das eben Gehörte nach.

»Man fand kleine Überreste der Gebeine und das Feuerzeug, nachdem der Brand gelöscht worden war«, fügte
John hinzu.

»Ach ja? Und was ist mit dem Beret. Jenes, dass mir der
Feuerwehrmann übergab?«, fragte Tom und ein höhni-
sches Lächeln huschte über sein Gesicht. So, als hätte er
sein Gegenüber Schachmatt gesetzt.

»Das wollte Emily dir schenken, sobald du von der
Arbeit heimgekommen wärst. Die Hausbesitzerin hatte
erwähnt, wie Emily am Nachmittag vor dem Brand ganz
stolz zu ihr gekommen sei und ihr davon erzählt habe.
Emily hatte die Hausbesitzerin sogar gefragt, ob sie
glaube, dass es dir gefallen würde«, antwortete John.

Tom schluckte schwer. Das konnte nicht sein. Er hatte
dieses Beret verflucht und verbrannt, kurz nachdem er
sich vom Tatort entfernt hatte.

»Ist das wahr?«, fragte Tom und sah Emily an, die mittlerweile neben John erschienen war. Sie lächelte milde, dann nickte sie. Eine Träne kullerte über Toms Wange. Das konnte nicht sein. John log.

»Du lügst!«, schrie Tom und gab einen Schuss ab. Er verfehlte John um Haaresbreite. Aus Reflex schoss John zurück. Dieses Mal traf er. John sah, wie sein Gegenüber auf den Rücken fiel. Ein leiser Schlag und das Scheppern des Revolvers waren zu hören. John eilte zu Tom und blickte auf ihn herab. Er hatte ihn in den Bauch getroffen. Der Sterbende röchelte, während Blut aus ihm hervorquoll und sich auf dem Brückenboden mit dem Regen vermischte.

»Du … lügst …«, keuchte Tom.

»Ich habe dich nie angelogen«, sagte John, »mach's gut, mein Freund.«

Das waren die letzten Worte, die er je wieder an Thomas Cole Hilbert richten würde. Dann wandte er sich von Tom ab und verliess die Brücke, wohl wissend, dass er soeben seinen besten Freund zum Sterben zurückgelassen hatte. Tom schluckte schwer. Er hatte Mühe zu atmen. Er blickte in den schwarzen Himmel hinauf und fühlte, wie ihm der Regen ins Gesicht fiel. Thomas Hilbert war ganz alleine.

»Endlich werden wir wieder vereint sein, meine Liebe.«

# Veröffentlichung

Einige Tage später ...

John nahm den letzten Zug von seiner Zigarette, warf sie zu Boden und zertrat sie dann mit der Sohle. Er lehnte am rechten Pfeiler des Eingangs zum Friedhof. Während er den Sonnenuntergang beobachtete, seufzte er laut. In den letzten Tagen waren ihm unzählige Gedanken durch den Kopf gegangen. Sie wirbelten in seinem Schädel umher wie ein Wüstenwind. Ein einziger Gedanke kehrte immer wieder zurück. Jener, dass er alleine war. Ganz alleine. Tom hatte zwar geglaubt, er sei es, der auf sich alleine gestellt war, doch das stimmte nicht. Es war immer John gewesen. Das Einzige, was Tom jemals verloren hatte, war seine Geliebte. Alle anderen Dinge stiess er aus eigener Kraft von sich ab. John jedoch hatte wegen der *Black Night* seine ganze Familie verloren, er hatte seine Ehefrau durch sein selbstzerstörerisches Verhalten von sich gestossen, er hatte Melissa wegen einer Affäre, die sie mit ihm hatte, verloren und er hatte seinem besten Freund das Leben nehmen müssen. Was war ihm geblieben? Einsamkeit. Das grosse Nichts. John betrat den Friedhof und schlenderte zwischen den Grabsteinen hindurch. Auf einer künstlichen Anhöhe stand der Chief. John sah, dass Evan mittlerweile wieder gehen konnte, dafür jedoch eine Krücke benötigte. Ohne etwas zu sagen, stellte sich John neben ihn. Gemeinsam blickten sie auf das Grab vor ihnen. Auf dem Grabstein stand: *Thomas Cole Hilbert, 1923–1950.*

»Es ist wahrlich eine Schande, dass ein so grosser Charakter uns schon so früh verlassen musste«, sagte der Chief mit gesenktem Kopf. John konnte Trauer ausmachen in der rauen Stimme des Chiefs.

»Unsere Welt ist grausam, Chief«, meinte er. Die beiden versanken wieder in Schweigen.

»Ich weiss, dass Sie es waren, der Tom auf der Brücke erschossen hat«, sagte der Chief und blickte seinen Gesprächspartner von der Seite her an.

»Ich habe nichts mehr zu verlieren. Wenn Sie mich verhaften wollen, dann tun Sie es jetzt«, sagte John, erwiderte Evans Blick allerdings nicht.

»Das werde ich nicht tun, mein Junge. Ich habe dem Präsidium bereits gesagt, dass es Notwehr gewesen war«, erklärte der Chief.

»Ich verstehe.«

»Nein, das tun Sie nicht. John, ich habe einen meiner besten Mitarbeiter verloren. Mir waren seine Probleme bewusst, doch unternahm ich nichts, um ihm zu helfen. Ich bin an seinem Dahinscheiden mitverantwortlich. Ich habe in meiner Pflicht als Arbeitgeber und auch als Freund versagt. Ich hätte Tom besser zur Seite stehen müssen.«

John sah Evan an und stimmte ihm innerlich zu. Auch er hatte versagt.

»Aus diesem Grund habe ich beschlossen, von meiner Position als Chief zurückzutreten und frühzeitig in den Ruhestand zu gehen«, fuhr Evan fort.

»Wohin werden Sie gehen?«, fragte John.

»Ich werde nach Iowa reisen. Ich habe dort ein Anwesen, dem ich schon lange einen Besuch abstatten möchte. Ich wünsche Ihnen ein erfülltes Leben. Passen Sie auf sich auf.«

»Das wünsche ich Ihnen auch, Chief«, antwortete John, dann wandte er sich von seinem ehemaligen Chef ab und verliess den Friedhof. Inzwischen war die Sonne hinter dem Horizont verschwunden und Dunkelheit umhüllte sein Dasein erneut.

Als John einige Wochen später die Buchhandlung betrat und von einer Schar Reporter bedrängt wurde, wünschte er sich, er hätte diese Lesung doch lieber abgesagt. Nach all der Zeit hatte er es endlich fertiggebracht, sein Buch zu beenden und zu veröffentlichen. Nach ein paar wenigen Tagen war es bereits zum Bestseller geworden. Es trug den Titel »Der perfekte Mord«.


Währenddessen verliessen Zoey und Azrael den Fahrstuhl. Es war beinahe sechs Uhr, was bedeutete, dass es bald Abendessen geben würde. Zoey und ihr Bruder hatten draussen auf dem Spielplatz Verstecken gespielt. Sie hatte wie immer verloren. Als die beiden Kinder vor ihre Wohnungstür traten, sass dort ein menschengrosser Teddybär. In seinem Schoss lag ein Brief mit der Aufschrift *Zoey*.

»Der sieht ja noch doofer aus als dein letzter«, meinte Azrael. Zoey schnitt eine Grimasse. »Stimmt gar nicht«, fand sie, nahm den Brief in die Hand und öffnete ihn:

*Das mit deinem Teddy tut mir leid. Hoffe, du kannst mir ver-*
*geben. Ich werde immer bei dir bleiben,*
  *dein Tom*

Auf ihrem Gesicht zeichnete sich ein Lächeln ab.